CHANTAJE

HYPERMEDIA

Ladislao Aguado (La Habana, 1971) es un escritor y periodista cubano. Ha publicado los libros *Un adiós para Violeta* (Premio «Gabriel Sijé» de novela, España, 2007), *Zona de silencio* (Premio «Hipálage» de poesía, España, 2006), *Abril de whisky y viernes en las rocas* (Premio «Cuentos de Invierno», España, 2001), *Al final de las tardes todas* (poesía, México, 1998) y *Cantar Cansa* (poesía, Cuba, 1995). Ha trabajado como director editorial de la revista de arte *La gaveta*; del magazine cultural *Otrolunes*, y de *Spanorama*, la publicación a bordo de la aerolínea Spanair. Dirige la editorial Hypermedia.

Ladislao Aguado

CHANTAJE

DEINOS
NOVELA

De la presente edición, 2014:
© Ladislao Aguado Morillas
© Editorial Hypermedia

Editorial Hypermedia
Tel: +34 91 220 3472
www.editorialhypermedia.com
hypermedia@editorialhypermedia.com
Sede social: Infanta Mercedes 27, 28020, Madrid

Edición: Gelsys M. García Lorenzo
Diseño de colección y portada: Roger Sospedra Alfonso

ISBN: 978-1500256685

Hay gente que se hace a la mar con una brisa suave y atraviesa el océano: así hace, pero no lo atraviesa. El mar no es una superficie. Es un abismo de arriba abajo. Si quieres atravesar el mar, naufraga.

Meister Eckhart

Our meeting here is only by way of a memorial for an old life lost.
Richard Ford

UNO

Maite y Giorgio los esperaban en el apeadero de Anthéor Cap-Roux. Los dos iban con pantalones cortos y camisas blancas. Sonreían. Y Maite sonrió aún más cuando vio a su prima correr hacia ellos. Orestes la seguía con las maletas. Giorgio lo alcanzó. Bienvenido a la Riviera. Y le estrechó la mano. Luego besó a Olga, la abrazó y los cuatro caminaron hacia el aparcamiento.

Él se mantenía delgado y, aunque ya tenía el pelo blanco, seguramente no cumplía los cuarenta y cinco. Ella tampoco.

Giorgio guardó el equipaje y la tienda de campaña en el maletero del Passat. Una vez en el coche, preguntó si les había costado coger el tren en Niza. Niño, a ver, ¿tú me conoces?, dijo Olga, ¿cuándo has visto que yo no llegue a una fiesta? Los otros rieron. Lo digo de verdad, fue fácil, aunque acá el amigo estaba como el guajiro que se ha perdido en La Habana, ¿o no? Orestes alzó los hombros y procuró mirar hacia la calle. Al otro lado de la ventanilla del Passat —se daba cuenta— se hablaba otro idioma. Era como haber pasado página y entrado a un mundo nuevo. Un mundo, donde las cosas no solo tenían nombres diferentes, sino donde sus palabras —las que él había usado toda la vida—, no servían de mucho, eso, por no atreverse a decir, que no servían de nada. Y no quiso imaginarse lo que sería llegar solo a un sitio como aquel. ¿En cuánto tiempo aprendemos un idioma a los cuarenta años? Giorgio los miraba por el retrovisor. He dejado unas cervezas en el frío y seguro ya están, como dicen ustedes, que se parten. Porque con este calor no apetece otra cosa, ¿a que no? Mami seguro que las bajó para que no se congelaran, dijo Maite, porque nosotros salimos hace un rato y ya sabes cómo es ella: que no se pierde una. Por cierto, dijo Olga, ¿tía cómo está?, que no te he preguntado. ¿Mami? ¡Encantada!, que te lo diga Giorgio. ¡Mejor que nunca!, dijo él.

Orestes volvió a mirar hacia la calle. Las casas iban de un color pastel al otro, como si estuviera prohibido gritar y los vecinos se hubieran puesto de acuerdo para guardar la calma. Solo el azul del mar y el verde de los jardines interrumpían tal silencio. Ah, los quiero advertir, dijo Giorgio, las medusas no están dejando nadar, así que ¡ojo! En todos sus años en la Riviera él nunca había visto algo así. Era una plaga. Y si esto es aquí, dijo Maite, ya se pueden imaginar cómo será en el resto del Mediterráneo, con toda la mierda que lanzamos a diario. Es una lástima, dijo Giorgio, pero este mar terminará convertido en un charco de aguas albañales. Lo había leído no hacía mucho: el ochenta por ciento de los peces se ha ido al carajo y tampoco hay biomasa, ¿entonces de qué cojones estamos hablando? A pesar del acento, Giorgio hablaba muy bien el español. Así daba gusto. Maite se ladeó en el asiento y se volvió hacia ellos. Antes, todos los días, yo salía a nadar un kilómetro, pero este verano imposible, salí tres veces, y las tres veces las medusas me llenaron de quemaduras. Lo que tú dices, dijo Olga, si aquí en la Riviera está así, imagínate de Italia para allá. Ahora, lo que sí está bien y nosotros ya tenemos pensado ir, es el Mar Negro. Aquello hay que verlo, dijo Giorgio, vale mucho la pena. ¿De verdad?, dijo Olga. De todas formas, aquí, con un poco de suerte y un coche todavía encuentras alguna playa; solo que ya no es lo mismo.

La calle terminaba en una cuesta. Por delante, cruzaba una carretera salpicada de tiendas y restaurantes. Allí es donde Giorgio compra las ostras, dijo Maite mientras señalaba a su derecha, hacia una pescadería pintada de azul y blanco. Ya vendremos, dijo él y aceleró y giró hacia la otra mano. Este —y la voz de Maite sonó agrietada— es el bulevar Eugène Brieux, pero según Giorgio, es la misma Via Biancheri que llega hasta el puente de Ventimiglia, ¿es así, amor? Sí, lo que por el camino va cambiando de nombre cada dos kilómetros: algo típico francés. Y les sonrió desde el espejo.

Maite llevaba tres pendientes en la oreja izquierda y por su cara uno podía pensar que estaba en la vida por pasar el tiempo. Orestes evitó mirarla. Por cierto, ¿quién canta? Jorge Drexler, dijo Giorgio, ¿lo conocen? Me suena, sí. ¿Y esa música se escucha en Italia?, dijo Olga. Yo le he producido algunos conciertos y se va conociendo algo más, sobre todo después que ganó el Oscar con *Al otro lado del río*. Esa canción es preciosa. Y que lo digas, dijo Maite. El sol acentuaba el verde plomo del capó. Por cierto, dijo Giorgio, vive en Madrid.

El coche se detuvo sobre la carretera. El clic de los indicadores acompañaba la música. Aquí es, dijo Maite y señaló hacia una reja corrediza que ya se abría. El edificio estaba pintado de un amarillo muy claro. Las puertas de los apartamentos daban sobre un pasillo de losetas rojas que olía a comida. La madre de Maite salió a recibirlos. Era una mujer tan alta y delgada como su hija, vestía un bañador y se cubría las piernas con un pareo. Orestes se fijó en sus brazos, no eran más anchos que las muñecas y parecían tubos. Le decían Cuquita y era la prima del padre de Olga.

Una vez dentro sorprendía la claridad. El apartamento terminaba en una terraza sobre la carretera, separada del salón por unas puertas de cristal. Si mirabas hacia ella, primero tropezabas con una mancha de luz blanca y después, no bien el resplandor se hacía a un lado, encontrabas el azul del mar. Era como estar viendo una pantalla de cine. Orestes cruzó hacia el fondo y salió afuera. La brisa golpeaba contra los toldos. Se apoyó en la barandilla y procuró no parecer emocionado, pero sí que lo impresionaba la profundidad de aquel azul, y sobre todo el contraste con el rojo terroso de la costa. Nunca había visto un mar así.

Giorgio trajo un cubo con hielo y una botella de vino, pero no la abrió, solo dejó el cubo y volvió dentro y regresó con un par de cervezas. Le ofreció una a Orestes y le señaló una silla al otro lado de la mesa. Bienvenido a mi casa. Los dos se sentaron y entre ellos, como la escenografía de un banquete, quedaron los platos, los vasos, las servilletas. La vista es genial, dijo Orestes. Giorgio sonrió. Estas son todas mis vacaciones. Nosotros tenemos dos pisos, este y justo el de aquí abajo, pero este es mi castillo, ¿sabes por qué?, porque ese mar de ahí no tiene precio. ¿Has escuchado que los elefantes regresan a morir donde nacieron? Yo no nací aquí, pero se lo tengo dicho a mi hija, si no puedo hacerlo por mí mismo, que por favor no me deje morir en Torino.

Orestes miró sobre la barandilla y vio un patio de losetas rojas como las de la entrada y una tumbona. ¿Y el otro apartamento? Lo tienen mi madre y mi hija para ellas, a las dos les encanta vivir sin que los demás las molestemos. Y Giorgio sonrió otra vez. Es increíble lo que se parecen.

Desde el salón llegaba la música de la película *Buenavista Social Club*.

¿Y tú trabajas como productor? Giorgio miró al mar. Promocionamos *world music*, ¿sabes lo que es? Pues eso hago. Olga me contó que tenías una discoteca. Con dos amigos, sí, pero ahora mismo me importan más otras cosas y, sobre todo, ya no me divierto. Nightmoves se ha convertido en un trabajo y cuando eso pasa es un buen momento para recoger tus cosas y largarte, ¿no te parece? ¿Y la producción? Siempre ha sido un sueño, ¿sabes?, un sueño que se ha vuelto real y luego tengo algunas ideas, tal vez abra una pequeña discográfica, pero aún no sé, todo está por ver. Dicho en cubano: de momento, voy tirando.

Giorgio se levantó, entró al salón y regresó con una caja de puritos Montecristo. ¿Te apetece uno? Ya no fumo, pero un día es un día, ¿no? Pues claro, hombre. Y Giorgio le acercó los cigarros y un paquete de cerillas.

Delante de ellos, siguiendo la carretera hacia las montañas, se alcanzaba a ver un puente y un edificio beige sobre el que flotaba en unas letras gruesas y negras el letrero de *Hotel*. ¿Y con qué artistas trabajas ahora? ¿Conoces a Khaled? No. Pues tengo algo con él, algo con Drexler y algunas propuestas para los *World Music Days*, en Hong Kong. Después del hotel, el paisaje quedaba vacío. Aparecía el mar.

Las voces de las mujeres a ratos saltaban sobre la música.

El tabaco le dejaba un sabor agrio en la boca y francamente necesitaba otra cerveza. Hizo que se servía de su lata ya vacía, pero no consiguió que Giorgio se percatara del gesto. De pronto, sus ojos se incrustaban en ese paisaje que podía quedar a sus espaldas y hacia el que Orestes evitó volverse. Miró entonces hacia la carretera y volvió a fumar. Al cabo, como si hubiese contado hasta diez, dijo: ¿otra cerveza? Giorgio regresó de donde pudiera estar, alzó su lata y sonrió. Yo estoy bien. Orestes entonces hizo por levantarse, pero el otro lo contuvo. Tranquilo, dijo, ya voy yo. Y fue hacia la cocina.

Por unos instantes el silencio pudo con todo y Orestes lamentó haber pedido esa cerveza de más, pero hizo por no pensar en los detalles. Piensa en el azul, se dijo, y al hacerlo se dio cuenta de lo lejos que ahora mismo quedaba su vida de aquel lugar. Y sin quererlo, como si actuara en contra de su voluntad, pensó en sus padres y en la casa de Santa Cruz de los Pinos. La única casa en el mundo que podía llamar suya. Y sintió lástima, una lástima profunda y también un poco de vergüenza. Qué era el mar para ese par de viejos, si no unos caminos interminables hasta una playa a la que llamaban Dayaniguas, que en verdad no era un mar, sino un charquito verde y fangoso, envuelto en el zumbido de los mosquitos, como una laguna.

Agradeció la cerveza y luego de un par de sorbos, le preguntó a Giorgio por ese puente entre las montañas. Pues justo debajo, está el campismo donde ustedes tienen reservado, es un sitio bonito, les va a gustar. Orestes sonrió. Seguro. Y al decirlo, se dio cuenta de que nunca, ni siquiera cuando vivía en Cuba y eran tan populares, él había estado en un campismo. Tampoco, en un hotel. La gente entonces no solía moverse mucho, no al menos la que él conocía. No te puedes imaginar, dijo Giorgio, la de músicos cubanos que han pasado por Nightmoves. Él lo miró. Yo creo que todos, fíjate. El humo de un nuevo cigarro le cubrió la cara y Giorgio contó con los dedos: Paulito, Manolín, Adalberto, Isaac, los Van Van, Compay, Ibrahim, Eliades, Revé, David Calzado y no sé ¡hasta el Guayabero!, para que veas. Casi todos. Si te lo estoy diciendo, Torino ha bailado conmigo. Giorgio llevaría un par de días sin afeitarse y la barba le oscurecía el bronceado.

14

Yo recuerdo —Orestes se revolvió en la silla y bebió un poco más de cerveza— un programa de televisión de por la tarde, allá en Cuba, en el que entrevistaron a alguien, que se quejaba de que los músicos cubanos salían al extranjero, tocaban en cualquier bar de mala muerte y al regreso había que escucharles el cuento de que habían actuado en no sé cuántos grandes escenarios y la gente se lo creía, claro. Mencionaban a unos empresarios italianos que, decían, estaban haciendo su agosto con la música cubana, ¿no serías tú uno de ellos, no? Giorgio procuró sonreír y se restregó una mano contra la barba. Seguramente, dijo, porque en esa época yo contrataba bastante. Ahora, de ahí a que mi discoteca sea un bar de mala muerte, no lo creo. Tal vez la veas algún día: te va a asombrar. Hombre, no es eso lo que quise decir. Lo sé, lo sé, solo aclaro tu comentario.

Giorgio cruzó una pierna sobre la otra y miró otra vez hacia ese *algo* detrás de Orestes. Yo llegué a La Habana, fíjate, en febrero del noventa. No conocía Cuba, pero de los tres socios que somos en la empresa, el único que hablaba español entonces era yo y por eso fui. Mejor dicho —y sonrió—, me mandaron. Y créeme que no me gustó lo que vi. ¿Qué podía pedir a cambio de un contrato para actuar dos meses en Italia, en un país ocupado por la miseria? Hay cosas, como las buenas oportunidades, que en las crisis pierden su valor y la gente lo puede dar o perder todo por conseguirlas. En economía eso se llama inflación, pero en la vida tiene otros nombres y sabes lo peor, que el olor de la sangre llama a los lobos. Yo siempre traté de ser justo y ni siquiera a Maite la traje de allá, la encontré en Torino, fíjate tú, sola y recién divorciada de un grandísimo hijo de puta italiano. Giorgio hacía por sonreír. Se sirvió el resto de su cerveza y dejó caer la ceniza dentro de la lata. Por lo menos te ahorraste ese viaje. Giorgio sonrió al fin. Pero con el tiempo me ha salido igual de cara, no creas.

Olga llevó la ensalada a la mesa. ¿Me ayudas? ¿Qué hago?, dijo Orestes. No sé: trae el pan. Giorgio mantuvo la sonrisa y atrajo a Olga hacia él. ¿Te gusta mi terraza? Orestes se levantó, le dio un sorbo rápido a la cerveza y dejó la mesa. La vista es preciosa, ya se lo decía a Maite, esto aquí es vida. Orestes estaba por entrar al salón, cuando Cuquita vino hacia él con una cazuela de barro que humeaba. Se apartó y miró dentro. Parecía pescado en una salsa como mayonesa. Luego Maite pasó con el pan. Ya está todo, le dijo.

Giorgio se hizo con la botella de vino, la abrió y en el brindis volvió a desearles unas felices vacaciones. Maite entonces los invitó a servirse, ellos primero.

¿Qué te parece el *rosé* de los franceses?, dijo Giorgio al rato. Hombre, muy bueno, dijo Orestes, aunque era la primera vez que probaba un vino rosado y de hecho, una de las pocas que tomaba vino sin gaseosa. Los franceses, y eso hay que admitirlo, tienen muy bien guardado el secreto de este vino y a diferencia de los rosados italianos y españoles es muy agradable. Los hay exquisitos, sin dudas. Ahora, yo no conozco nada que los acompañe mejor que las ensaladas de mi mujer. Maite sonreía.

De repente el aire olió intensamente a mar, pero no con ese olor a azufre que él solía confundir con el olor del mar, sino con un olor diferente, como el del sargazo cuando aún no se ha podrido en la orilla. Así olía. Orestes volvió a servirse vino. ¿Qué tiene la ensalada?, dijo, está muy buena. Honor que me haces, dijo Maite, porque Giorgio siempre cobra sus elogios. *Payment in kind*, un método tan antiguo y fiable que no deberíamos plantearnos otro, ¿qué me dices, Orestes? A ver, pues tiene, dijo Maite, brotes de lechuga, albahaca, salmón, canónigos, tomates cherrys y cumatos, pasas, queso de cabra y alcaparras. Solo eso. Joder, prima, ¡solo eso?

La brisa se hizo más intensa y el ruido de los toldos se unió a la música, a la conversación.

Orestes se recostó a la silla y respiró hondo. Los otros lo miraron. ¿Estás bien?, dijo Giorgio. Sí, no te preocupes. ¿Estás mareado? Olga sonrió. Eso es susto; con el de hoy, este fue el segundo avión de su vida, ¿no? Si desde que llegó a España todavía no había ido a ninguna parte. Cuántos años te pasaste indocumentado, por lo menos tres, ¿no? Orestes intentó no pensar. Unos cuantos. Ya ves. Los papeles se los hice yo, por la tienda. Hiciste muy bien, dijo Cuquita. Todo por traerme el guajiro a la Riviera, quién me lo iba a decir. Es lo que tiene, dijo Giorgio. Hija, pero por algún viaje se empieza siempre, dijo Maite, ¿o tú naciste aquí? Oye, que era broma, dijo Olga. Él la miró y sintió ese calor en las orejas, sobre la cara.

El pescado era bacalao y estaba hecho al pilpil. Maite explicó que se hacía con ajo y aceite, liando la salsa, sí, como una mayonesa, efectivamente. Y Orestes no supo en qué momento de sus vidas los demás aprendían tales cosas, cómo conseguían llegar a ellas. Él se había licenciado como profesor de Artes Plásticas. No por ningún motivo en especial, que para la pintura ya sabía de sobra que no tenía talento, sino porque fue la única carrera a la que consiguió llegar: no tenía notas para más. Se graduó con una escultura, mientras pensaba que él era un fotógrafo, es decir, alguien con la sutileza suficiente como para conseguir la misma imagen que un pintor, sin pasar por la necesidad de copiarla. Y había leído algunos libros, visto un poco de cine y durante un tiempo había intentado estudiar música, pero en ninguna ocasión de su vida había tropezado con una asignatura o un manual que explicara cómo disfrutar de ella. Su vida y las vidas de quienes habían estado a su alrededor, casi siempre terminaban en palabras tan poco divertidas como «esfuerzo», «sacrificio», «austeridad». De eso él sí sabía bastante, pero se daba cuenta de que ese no era un buen tema en ninguna mesa.

Salió de Cuba a los treinta y cinco años, y para su sorpresa, comprobaba ahora, estos años no lo habían cambiado. Aún era el hijo de Nieves y Natalio (su padre era camarero en el restaurante de Los Pinos) y el hermano menor de cinco mujeres. Entre sus platos favoritos estaban el arroz con frijoles negros, la yuca frita y el pollo ahumado. Y su bebida era la cerveza.

Maite llevó a la mesa otra botella de vino y una bolsa con quesos. Dejó frente a Giorgio una tabla y un cuchillo que parecía solo de metal. Para el que no quiera, dijo ella, tengo helado. Prima, está muy bien así. Orestes asintió. Perfecto. Y todos se quedaron viendo cómo Giorgio deshacía los envoltorios de papel, colocaba las piezas sobre la tabla y las iba separando en pequeñas porciones. Nadie hablaba, como si nunca antes hubieran visto cortar queso.

Él bebió y regresó la vista al mar. En la carretera, a lo mejor por la hora, ya se notaban los coches y el ruido de los motores interrumpía el paisaje.

¿Una casa aquí cuánto podrá costar? Olga lo miró. Orestes, por favor. No tiene importancia, dijo Cuquita. Giorgio terminó de masticar un trozo de queso. ¿En venta o en alquiler? ¿Tú alquilas esta? Olga se levantó y recogió la ensaladera. Estás irreconocible, le dijo y se marchó a la cocina. No le hagas caso, dijo Maite, tú pregunta lo que quieras, que ya te lo ha dicho mi madre: estamos en familia. No quería, dijo él. Nada, tú a lo tuyo. Sí, solemos alquilarla, dijo Giorgio, como te decía hace un rato, nosotros venimos veinte días en agosto y el resto del año, aunque no lo creas, está cerrada. ¿Y la semana a cómo sale? A ochocientos, pero solo en verano, porque en invierno aquí no viene ni Dios. ¿Y si la vendieras? Giorgio sonrió y Cuquita y Maite lo imitaron. No son baratas, es lo único que te puedo asegurar, el precio no lo sé. Maite le acercó una vez más la tabla con el queso. Ese oscuro, le explicó, está curado en ceniza y es uno de mis preferidos, te a va a gustar.

El vino al sol sentaba pesado, pero fue un viaje corto, no más que a quinientos metros de la casa, hasta el puente del ferrocarril. Justo debajo estaba la entrada al campismo. Luego, una pequeña carretera llevaba hasta una tienda que hacía las veces de oficina.

Habló Giorgio, en francés.

Del otro lado del mostrador los atendía un hombre con el pelo amarillo y rizado como si usara rolos. Giorgio dijo que ellos eran cubanos, que estaban de visita y que además tenían una reservación, ¿podía comprobarlo? O no, quizás no dijo exactamente algo así. Él solo entendió la palabra *cubaine* y supuso el resto. El hombre les sonreía. Abrió una carpeta y siguió una lista de nombres. El de Olga era de los últimos.

Los documentos, dijo Giorgio y esperó frente a ellos como un agente de aduana. Él entregó su pasaporte cubano y Olga el suyo, español. El francés miró por encima de los documentos y luego se entretuvo más con el de Orestes. En algún momento dijo *Castro, Havane, cigares*. Aún sonreía. Ya tienen un amigo, dijo Giorgio. ¿Por? Dice Jules, que él estuvo en La Habana en el setenta y nueve, cuando un festival de la juventud y que desde entonces fuma puros cubanos, ¿que si han traído algunos? Dile que venimos de Madrid, dijo Orestes y también sonrió. Ya lo sabe, dijo Giorgio, era una broma.

Olga firmó la reserva y pagó. Junto con el cambio, el hombre les entregó una chapilla con un 22 escrito en pintura negra. ¿Y eso qué es? El número de la parcela, dijo Giorgio, la tienen que devolver al marcharse, ¿el sábado, no? ¿Tienes prisa? Olga sonreía. Para nosotros es un gusto y lo sabes. El hombre fue hacia un armario al fondo de la habitación y sacó una extensión para corriente y se la colgó al hombro. Luego volteó el mostrador y vino hacia ellos. Nos vamos, dijo Giorgio y se adelantó hacia el coche por el equipaje. Orestes lo siguió. La tienda donde iban a dormir era solo un tubo atado a una de las maletas.

Tomaron por una calle estrecha que subía hacia las montañas. Giorgio y el tal Jules iban delante y conversaban. Las mujeres los seguían. En una parcela, a la derecha, estaban aparcadas las autocaravanas. Más de treinta, seguro. Eran como casas. Algunas tenían hasta su portal y un jardín de hierba artificial. De las ventanas de otra, colgaban un par de maceteros con flores rojas. Subieron por unas escaleras a una grada de tierra junto al muro del campismo y una vez arriba, Giorgio se ocupó de las instrucciones. De aquí hasta allá, dijo y señaló unas marcas dibujadas sobre el muro, es de ustedes. Sobra, dijo Orestes. Yo cumplo con avisar —Giorgio sonrió— para eso me pagan. Y así debió de contárselo al otro, porque los dos rieron. Orestes cruzó la mirada sobre las autocaravanas. Sí, jodía muchísimo que alguien hablara por ti. La electricidad, continuó Giorgio, se toma de esos cuadros. Y señaló hacia unos muretes que se repartían a lo largo de la calle, como los postes de una cerca. Para el agua había fuentes en todo el campismo y en la cafetería, claro. Los baños eran aquellos techos al otro lado de esas roulottes. Todos miraron hacia donde decía Giorgio y sí, cruzando por encima de todos los árboles, como incrustados en la ladera de una montaña, aparecían unos techos rojos.

El hombre se acercó a ellos y les ofreció la mano. Él se marchaba. Feliz estancia, dijo en español. Gracias, dijo Orestes y se ocupó de desembalar el equipaje. En algún momento vio al tal Jules regresando calle abajo. Caminaba con una especie de trote, como si llevara prisa.

La tienda de campaña la compró Olga de oferta en un supermercado. Según la etiqueta era para cuatro personas. Pero una vez abierta se veía bastante pequeña. Los colores eran todo lo feo que se podía esperar: azul ceniza y gris. Y armarla, según las instrucciones y aunque Orestes nunca había armado una, no debía resultar difícil. Según aquel papel, la tela llevaba unos dobladillos por donde había que pasar unos flejes de acero, que venían doblados como bastones de ciego. Después, solo había que asegurar los extremos a unas estacas de plástico. Y sí, funcionaba, aunque conseguirlo le costó algo más de trabajo de lo que decían las instrucciones, pero al final allí estaba la tienda en medio de aquel jardín que no conseguía ser verde, como una casita de perros. A su alrededor todo era la Riviera francesa.

Metieron dentro el colchón de aire que Olga había comprado, porque a ella los sacos de dormir le daban claustrofobia y primero Orestes, después Giorgio y finalmente Maite y Olga, lo hincharon a patadas con una bomba de pie, comprada el mismo día y en el mismo supermercado que todo lo demás. Hacía calor y el ejercicio los hacía sudar. Orestes bajó hasta la calle y conectó la extensión. Coló el otro extremo por uno de los respiraderos de la tienda y se metió dentro. El colchón se movía hacia los lados como una balsa de playa. Enchufó a la corriente una pequeña lámpara, una de esas que traen las bombillas enjauladas, y la sujetó al techo. Entonces le pidió a Giorgio que le alcanzara las maletas. Dejó una a cada lado de la puerta y antes de salir miró a su alrededor. La claridad era una penumbra del mismo color del agua después de lavar muchos pinceles.

Caminaron en parejas hacia la salida del campismo. Giorgio iba a su lado, pero apenas si dejó escapar alguna frase. No parecía que estuviera pasándola bien después del trabajo de la tienda. ¿A quién se le ocurría venir aquí y de ese modo? El viaducto adelantaba una sombra pesada sobre la carretera. Antes de subir al coche, Maite dijo que los esperaban a las nueve. Te quiero, prima. Orestes sintió la mano de Olga entre la suya. El Passat giró despacio frente a la tienda. La vamos a pasar bien, ya verás. Giorgio les hizo un gesto con la mano y aceleró. El motor dejó un golpe de humo y el ruido de un espasmo. Te invito a una cerveza, dijo Olga, ¿te parece?

Se sentaron en la terraza de la cafetería. La brisa arrastraba un zumbido de insectos del fondo del campismo. El camarero los saludó en francés. Ellos se miraron y Olga dijo en español, yo quiero algo sin alcohol. *Coca*

Cola light, please. ¿*Coke? Yes, yes.* ¿Y tú quieres una cerveza? *A beer,* dijo él. El chico asintió.

Orestes miró hacia la carretera. Al otro lado de la barrera metálica, el mar era una franja violeta antes de tocar el cielo.

El camarero regresó y dejó sobre la mesa el refresco y una botella de agua. Orestes lo miró. No, no, dijo. Pero ya lo sabía, las palabras, definitivamente, se volvían inútiles e hizo un esfuerzo. *Please, a beer,* no *water.* El camarero señaló hacia la mesa. *This's ok, this's E-vian.* ¿Qué? *You asked me one Evian water.* Olga reía. *Excuse me, one beer, please. One beer?* El chico sacudió la cabeza. *Ok. Sorry,* dijo Orestes, *one Heineken, please.* Joder, tío, dijo Olga, tu inglés sí que es malo; mucho peor que el mío. ¿Y qué? Pero como me dijiste que no me preocupara. Yo solo dije que de hambre no nos íbamos a morir, nada más. Ese pobre —y Olga miró hacia la cafetería— no sabe la cantidad de viajes equivocados que todavía le quedan. ¿Y quién se lo va a contar, tú? ¿Estás molesto? Para nada, dijo él e insistió en mirar hacia el mar.

El chico se acercó con la cerveza. *Please* —Orestes abrió una mano y se la mostró— *in five minutes other Heineken,* ¿ok? Ok. Y el chico les sonrió casi al mismo tiempo que los dejaba solos. Olga lo imitó y su sonrisa quedó en el aire, suspendida, como si aquel no fuera su lugar. Quizás no estemos tan mal aquí, dijo. ¿Y por qué íbamos a estarlo? No es eso, pero tal vez hubiésemos podido estar mejor. A mí me gusta. Ella iba con un vestido largo y verde. Él se pasó una mano por el pelo y lo sintió graso. El lugar es bonito. Lo es —ella se descalzó y subió los pies a una silla—, ¿pero sabes qué creo? No. Que las cosas habrían podido ser muy distintas. Pero son así, ¿y qué más da?, se trata de ser felices con lo que tenemos, ¿tú lo eres? Olga echó la cabeza hacia atrás y cerró los ojos. Ahora mismo sí.

¿La escuchas? Sí, dijo él. ¿Quién será? Ni idea, ¿cómo quieres que lo sepa? Pero tiene bomba. Orestes miró al cielo, todavía azul, sin nubes. ¿Y eso cómo lo sabes? Joder, tío, porque lo siento; una voz así termina por metérsete dentro, ¿a ti no te pasa? Lo tuyo son las americanas, ¿no? Sí, dijo Olga, y de los ochenta, ¡esas son las mías! En la piscina aún quedaban niños y los padres los vigilaban desde las tumbonas o sentados en el borde con los pies colgando dentro del agua. La gente allí parecía a gusto. Él también lo estaba.

Alguna vez había pensado que nacer en las afueras de un pueblo, sin otra importancia que servir de parada a los ómnibus que hacían los doscientos kilómetros entre La Habana y Pinar del Río, le había quitado horizontes a su vida. Después, el tiempo le había ido mostrando otras verdades y de algún modo, sobre todo si se comparaba con sus hermanas ya casadas, con hijos y a punto de envejecer, él había llegado adonde ellas ni siquiera imaginaban que fuera posible llegar. Ahora mismo, si pudieran verlo, se estarían preguntando qué lugar era este, en qué país estaba su hermano y por asombrarse se habrían quedado con la boca abierta mirando la altura de ese puente, el equilibrio que parecía hacer entre las montañas. Ellas no se lo podrían imaginar, nunca habían visto un puente así y a lo mejor hasta les daba miedo que el tren pasara por allá arriba, tan alto y como sobre un hilo.

No te molestes por lo que voy a decir, dijo Olga, pero en otros tiempos las cosas hubieran sido diferentes. Orestes sintió un temblor en el estómago, bebió y buscó con la mirada al camarero, pero no lo encontró. No entiendo. Es algo que no se me va de la cabeza y tengo que decírtelo o me ahogo. Pues hazlo. Cuando yo vivía en Tenerife y todavía estaba casada con Chema Arzuaga, estos iban dos veces al año a visitarnos. ¿Estos, quiénes? Maite y Giorgio. ¿Y? Allá se pasaban semanas, tío, y Chema siempre los alojaba en su hotel, siempre ponía un coche a su disposición y siempre cenas, vinos, viajes y todo, por supuesto, gratis, ¿y para qué? Orestes volvió a buscar con la vista al camarero y esta vez tuvo suerte. No te entiendo, tú fuiste la que quiso que viniéramos para acá. Sí, pero yo entonces no sabía. ¿Qué? Que estos tenían dos casas, una arriba y otra abajo, y eso Maite se lo calló, pero no ahora, no, sino todos estos años. Bueno, ¿y qué? ¡Y qué! Olga procuró sonreír. Nada, Orestes, nada; pero créeme una cosa: si lo llego a saber antes y todavía tengo que venir aquí a gastarme un dinero que no tenemos y a dormir en esa tienda como dos pobrecitos, yo no vengo. Ni muerta.

El camarero dejó otra cerveza sobre la mesa y él se apuró en alcanzarla. Bebió largo, como si tuviese mucha sed. Las sombras de las montañas se volcaban ya sobre el campismo. Mira, aquí hay dos caminos: o intentamos pasarla bien o te pones a revolver la mierda, pero que lo sepas, cuando revuelves la mierda, apesta.

La idea se le ocurrió al quinto día. Se le ocurrió de madrugada, mientras escuchaba a Olga orinar junto a la tienda. Entonces pensó en invitarlos a salir. No supo adónde, ni si el dinero les daba para tanto, pero le parecía que estaban obligados. Esperó que ella regresara a su lado y como si murmurase un secreto, le contó de su idea de salir con Maite, Giorgio y Cuquita a una discoteca, por ejemplo. Nada pretencioso, sino solo un detalle como personas agradecidas.

Olga se demoró en contestarle. Pero sí, ella también estaba de acuerdo, qué menos. Y esa misma tarde, mientras Giorgio cortaba el queso y había ese silencio en la mesa, hizo el anuncio. No hace falta, hija, dijo Cuquita, de verdad que no. Insistimos, dijo Orestes, si no es más que un gesto por esta acogida tan cariñosa. No sé, dijo Giorgio, pero yendo hacia Saint Tropez hay una casa que prepara una bullabesa exquisita, podemos cenar allí y luego irnos a tomar unas copas a una terraza. Amor, dijo Maite —y Orestes creyó que le hacía alguna seña a su marido—, queremos otra cosa. Pues las mujeres mandan. ¿Y por qué no vamos, Giorgio, a esa discoteca latina, ¿sabes la que te digo, junto a los muelles de Saint Raphaël? ¿Pero cuándo? Hoy, dijo Olga. O mañana, dijo Maite, a nosotros sinceramente nos da igual, es cuando ustedes quieran. Bueno, dijo Giorgio, si lo hacemos hoy yo tengo una propuesta, ¿a ver qué les parece?

A las seis, dijo, tengo que ir al tren a recoger a Camille, a mi hija, pero antes compro unas ostras, algún vino, unos ahumados y ya en la noche nos vamos todos a esa discoteca, ¿qué tal? Olga sonreía. Yo encantada. Nosotras también, dijo Maite, ya lo sabes. Y ahora —Giorgio miró a su mujer— esta noticia es para ti, hoy conduces tú, ¿te importa? Yerno, no pierdes, dijo Cuquita, y Orestes la creyó feliz. Lo he aprendido con tu hija, ella siempre gana. Maite lo besó. Solo a veces. Todos sonreían.

Después de la comida, Giorgio convidó a Orestes a las compras y al apeadero de Anthéor Cap-Roux. Antes de salir, Olga lo acompañó hasta la puerta y le guardó veinte euros en un bolsillo. Entonces le susurró, no los gastes, ¿vale?

El coche tomó el bulevar Eugène Brieux y Orestes aceptó uno de los puritos Montecristo que Giorgio le ofrecía. Bajaron las ventanillas y el aire se mezcló con el humo, la sal y el olor del combustible. Jorge Drexler seguía en el reproductor. Orestes aprovechó el silencio a que obligaba la música y se entretuvo siguiendo el paisaje de casas, tiendas, restaurantes y jardines que los acompañaba. Tenía la impresión de estar cruzando una gran ciudad y, a su vez, un país del que valía la pena no desentenderse, como si la Riviera o Francia fueran lugares a los que estaría obligado a volver. Y se dio cuenta de lo bien que le sentaba moverse solo por el mundo, incluso cuando el mundo quedaba limitado a unas pocas calles y un apartamento en el que al final volvería a encontrarse con Olga. Pero, mientras, era increíble lo que la libertad se parecía a ese paseo en círculos alrededor de ella.

Aparcaron frente a la pescadería pintada de blanco y azul, donde, según Maite, solía comprar Giorgio, pero no fueron directamente a ella, sino siguieron la acera hasta más allá, donde un tienda de delicatessen en la que a Giorgio lo conocían por su nombre. A Orestes en la pescadería no le habría extrañado, porque se le hacía que incluso en la Riviera te podrías acordar de un cliente que siempre compra ostras y al final, a lo largo de los años, un buen día te enteras de cómo se llama. Pero que también lo conocieran en aquella tienda, donde la gente entraba y salía como si hubiesen llegado por error; de algún modo lo impresionó.

Acostumbraba a comprar en sitios donde todos los clientes eran tan anónimos como él y sí, en su barrio había pequeños negocios, pero nunca entraba en ellos —las razones no venían a cuento, si es que las había—, en su lugar iba a los supermercados: como todo el mundo. Y para qué negarlo, también a él le habría gustado que lo conocieran y alguna que otra vez le hicieran un regalo o le tuvieran esa deferencia con que trataban a Giorgio. Daba gusto. Aunque a decir verdad, a él gustarle ahora que lo vivía, le habría gustado hablar francés. Lástima que a los cuarenta años se fuera haciendo un poco tarde para casi todo.

Otro lugar que le gustaba —aunque no lo conocía— era el norte de España. Se habría mudado para allá, si allá hubiese encontrado qué hacer. Hasta hacía muy poco lo estuvo intentando a través de anuncios en los periódicos e internet, pero nunca lo habían llamado para una entrevista. Esa podía ser su oportunidad, desde allí Francia era el país al otro lado de la frontera y por lo menos ya no viviría tan lejos de su idioma como ahora. Vivir en Madrid lo hacía sentirse atrapado por un mar de tierras amarillas, que de alguna manera crean una cárcel tan eficiente como ese mar de corrientes mortales que envuelve la isla y que por años él no se atrevió a cruzar. Cuando dejó Cuba atrás —en el verano del dos mil uno, con treinta y cinco años— lo hizo del único modo que encontró seguro: acostándose con una mujer. Una mujer gorda, con el pelo muy corto, que escribía artículos para un periódico comunista. Se llamaba Lourdes y lo invitó a pasar dos semanas en Palma de Mallorca, pensaba ayudarlo con una exposición, pero él nunca llegó a ir tan lejos.

Observaba a Giorgio mientras compraba y entre las tantas cosas, a él también le habría gustado pagar, tener un gesto privado y comprar un buen vino, unos puros, pero sabía que no era posible. Aparte de los veinte euros de Olga, ahora mismo su tarjeta qué podía tener, ¿siete, diez, ¡doce! euros? El dinero de aquel viaje no solo lo manejaba Olga, sino que se lo había mandado Chema Arzuaga, como otro de los préstamos que ella le pedía cada cierto tiempo. Dos mil cada vez. Y él pagaba puntual, aunque hacía poco la había amenazado con no hacerlo más: este dinero era el último, lo creyera o no. Así que, después de algunas compras para la tienda, ¿qué pudieron quedarle, quinientos euros? Pues con eso habían venido, es decir, con nada.

Orestes tampoco sabía muy bien por qué se apuraba en cargar las bolsas y en llevarlas hasta el coche. Giorgio trataba de impedírselo, pero ya le decía él que no se preocupara, que no era ninguna molestia, al contrario.

Subían hacia el andén cuando vieron pasar el tren de largo. Giorgio apuró el paso. Poco después Camille apareció arriba, en el andén.

Se abrazaron y el padre se ocupó de la mochila. *Egli è il fidanzato di Olga, una cugina di Maite.* La chica dijo hola. Y los tres caminaron hacia el coche. Camille tenía los brazos cubiertos de una lana rubia que se repetía en las mejillas y en las piernas aún sin depilar. Su sonrisa era transparente y Orestes se obligó a mirar hacia otra parte. Llevaba una camiseta a cuadros claros y un short de mezclilla y había algo musical en ese italiano que ellos hablaban. Él no lo entendía, pero le gustaba.

Por lo menos llevaba dos años sin hacer una foto, pero al ver a Camille, regresó a aquella idea de Lourdes de construir la historia del cuerpo de una mujer a través de sesenta fotografías y veinte modelos diferentes. Él tomaría las fotos y ella se ofreció para escribir los textos, así por lo menos tenían una justificación, más allá de la cama, para su viaje de dos semanas a Palma de Mallorca, una isla que aún seguía sin conocer.

Lourdes le llevó a Cuba varios catálogos de artistas que le gustaban y que por supuesto él no conocía: Steve Hans, Eduardo Fiel, Guan Zeju, Jacob Collins, pero sobre todo Gustave Courbet. Antes de sacar una foto tienes que recordar *El origen del mundo*, porque ahí comienza la vida, amor, entre esas piernas y tienes que darte cuenta de la belleza, del asombro, de la naturalidad que guarda ese cuadro y debes hacer por trasmitir todo ello no solo a la composición, amor, sino también a las modelos, a las partes fotografiadas de sus cuerpos. Yo confío en ti y sé que sabrás. Nadie que haya nacido en esta isla puede ser indiferente a una mujer desnuda, es imposible.

Ella también conocía a una fotógrafa rusa, a Alina Lebedeva, con la que había intercambiado algunos emails con la idea de hacerle una entrevista y de la que le llevó varias reproducciones. Las suyas eran muchachas escuálidas, visiblemente afligidas y andróginas, que Lourdes encontraba hermosas sin ningún reparo; pero a su vez estaba segura de que él podía superar aquel trabajo y llegar más lejos, quizás no en los desnudos sino en la manera de desentrañar esa armonía secreta que guarda el cuerpo de cualquier mujer. Él era un hombre y a ellas, ante la mirada de un macho, se les alisaba la piel y todo se volvía diferente.

Lourdes y algunas de sus amigas serían las modelos. Ella ya había escogido su papel, sería una nueva *Inspectora de la Seguridad Social durmiendo*, según ese cuadro de Lucian Freud.

Mientras probaba por primera vez el Veuve Clicquot, Orestes pensó en que Giorgio, sin darse cuenta, les había malogrado la invitación de la noche. Tras el champán, los ahumados, las ostras, ¿adónde se podía ir después? ¿A bailar? En una discoteca en la Riviera —daba por hecho— una copa tendría que estar por los quince euros y ellos eran cinco. Así que a nada que se tomaran dos cada uno, sería casi el mismo dinero que podría quedarle a Olga y tampoco ellos podían permitirse pagar tanto por un rato de nada. Ni de broma. Pero vista la mesa que tenían delante, no se le ocurría ninguna excusa.

La brisa vino desde las montañas y arrastró un olor a follaje, que recordaba los helechos húmedos. Maite se inclinó sobre la barandilla de la terraza y llamó a Camille, todavía en el piso de abajo. Estará en su mundo, dijo Giorgio y él también la llamó. El cielo era plomo fundido sobre el horizonte. La chica se asomó al patio, buscó a su padre y le dijo algo. Orestes escuchó el caer de sus palabras y arrinconó la mirada contra la silueta iluminada del hotel. Ya no recordaba la última mujer que lo había emocionado. Bebió un poco más. El champán le dejaba un hormigueo de risa en las mejillas. Giorgio tenía razón, su hija no tenía intenciones de subir.

Después de todo esa tarde había tenido suerte. No lo había hecho nunca, pero no sabía por qué se le ocurrió decir que sabía abrir ostras. Giorgio se alegró y se confesó absolutamente torpe con los mariscos. Olga no dijo nada y fue a sentarse en la terraza, como si no quisiera mirar. Los minutos golpeaban en el reloj de la cocina. Pero no fue demasiado difícil. En esta vida todo obedecía a cierta lógica, a cuatro o cinco leyes, y las ostras —como las almejas— también tenían ese punto donde si le hundes la punta de un cuchillo, las dominas.

Giorgio le ofreció un Montecristo y sirvió en copas de balón el mejor ron del mundo: *Zacapa Centenario XO*, guatemalteco. ¡Niño —dijo Olga—, hasta cuándo! ¿Qué tú prefieres, un tipo guapo una vez al mes o uno normalito un par de veces a la semana? Ella rió. ¿Te tengo que responder? Esa es mi teoría, dijo Giorgio, si yo bebiese más, tendría que conformarme pues con eso, con botellas de diez euros, porque yo no soy rico, pero como solo lo hago de vez en cuando, compro una de cincuenta y me sale, fíjate, hasta más barato. Olga aún reía. ¿Me estás queriendo decir algo? ¡No! —Giorgio también rió—, no, para nada. Maite los miraba feliz o eso parecía.

Orestes encendió el puro y se quedó viendo cómo el humo se deshacía azul contra la oscuridad.

Las mujeres los dejaron fumando y fueron a vestirse. Camille se asomó nuevamente a la terraza y llamó a su padre. Orestes paladeó el ron. Tenía un sabor que le recordaba a la madera húmeda, pero era áspero como el del whisky. En el fondo corría como una miel. Era una lástima. Cincuenta euros era a veces todo el dinero que él tenía para un mes. Giorgio y su hija conversaron apenas un momento y ella volvió dentro. Tampoco va a la discoteca, se queda con unas amigas. ¿De por aquí? Sí, son vecinas y se conocen desde niñas, pero se ven casi siempre en verano, y ya te puedes imaginar todo lo que tienen que contarse. La fiesta de ellas dura hoy hasta la madrugada. Orestes volvió a beber e imaginó el grupo de chicas, sus risas, y se sintió viejo, sorprendentemente sucio. A lo mejor empezaba a estar borracho.

Durante la noche, las montañas se cubrían de puntos de luz y desde lejos costaba creer que fueran casas, más bien parecían señales para los aviones.

Hoy es uno de esos días, dijo Giorgio, que lo mejor que puedes hacer es quedarte en casa, ¿no crees? Orestes pensó en el alivio de una cerveza en la terraza del campismo. Si quieres nos quedamos. Con las mujeres no conviene cambiar de planes a última hora. Unas luces irrumpieron en la carretera antes de llegar al hotel. ¿Por? No sé, supongo que terminan decepcionándose y una mujer decepcionada suele ser muy peligrosa; eso sí lo sé. Giorgio se levantó. Iba a cambiarse. Orestes se sirvió más ron. En el reproductor se escuchaba un disco de Khaled. Tras la curva del viaducto, las luces se convirtieron en un barrido y después apareció un coche bajo y pequeño, que el resplandor hacía rojo.

La Cumbancha no era una discoteca sino un bar con música en vivo. Esa noche cantaba alguien que imitaba a Oscar D' León. Un tipo gordo y alto, con argollas en las orejas, al que acompañaban tres músicos.

El fondo del bar daba a una terraza y esta a un atracadero; desde la barra se veían las siluetas muy blancas de dos yates. Alrededor de la pista había sillas y mesas de mimbre. Giorgio propuso sentarse afuera, pero las mujeres prefirieron quedarse de pie, junto a la orquesta. Aquí hoy bailamos todos, dijo Olga, hasta Orestes. Maite sonrió. Eres terrible. Él sabe que yo lo quiero, ¿verdad, mortadella?

El cantante se movía ágil y tenía una coreografía con el músico que tocaba la guitarra, que los hacía parecer bailarines de cabaret. Orestes se quedó mirándolos un segundo. Como aquel gordo no estuviera doblando, sí que cantaba igual que Oscar D' León, pero clavadito. Los cinco pidieron caipiriñas —una con muy poca cachaza, para Maite— y Orestes pagó los primeros sesenta euros de la noche. Un grupo de entusiastas coreaban las canciones de aquel Oscar D' León y bailaban. Maite, Cuquita y Olga se unieron a él.

Ellos se quedaron a un costado de la barra; detrás, unas chicas espera-ban para actuar. Iban con unos trajes cortos, brillantes, y las cuatro tenían lágrimas dibujadas alrededor de los ojos. Orestes removió la caipiriña y bebió. En dos rondas más se le habría ido un dinero que ni siquiera llevaba encima. Miró su reloj. Aún era temprano. El cantante y el de la guitarra se colocaron junto al único micrófono, agitaron las manos como un adiós en el aire y cantaron, *llorarás y llorarás, sin nadie que te consuele, y así te darás de cuenta, que si te engañan duele.* El público también cantaba con ellos. La voz de Olga era la que más se escuchaba. Yo me voy a la terraza, dijo Giorgio, ¿te quedas?

El mar era un agua inmóvil y contenida entre los muros del atracadero. A Orestes se le hacía increíble la cantidad de barcos que había en el Mediterráneo, no podía imaginar que fueran tantos. ¿Cuánto tendría que vivir él para llegar a comprar uno, setenta años? ¿Y qué iba a hacer entonces? ¿Naufragar? Giorgio eligió una de las mesas que daban a la acera y se sentó de espaldas al mar. El olor a grasa de motor interrumpía el aroma a lima de las caipiriñas. Orestes se sentó frente a él.

La mirada de Giorgio se iba hacia el final de los muelles. Olga me contó que querías dejar el almacén. Su voz parecía venir de otra conversación. Orestes creyó sonreír. Dice que quieres buscar trabajo como fotógrafo. Pero es difícil, dijo Orestes, hay cosas que a cierta edad ya no suceden. Depende. ¿De qué? Del tipo de fotógrafo que quieras ser, y dos, del tipo de fotógrafo que crees que eres; teniendo eso claro siempre hay tiempo. Ahora, vivir de la fotografía como artista, con todo respeto, no creo que lo consigas. Eso es lo de menos, dijo Orestes. ¿Y qué buscas entonces? No lo sé, tal vez haga una exposición por mi cuenta. Tampoco es mala idea, aunque ya te puedo decir qué va a pasar. ¿Qué? Nada, ¿a quién le importan las fotos de un desconocido? El negocio, como yo lo veo, está en la publicidad o incluso, fíjate, de paparazzi. Los famosos son los otros, no tú. Puede ser, dijo Orestes y bebió. Te lo digo en serio, con un curso de diseño las cosas pueden cambiar; eso te convertiría y no sé si me explico, en un profesional *útil*.

Un camarero cruzó junto a ellos y Giorgio lo detuvo para pedir dos martinis. Invito yo. No hace falta, dijo Orestes. Tranquilo, cuando vengan las mujeres pagas tú. ¿Crees que vendrán? La noche es larga. Los dos hombres sonreían. Yo tengo un amigo —Giorgio alejó la caipiriña hacia el centro de la mesa—, Alfredo Martelli, que es un maestro preparando cócteles. Bueno, para que te hagas una idea: trabaja nada menos que de barman en el Savoy, en Londres. Rara es la vez que viajo allá y no voy a verlo. Él mismo dice que voy solo por sus martinis. Los barcos se perdían en la oscuridad y dejaban la impresión de contemplar el parking de un supermercado. Alfredo y yo hicimos juntos la milicia, después él se fue a Inglaterra y jura que estaba por regresar a Torino cuando conoció a Sanne, la noruega que ahora es su mujer. Giorgio reía. Y la verdad, he pedido estos martinis pensando en él, aunque doy por hecho que no serán lo mismo, Alfredo es un grande; disculpa que no te haya consultado. Da igual, dijo Orestes.

El camarero trajo las bebidas y Giorgio pagó con su tarjeta. ¡El plástico!, casi mejor que los billetes, ¿no crees? Parecía un poco borracho. Así nadie te jode. Orestes asintió una vez más, levantó su copa con cuidado y bebió un pequeño sorbo. Sabía a refresco. Habría preferido una cerveza. Giorgio lo miraba. ¿Qué tal? Él alzó los hombros. No sé. Una brisa corrió hacia el final del atracadero. Giorgio probó su martini y sacudió la cabeza. Para mi gusto tiene demasiado vermut, ¿lo notas? Puede ser. ¿Un cigarro? Giorgio le ofreció los Montecristo y luego de encender uno, dejó la caja sobre la mesa.

¿Por qué me preguntabas lo de la fotografía? La mirada de Giorgio se incrustaba en la oscuridad. Yo me dedico a la música, lo sabes, y no sé cómo puedo ayudarte, la verdad. Orestes se revolvió en el asiento. ¿Ayudarme? Y volvió a beber de aquel brebaje perfumado. Sí, eso me ha pedido tu mujer. Giorgio no lo miraba, más bien parecía hablar consigo mismo. Por eso te decía lo del diseño, porque quizás por ahí… —chasqueó la lengua—, pero yo vivo en Torino, buen hombre, y tú no hablas italiano. Y balanceó la cabeza. La vida es difícil, ¿no?

Orestes ya no estaba en la conversación; sin darse cuenta, se alejaba por un camino cubierto de una neblina que envolvía las luces de las lámparas, las caras de las personas, las siluetas tan blancas de los yates. Allá, frente a él, Giorgio dejaba escapar palabras como «diseño», «pósters», «cedés»; y sonreía. Él todavía bebió un poco más. El martini era repugnante. Después sintió un vacío en el estómago, algo de mareo y como si se contemplase desde afuera, se vio dejar el asiento, ir hasta Giorgio y golpearlo en la cara. Fue un gran golpe, pero un golpe blando e inexacto.

En el otro recuerdo, Giorgio ya está de pie, lo empuja y está por atacarlo, pero no lo hace. Recoge la tarjeta y el tabaco de la mesa. Infeliz, dice y va hacia el bar. Las miradas, de pronto, han caído sobre él. Se aleja hacia el embarcadero. A su paso solo ve barcos. De pronto, a la izquierda, comienzan a aparecer restaurantes, jardines, personas. Le viene una arcada y el vómito salta sobre la acera. Los pocos transeúntes se apartan.

El campismo amaneció envuelto en una luz gris, a Orestes le dolía la cabeza y tenía resaca. El viento golpeaba contra la tienda. Olga dormía a su lado, de espaldas. Iban a ser las ocho y media. Miró al techo —ahí, al alcance de la mano— y comprobó que la bombilla tenía una mancha negra, como la chispa de una soldadura eléctrica. Se puso un pantalón corto, buscó el neceser del aseo y salió afuera. La palangana donde Olga orinaba estaba a medio llenar.

El silencio aún cubría las tiendas vecinas. A esa hora le iba a costar trabajo encontrar dónde tomarse una cerveza. Bajó las escaleras y cogió la calle hacia los baños. Las autocaravanas eran unos huevos grandes, blancos, en medio de la soledad.

Se lavó la cara, los dientes y hundió la cabeza bajo el grifo. El agua se escurría helada entre el pelo. Al incorporarse sintió que se mareaba. Regresó despacio hacia la tienda, como si no quisiera hacerlo. Colgó la toalla en una cuerda entre los árboles y guardó el neceser. Olga aún dormía. Y lo vio claro, aquel iba a ser un día difícil, pero sobre todo muy largo.

La cafetería aún estaba cerrada. Dejó atrás el campismo y cruzó bajo el viaducto. El mar se veía tranquilo. El gris de las nubes entintaba el agua de un azul aún más profundo, si esto era posible. Las embarcaciones tenían ese aspecto inmóvil de las velas en una tarta. Subió la cuesta de la carretera y entró a la terraza del hotel. Más allá, entre los pinos, se veía la urbanización donde ahora mismo dormían Giorgio y los suyos. Qué lejos. Hizo el intento, pero no consiguió acordarse de Camille.

Lo atendió una mujer vestida con un uniforme del mismo *beige* que el de las paredes. Orestes le mostró un par de dedos. *Two beers.* La camarera lo observó unos segundos. Luego se marchó y regresó con dos botellas y dos vasos. Él dejó que colocase todo sobre la mesa. *How much?* Ella soltó la bandeja sobre una silla y abrió las dos manos. *Ten.* Sus ojos eran negros y redondos.

La bebida bajó fría, analgésica. Aún tenía sueño e intentó apartar la modorra. Esta es la Riviera, se dijo y se aplicó en terminar la primera cerveza. El aire llegaba húmedo y sobre las montañas el cielo era puro aluminio. La segunda, en cambio, la bebió con calma, como si intentase retardar ese sobresalto en lo hondo del estómago.

Estaba por marcharse cuando comenzó a llover. Caminó sin prisa hacia el campismo. Se sentía algo más borracho, pero también más tranquilo. La lluvia era como una racha de aire empapada de agua de mar. Bordeó la última pila del viaducto y miró hacia la cafetería. Para su tranquilidad, estaba abierta. Eligió una mesa junto a una nevera de refrescos y buscó a alguien tras el mostrador. Llamó, pero no apareció ningún camarero.

Olga llegó antes que el servicio, traía una cara muy blanca, sin maquillar y los párpados hinchados. Tiró con brusquedad de una silla. Cómo la cagas, tío, es impresionante. Él la observó en silencio. Llevaba una blusa rosa y un pantalón negro. ¿Anoche no hablamos? Ella también miró hacia el mostrador. ¿Vas a desayunar? En eso estoy, dijo él, pero aquí no viene nadie. ¡Please!, gritó Olga. La mañana era solo aire frío. ¡Please!, por favor. Finalmente, un hombre de unos cincuenta años, salió de alguna puerta al costado de la cafetería y fue hacia ellos. Olga le señaló en la carta, quería un café con leche y un cruasán. El hombre asintió. Orestes pidió otra cerveza. ¿Vas a beber tan temprano? Quiero estar tranquilo, ¿de acuerdo? Ella lo miró grave, despacio. ¿Y por eso bebes? No, no exactamente. ¿Y entonces? Las ramas de los árboles dejaron de moverse y arreció una calma que agrandaba los sonidos. Después, un golpe de agua cayó justo en vertical y volvió a batir el aire. Aquí —Orestes miró hacia la barra, por si el hombre acababa de venir de una vez— el único que se pasó y de largo, fue él. ¿Y qué? Ya te lo he dicho, me faltó el respeto y eso no se lo permito yo a ningún hijo de puta. Ella sonrió. ¿Será un decir, no? Orestes sintió el golpe, pero lo dejó correr. Lo que tú digas. Ella suspiró. No sé por qué, pero no te creo ni una palabra. Tu problema. El hombre trajo el desayuno de Olga y además una pinta de cerveza. Vas a empezar temprano, sí, señor.

¿Quieres saber algo? Estoy curada. Si alguien tiene aquí la culpa esa eres tú. Ella dejó caer los cubiertos. ¡¿Yo?! ¿Quién cojones te ha dicho que necesito trabajo? Nadie, lo sé. Del café con leche subía una hebra de humo. Él bebió de la cerveza, sabía amarga. Lo hice por ayudarte, Orestes, por ayudarte, por nada más.

Ella hundió un trozo de cruasán en la leche y lo fue comiendo a pequeñas mordidas, como si no tuviese otra cosa que hacer. Se limpió la boca con una servilleta y lo miró. Por cierto y antes de que te emborraches, tenemos que cerrar lo de la tienda. No entiendo. Pues deberías. Olga hablaba muy bajo. Necesito tu ayuda. Yo no puedo ayudarte y lo sabes. ¿Por qué? Porque yo soy un emigrante y los emigrantes, por suerte, no somos de confianza para ningún banco. Ella alejó la taza. ¿Cómo puedes ser tan cabrón, tío? Tranquila, Olguita, tranquila. ¿Qué pasa, me vas a pegar para que me calle? No soy yo, son los bancos. Tres nóminas, tu contrato de trabajo y déjame, que yo consigo el préstamo. Afuera, un vacío azul se divisaba entre las nubes y apenas llovía. No. Ella sonrió. Muy bien, como quieras. Se levantó y se quedó parada frente a él. Qué mierda eres, ¿se te olvidó por qué tienes papeles? Él intentó beber. ¿Por qué no te acabas de ir? Necesito tu ayuda. Ya te dije que no. ¿Seguro? Olga se limpió las primeras lágrimas. Pues vamos a ver cuando lleguemos a Madrid, porque esto tú lo pagas, aunque te lo tenga que cobrar Malabia. Él tiró la silla hacia atrás y se paró. Pégame y te llamo a la policía. ¡Maricón!

DOS

Entró a un bar y pidió una jarra de cerveza. El camarero lo atendió sin prisas; después, junto a la bebida le dejó una rebanada de pan con tocino y pimentón. Tenía hambre. Él debería estar más pendiente de los museos, de las galerías, porque te confías y cuando quieres darte cuenta, han pasado tres años y solo has estado una vez en el Prado y otra en el Thyssen. El tiempo se escurre como agua. Pero lo había hecho bien y esta mañana —más que nada por evitarse el sábado con Mirta y Enrique— se levantó temprano, cogió el metro y vino al centro. Era libre. Antes de entrar al Dunkin' Coffee de Gran Vía compró la *Guía del Ocio* y mientras desayunaba donuts con café con leche, estuvo revisando las exposiciones abiertas durante el fin de semana. Así encontró la muestra de las cien fotografías tomadas con una Leica por José Manuel Aizpurúa.

No sabía qué pensar, pero se daba cuenta de que, aunque las imágenes habían envejecido y de cierto modo ganado en inocencia, a su vez eran como una película de terror. Ninguno de esos hombres, de esas calles, de esos negocios existía ya. Sin embargo estaban ahí, todavía presentes ochenta años después, con toda su juventud, su ajetreo y sus escaparates adornados.

La televisión estaba encendida y en silencio. En la pantalla, un locutor movía los labios como un pez al otro lado de un cristal. Se miró en el espejo de la barra. En la esquina, una pegatina de un equipo de fútbol amarilleaba por la grasa.

Alguien dijo su nombre y él miró hacia el salón. En una de las mesas junto a las ventanas estaban Annie y otra chica. Hacía siglos que no se veían. Él se acercó a saludar. ¿Vos qué hacés por mi barrio? Él sonrió. Cierto, ella solía hablar con acento argentino, aunque era cubana. Acabo de salir del Reina Sofía, ¿y ustedes? Ah, dijo Annie, ella es Olga, una amiga. Orestes. Y mi fotógrafo. ¿De verdad? Sobre la mesa había un par de cervezas vacías. ¿Otras? Olga hizo por levantarse. A eso íbamos cuando ella te ha visto. Déjalo, ya voy yo. Si es un amor, dijo Annie.

Él regresó a la barra y pidió dos tercios. El camarero tiró despacio hacia la nevera. Acá al amigo no le corría sangre, sino plomo. Orestes se entretuvo hojeando un periódico. Le gustaban las fotos de prensa, pero nunca se le habría ocurrido dedicarse a ellas, y tal vez había sido un error. El novio de Annie era africano, juraría que de Senegal, pero no estaba seguro, y tocaba la guitarra. Decía Alberto que era muy bueno, que se parecía a Stanley Jordan. Alberto fue quien se los presentó, quien le pidió el favor de las fotos y lo llevó a aquel pisito aquí en Lavapiés, que era como una caja de hormigón incrustada en el edificio.

Ella era alta, negra y tenía los pechos como medias naranjas, justo. También era la única mujer a la que había fotografiado desnuda sin ser su amante. Ellos estaban interesados en unas fotos iguales a las famosas de Yoko Ono y John Lennon y andaban buscando presupuesto. Pero él no se veía capaz de cobrarle a un par de infelices y les dijo que se las hacía gratis, se las grababa en un cedé y que se ocuparan ellos de la impresión, del álbum, de lo que quisieran. Al final le regalaron cincuenta euros y Alberto y él se los gastaron —para no ir lejos— en una terraza justo en los bajos del pisito.

El camarero dejó las botellas, un plato de postre con arroz y anillas de calamar, y unas cucharillas. Orestes llevó todo a la mesa, incluida su propia cerveza, y luego fue al baño. La bombilla del distribuidor estaba apagada o fundida y le costó ver dónde debían entrar los hombres. Al final eligió una puerta cualquiera y acertó.

A su regreso, Olga le estuvo comentando sobre lo mucho que durante un tiempo le mortificó no tener un *book*. Y no era un asunto de dinero, porque dinero entonces era lo que menos le faltaba, sino de irlo dejando de un día para otro y después para el siguiente y nada, cuando vino a darse cuenta —sonrió con tristeza— ya no quedada ni rastro de Olguita, como le decía su madre. Hay cosas que si no se hacen de joven, ¿verdad?, ya no valen la pena. ¿Y tú querías ser modelo? No, bailarina. Orestes se fijó en su cara. Una línea delgada le envolvía los labios como una sonrisa falsa. Llevaba otras iguales donde las cejas. Pues aprovechá, acá tenés a un excelente fotógrafo, doy fe. Olga alzó los hombros. Ahora ya no, además tendrías que ir a Málaga a hacerme las fotos.

Unos perros ladraron al otro lado de la ventana y los tres miraron hacia afuera. Una mujer salió de un estanco de tabaco y apartó el suyo, un pequinés u otro pequeño muy parecido. ¿Y qué tiempo vas a estar por aquí? Me voy mañana, dijo Olga. Nada, entonces. Solo vine a ver a una amiga. ¿A ti? No, dijo Annie, a una que venía de Miami. ¿Y? No llegó, dijo Olga, pero ni me lo recuerdes.

Ella tenía la piel de ese color de la leche, el pelo negro y lo llevaba en una melena corta, que le encerraba la cara entre dos paréntesis. Orestes probó las anillas de calamar y las sintió duras, como a medio cocinar. Hizo un esfuerzo y tragó de un golpe. ¿Y te va bien en Málaga? Normal, dijo Olga, trabajo en una tienda de submarinismo; no gano mucho, pero estoy tranquila. Eso es lo único importante, dijo Annie. Él bebió. Aún pensaba en la exposición que acababa de ver. Sería lo mismo que si alguien les tomaba ahora una foto a ellos, la guardaba y aparecía ochenta años después. ¿Qué dirían entonces sus caras, sus cuerpos? ¿Quiénes eran esa negra, esa blanca y aquel hombre moreno en medio de ellas? ¿Su amante? ¿Un conocido? ¿Algún pariente? Qué increíble lo que hacía el tiempo.

Volvió a beber y sonrió como si intentara disculparse por el silencio. Y por decir algo, dijo, ¿y hoy qué van a hacer? Mi chico toca esta noche en La Recoba, a las once, ¿quieres venir? Estará con su banda y con una chelista francesa, muy buena. ¿Tú vas? Olga levantó la mirada de la calle. Debe ser duro vivir en una ciudad sin mar, ¿no? ¿En serio lo notás? Yo lo siento. ¿Málaga es distinta?, dijo él. Es otro azul. Vos lo que estás es triste, pero hoy te curás, te lo prometo. Orestes lo pensó un par de veces, pero se atrevió. ¿De verdad que nunca has vivido en Argentina? Annie pareció aliviada, como si estuviera esperando la pregunta y de alguna manera la necesitara. Por supuesto que no, che. En la vida, sabés, hay que elegir; todo el tiempo estamos eligiendo. Yo soy de Marianao, pero no me gusta ese acento, tampoco el andaluz ni el mexicano. Me gusta y disfruto con el de Buenos Aires. Pues ese es el español que hablo, porque la libertad, no sé si habéis leído a Isaiah Berlin, parte de ahí, de elegir cómo querés hablar, cómo querés vestirte, cómo vos querés comportarte en el mundo y por supuesto sin que importe de dónde sos, ¿entendés?

Él balanceó despacio la cabeza, como si asintiera. Annie se lo explicaba y el chiste sobre la negra cubana que procuraba ser argentina se le hacía menos divertido, pero también sentía un poco de lástima. Todavía recordaba la mejor de las fotos que les había tomado. En la original, Yoko Ono y John Lennon —desnudos y de espaldas a la cámara— miran a la ciudad a través de un ventanal. Para la suya, Annie empapeló una pared del pisito con imágenes de Montreal, y se colocaron desnudos ante esa ciudad de papel, desfigurada, mientras sus cuerpos dejaban asomar algunos edificios a lo lejos.

¿Y cómo lo aprendiste?, dijo Olga, porque yo recuerdo que en el pre tú no hablabas así. Qué se yo, con películas, con canciones. ¿Y te gusta el tango? Annie estaba emocionada. Fijáte, el tango es mi pasión. Yo adoro a La

Gata, al polaco Goyeneche, a Troilo. ¿Y a Gardel? ¿Vos no podés ser menos cursi? Pero es Carlitos, dijo él y le costó disimular la risa. Empezaba a divertirse. Escucháme, al lado de Dios solo está Piazzola. Orestes rió con toda la risa que llevaba acumulada, también con el nerviosismo de saber que la vida nunca avisaba y él también podía estar en la ciudad equivocada.

Hoy en La Recoba, después de mi chico, hay tango. ¿Y tú cantas? No —Annie sonrió—, pero si lo hiciera ni en broma me hubiese venido para acá, pero ni en broma. ¿Adónde? A Madrid. Madrid es una tumba, es la tumba del tango. Annie llevaba los labios pintados de rojo y los párpados de azul.

Orestes se levantó, regresó a la barra, pidió tres tercios y esperó a que el camarero trajese al fin las botellas y una cazuela de barro con un caldo amarillo donde flotaban unos garbanzos y unas hierbas. Volvió a la mesa y se encontró que Annie estaba para el baño. Olga sonreía. ¿Tú estás seguro que ella está bien? Él también sonrió. Esperemos que sí. Llevaba años sin verla y, la verdad, me ha sorprendido. Pues yo pensé que eran más amigas y que tú sabías. No, la conozco desde hace mucho, pero mi amiga es Yamila, su prima. ¿Yamila vive aquí? En Barcelona. La llamé hoy por la mañana y me dio el teléfono de Annie. Ya me dijo algo, pero no sabía que era tan serio. Al parecer todo comenzó con un chico argentino. Entiendo, dijo él.

Antes de regresar a la mesa, Annie fue a la barra y pidió una cesta con patatas fritas. Él alzó su botella. Salud, dijo, me han salvado el mediodía. Estamos en paz, dijo Olga, nosotras no es que tuviéramos un gran plan. ¿Y vos qué hacés ahora? ¿De fotos, dices? Cuenta algo, tío, estás pregunta y pregunta, pero no sueltas nada. Ellas sonreían. Pues de momento, el lunes comienzo mi propio negocio. ¡Sí!, no sabía, dijo Annie. Los dientes de Olga eran grandes, cuadrados y muy blancos. Contá, de qué va. El cuento es largo, pero a ver: una prima de mi padre, que vive en Miami, tiene un amigo que vive entre allá y aquí, y los dos quieren montar aquí, en Madrid, un restaurante-discoteca o algo así. Además, este hombre trajo, llegó antier, unas ideas de exportaciones y de venta de casas, allá. Y me han invitado a unirme a ellos. ¿Haciendo qué? Como socio y supongo que supervisaré los negocios aquí, eso me han dicho.

¿Y vos vas a llevar todo eso? Es la idea. A mí, si querés que te diga la verdad, se me hace demasiado. Va por etapas, dijo él. Las dos mujeres lo miraban. Annie encendió un cigarro. Ahora mismo estamos buscando un local y eso es lo que empiezo a hacer el lunes, ni más ni menos. ¿Alquilado?, dijo Olga. No, la idea es comprar. Pues tendrán pasta, tío, porque algo así, lo sé por mi ex, cuesta y bastante. Un poco, sí. ¿Y vos además de fotografía sabés de empresas? Bueno, algo he aprendido. Y sí creo que conozco cómo funciona el negocio, y fueron ellos quienes me pidieron que me uniera, ¿yo qué les iba a decir? Además, me interesa. ¿Y a quién no?, dijo Annie. A mí gustarme, me gusta la fotografía, pero mientras no tenga papeles... ¡Pero vos no tenés papeles! La voz de Annie pareció encerrarlo detrás de una alambrada. Orestes sintió que el calor le tomaba las orejas. No, no he podido. ¿Y por qué? Lo he intentado, pero no están legalizando a nadie. Casándote sí. Tal vez, pero no he querido irme por ahí. ¿Vos estás bien?, si hasta yo que soy negra, ya soy española.

Tío, cualquiera por dinero te hace el favor. ¿Vos sos también española? Desde hace años. ¿Te das cuenta?, acá mismo ya tenés una candidata, mirá por dónde. No es eso, dijo él. ¿Entonces qué?, vos con la plata no debés de tener problemas, porque de esos negocios, a mí no me engañás, algo te toca, ¿no? ¿Niño, tú eres masoquista o te gusta pasar trabajo? ¿Y vos cómo vas a llevar un negocio, si no tenés papeles? Con suerte, te estafan. Dicen que ahora, a principios de año, viene una regularización. ¿Cuántos años llevás acá? Tres. Joder, tío, me asombras. Orestes apuró el final de su cerveza. Yo pude casarme y gratis, pero no quería que fuera con esa mujer y no lo hice. Ahora qué más da, ya espero. Pero te habrá costado tu tiempo, ese es el problema. Annie miró el reloj. Y una pregunta, dijo Olga, ¿una parte de esos negocios se hacen en Miami? Sí, claro. ¿Y tú cómo los controlas?, porque viajar no puedes. Mercedes, además de prima de mi padre, es una mujer seria, lo sé. ¿Y qué?, el dinero es mierda, tío.

Annie apartó su silla. Amores, yo lo siento, pero voy a tener que marcharme, aún tengo que recoger la ropa de mi chico. Y miró a Olga. ¿Vos me esperás aquí o venís conmigo? A lo mejor me voy a descansar y ya nos vemos esta noche, he dormido fatal. Lo que vos querás y ya sabés, cuando estés en el sitio, me hacés una perdida y salgo a buscarte, ¿de acuerdo? Annie se levantó e hizo por pagar, pero Orestes se lo impidió. Invito yo. Ella lo besó en la mejilla. Sos un amor, pibe. Él sintió su perfume, olía a talco.

Caminaron hacia el centro, sin ningún rumbo. El día se perdía en una luz líquida, que envolvía la tarde en un gris exacto al de las nubes. ¿Y tú buceas? A veces, pero es caro, ¿tú también? No —él sacudió la cabeza—, nunca he practicado. Yo aprendí en Cuba, en Guanabo, con mi prima Maite, que el padre era militar y nos llevaba. Él la vio caminar a su lado y le gustó aquella cercanía. ¿Te apetecen unas tostas? ¿Sabes dónde? Él señaló hacia el final de la calle. Allí tienes tres tabernas, tú eliges. ¿Pero las conoces? He entrado alguna vez, sí. Ella llevaba un pantalón que caía hasta media pierna y tenía unos dobladillos anchos y vueltos hacia arriba, como se usaron en los ochenta. Debajo llevaba unas botas azules. ¿Y a ti qué música te gusta? Ella abrió grandes los ojos. ¿A mí?, las americanas, esas negras me encantan.

Entraron a la primera taberna, porque a ella le gustó el nombre. *Cape Fear*. Dentro, las paredes estaban cubiertas con fotografías en blanco y negro de actores de cine. Un velero colgaba del techo sujeto por unas cadenas. Frente a la barra había unos toneles. La siguiente habitación era como una peluquería de los años cincuenta. Después comenzaba un largo salón a oscuras. ¿Qué te parece? Es genial, tío. Ella se sentó en un sillón de barbero. Él se acercó a la barra y pidió dos cervezas. El camarero era un tipo bajo, con el pelo muy negro, evidentemente pintado.

Delante del sillón de barbería había una mesa baja y al otro lado un asiento de limpiabotas. Los pechos de ella quedaban a la altura de sus ojos. ¿Y por qué decías que te salvamos el mediodía? Tonterías, se me había quedado una historia en la cabeza, ¿a ti no te ha pasado? ¿Y eso? Eran unas fotos de un arquitecto vasco que mataron en San Sebastián. Joder, dijo ella, mi exmarido es vasco y también es arquitecto. Él levantó su vaso. Por las casualidades. Ella sonrió. ¿A ti te gusta brindar, no?

En los altavoces se escuchaba un disco de flamenco, pero él no supo quién cantaba. ¿Y ese negocio, el de las casas, cómo es? La prima de mi padre tiene una inmobiliaria en Miami. ¿Y? La idea es buscar clientes aquí interesados en comprar allá. ¿Tú has vendido casas? No. ¿Y lo sabrás hacer? Es dinero, tendré que aprenderlo. ¿Y ya tienen los clientes? Los clientes hay que buscarlos, pero Mercedes, la prima de mi padre, dice que es ahora o nunca. ¿Por? Por el dólar, que está más bajo que el euro y eso le da ventaja al que compra desde aquí, ¿entiendes? No parece mala idea. Pero a mí, si te soy sincero, me interesa más el otro tema. ¿El del restaurante? Sí, yo no me veo vendiendo casas. Ella demoró la sonrisa. ¿Y a mí me ves? Ojalá. ¿Te importa que te haga una historia? Él bebió. Cuenta. Yo estuve casada con este arquitecto vasco que te decía antes y él, entre otros negocios, tiene un hotel en Tenerife; y yo guardo algunos de los contactos que hice durante esos ocho años que estuvimos juntos y a lo mejor pues les interesa invertir, ellos siempre están buscando dónde meter el dinero para que Hacienda no se los quite y Miami suena bien.

Detrás de ella había una foto de Robert de Niro cubierto de tatuajes, parecía la escena de una película. ¿Pedimos algo? Lo que quieras, yo solo no como dos cosas, ni anchoas ni queso azul. La cerveza se anillaba contra el cristal de los vasos. Él terminó la suya, se levantó y fue hasta la barra. Pidió una tosta de jamón con tomate, y otra de gambas y ensalada de cangrejo. También, dos cervezas. Y le preguntó al camarero quién cantaba. José Mercé, hombre.

Además, dijo ella, tengo dos primos que han hecho dinero y que viven en Miami, igual pueden ayudar. Puede ser, claro. Vienen a Madrid todas las navidades, les encanta Chueca. Dentro de nada, entonces. Pues sí. Junto a Robert de Niro había una fotografía de un negro tocando la trompeta. La cara era como un pez globo. Sudaba y de la mano le colgaba un pañuelo blanco. ¿Y tus primos qué hacen? Joder, ¡seguros médicos!, eso allá da una pasta. ¿Aquí no? El camarero les acercó la comida. Los cubiertos venían envueltos en servilletas de papel. ¿Ese es Dizzy Gillespie?, dijo él. El otro sonrió. ¡No!, Flog Bauer, ¿pero verdad que se parecen?

Ella miró el plato sin apetito. Cortó las tostas al medio y se las ofreció. Dentro de un rato. Olga tampoco cogió ninguna. Ah, mira —abrió su bolso, sacó el monedero y le mostró una tarjeta azul con letras blancas—, mi título de buceo. Él lo leyó. Se llamaba Olga María. Dos chicos ocuparon la otra mesa. El que se sentó en el sillón de barbería los miró, parecía contemplar un espectáculo que sucedía a sus pies. Lo que son las cosas, dijo ella, hasta ahora no me había dado cuenta de que éramos los únicos clientes. Pasa cuando uno está a gusto. ¿Tú crees?

Lo llamaron por teléfono y el timbre rompió algo.

Era Enrique y le contaba que una pareja de cubanos, amigos de Mirta, acababan de llegar de Grecia, allá los habían secuestrado, y se iban a quedar en el piso un par de semanas. Van a cocinar hoy, ¿contamos contigo? A lo mejor somos dos, dijo él. Ella lo miraba. ¿Vamos a alguna parte? Él balanceó la cabeza hacia los lados y procuró sonreír. Bróder, dijo, te llamo en cinco minutos.

Las luces eran cada vez más blancas y las sombras se empozaban en los rincones, como si fuera muy tarde. Te explico, Enrique es mi compañero de piso y van a hacer una cena, ¿quieres ir? ¿Y Annie? Dijimos que la veíamos en el concierto, ¿no? Cogió una de las porciones con ensalada de cangrejo y masticó despacio. ¿Tú vas a ir aunque sea de jazz? El sabor de la mayonesa le cubría las palabras. Sí —apuró la comida—, no tengo nada para esta noche. Ella hizo que sonreía. Con tal de que me guste. Tampoco es que esté mal, ya verás. ¿Y si no, nos vamos a bailar? Mira, esa es una buena idea.

Cruzaron la ciudad en un taxi, apenas sin hablar. Ella seguía el recorrido y a veces preguntaba por un edificio, por alguna calle. En la radio pasaban un programa de deportes. Él no iba con ningún equipo de fútbol, pero seguía la Liga y le gustaba el juego del Barça. Todo sucedía de una forma demasiado simple.

Huele a chícharos. Son chícharos. Enrique salió de la cocina. Olga, dijo él. Se saludaron. Ya se me había olvidado que los chícharos existían. Así son las cosas, has tenido que conocer a Orestes para acordarte. Sonreían. ¡Para que veas! Y son traídos de La Habana. ¿A quién se le ocurrió? Cosas de la madre de Mirta. En la cocina una mujer revolvía una cazuela con una cuchara de madera. Olga se movió hacia la mujer. ¿Ella es Mirta? Esta es Yanet, la esposa de Alejandro, dijo Enrique, Los Griegos. Yanet sonrió. Mirta es mi novia.

El pelo le caía a media espalda y tenía la piel cetrina de los orientales de la isla y un lunar grueso como una mosca en la mejilla. Encantado. Él la saludó con dos besos. A Yanet le costó voltear la cara. Es que en Cuba solo es uno. Ya te acostumbrarás. Y Olga también la besó. Olía a tabaco negro, uno de los pocos olores que a él le costaba soportar en una mujer. Muchas gracias por recibirnos, dijo ella. Él abrió la nevera. Olvídalo, dijo mirando a Olga, ¿una cerveza? Si tienen, prefiero un ron con Coca Cola. En la meseta hay, dijo Enrique. Orestes cogió una cerveza y buscó a Yanet. ¿Un cubalibre? Ahora no. Sus ojos no decían nada, solo eran incrédulos y profundos.

Enrique se llevó a Olga al salón.

¿De verdad que no quieres uno?, te va a sentar bien. No sé, dijo Yanet, no me gusta emborracharme. Él hizo por sonreír, pero se limitó a alzar los

44

hombros. En el fondo le daba igual. Ella revolvió los chícharos un poco más y al cabo dijo, bueno uno, pero con poco ron, me gusta que sepa a refresco. Tenía una de esas caras grasas que brillaban, como si se hubiese untado demasiada crema. ¿Qué tal el viaje? Muy, muy largo. Estarán rotos entonces, ¿no? Si quieres que te diga la verdad —Yanet dejó la cuchara en el aire— lo que siento es alivio, no veía las santas horas de llegar y ya estábamos de esas guaguas hasta la coronilla. Me imagino. Pero no consiguió hacerse ninguna idea de aquel viaje. ¿Y salieron de Atenas? Peor, de un barrio en las afueras.

Él mezcló ron, hielo y refresco en dos vasos y le ofreció uno. ¿Está bien así? Yanet lo probó. Sí, muy bueno y muy suave. Me alegra que te guste. Él recogió las bebidas y antes de dejar la cocina se acercó a ella. Ya verás cómo todo sale bien. Yo lo sé, Dios no nos va a abandonar. Estoy seguro. Y él se apuró en cruzar hacia el salón.

Ángeles, Mirta y Olga compartían un mismo sofá. En el reproductor sonaba un disco de Van Van del que a él le gustaba una sola canción. Las demás las conocía desde hacía años, pero el tiempo también las había ido gastando. Sin embargo, esa que le gustaba, le gustaba mucho. No porque la letra dijera algo importante, lo tremendo era el sonido de la orquesta. Le ofreció el vaso a Olga y se acercó donde Alejandro. ¿Así que tú eres El Griego? El otro sonrió. Aquí estamos. ¿Una cerveza, ron? Estoy servido —y le mostró una lata en el suelo, al costado del asiento—, pero gracias.

Orestes buscó una silla y se acomodó junto a él. ¿Qué fue lo que pasó? Hacía años que no encontraba a nadie peinado con la raya al medio. Nosotros, que salimos por Grecia a través de una amiga de mi padre y cuando llegamos a Atenas, a su casa, con el pretexto de que nos iba a legalizar, nos recogió los pasaportes y medio nos secuestró. ¡Cojones!; ¿y tu padre? ¿El viejo? Ni se creía el cuento, decía que estábamos viendo fantasmas. No jodas. Pero quién se lo iba a imaginar, si esa mujer era como de la familia y hasta quimbaba con el padre mío. ¿Novios? Ya ves. Alejandro usaba un candado, muy negro, que no parecía suyo. Y en Atenas, bróder, nada de nada, a cogerla desde el mismo primer día, ¡fuego! Yanet, la pobre, la pasó fatal. Orestes bebió. ¿Y cómo se escaparon? Mi mujer, men, que encontró los pasaportes en un armario, debajo de unas sábanas. ¿Estás oyendo?, dijo Enrique. Lo más lindo, dijo Alejandro, que llevábamos mes y medio en Grecia y el visado era por tres, por naditica tenemos que quedarnos allá o vete tú a saber.

¡De pinga!, qué día para venir raro. Orestes miró a Olga, pero no alcanzó a pensar nada sobre ella. Solo le gustaba. Tenía algo en la boca, tal vez la forma de los dientes, que le recordaba a una profesora de la universidad, con la que nunca llegó a acostarse. ¿Y cómo hicieron para llegar hasta aquí?, dijo. Alejandro sonrió. ¡En guagua, loco, qué hambre y qué churre! Y encima lo hicimos mal. ¿Y eso? Después una rumana nos contó de un ferry que cruzaba directo a Italia, pero nosotros qué íbamos a saber. A lo mejor esa fue la suerte. Quién sabe. ¿Llegaste a aprender algo de griego? Ni una palabra, loco, qué idioma para sonar extraño.

Pero por suerte ya pasó todo, dijo Enrique, y del lado de acá las cosas son más fáciles. Los brazos de Alejandro estaban marcados por unas venas finas, como hilos, que únicamente desaparecían al llegar a los dedos. ¿Ustedes creen? Serías el único, dijo Enrique. Lo jodido son los papeles, ¿no? Y tampoco. Mira a este —Mirta señaló a Orestes con la cabeza—, está ilegal y ahí lo tienes, tan pancho y como él, millones ahora mismo. Alejandro lo miró. ¿De verdad? ¿Qué tiempo ya llevas aquí? Tres añitos, men. ¿Y no has conseguido legalizarte! El otro agachó la cabeza. También es verdad, dijo Enrique, que a este se le han enredado las cosas más de la cuenta. ¿Y qué pasó? Nada, todo es política. Ese es mi miedo, dijo Alejandro, que no podamos conseguir los papeles. ¿Qué te van a hacer, tirarte otra vez con los leones? Eso no lo hacen. No hay dinero en este país para deportar a todos los ilegales. ¡Y a un cubano menos! ¿Pero me dejas darte un consejo?, dijo Enrique. Alejandro recogió su cerveza del suelo. Dime. Yo me afeitaría. ¿De verdad? ¡Hombre!, llevas el cartel de sicario en la cara. Alejandro sonreía. Sí, pero si lo va a hacer, que lo haga ahora —Yanet se recostaba a la puerta del salón—, porque si no, yo lo conozco, no lo hace. Enrique dejó el sofá. Vamos. ¿Adónde? Al baño. ¿Yo puedo ir?, dijo Olga, me encanta ver afeitarse a los hombres. Y a mí, dijo Ángeles. En la mirada de ambas estaba ese brillo de los buenos recuerdos. Yanet no dejaba de observarlas.

Orestes terminó la cerveza, buscó otra y fue hacia su habitación. El cuarto estaba a oscuras. Se sentó en una esquina de la cama, las voces de las mujeres llegaban como un murmullo y pensó en el lunes, en Nicolás y en cómo iba a cambiar su vida de una vez si aquellos negocios iban adelante. No era cansancio, pero el día se le estaba haciendo interminable. Fue hacia la ventana y se quedó viendo el cielo de la noche. Las cosas que has hecho. Y se vio en el aeropuerto de Barajas, arrastrando un maletín negro, que ya había perdido una rueda. Apenas era mediodía y tenía que coger otro avión hacia Palma de Mallorca, pero nunca llegó a él. Echó a andar a lo largo de unos pasillos siguiendo los letreros de salida y cuando pudo darse cuenta ya estaba en la calle. Entonces no tenía caso regresar. Esa misma tarde llamó a Lourdes. No fue una buena conversación, pero con algunas mujeres los trámites son sencillos. Y ella hizo lo que él esperaba, se refugió en su orgullo, le gritó un par de veces que era un hijo de puta y lo mandó al carajo.

Bebió despacio.

No sabía qué era, pero tenía claro que lo mejor era mantener lejos a Olga. Alejandro podía llevar el matón en la cara, pero ella tenía un stop. Y hay señales que no puedes llevarte o conviertes tu vida en un calvario.

Dejó la habitación con la idea de orinar, pero Yanet, Ángeles y Olga seguían en la puerta del baño, como un racimo de hembras en celo. Siguió hacia el salón y estuvo revolviendo entre los discos. Al final se decidió por un concierto, uno de Supertramp, en el ochenta, en París. Se acomodó en un sofá con las piernas encima de los asientos y se entretuvo escuchando los chillidos del público, el comienzo de la música, la risita de Ángeles. Cuando Enrique y él la conocieron, Ángeles salía con Alberto. Increíble. Enrique estaba casado con Nayla, la libanesa; e Itziar y él aún vivían juntos. Cuántas vueltas. Bebió largo. Muchas.

Mirta cruzó hacia la cocina y al verla, volvió a acordarse de Nayla. Eran dos polos de algo. Mirta tenía las tetas pequeñas, las nalgas grandes y los dedos de las manos largos, pero gruesos. A él le gustaban, parecían tener vida y alguna vez se había preguntado cómo sería para una mujer pajearse con ellos. Nayla, en cambio, era menudita y mucho más fea, pero eso sí, también más tranquila y como más cerrada.

Olga entró al salón. ¡Vaya cambio, tío! Alejandro venía detrás. Su cara ahora era un plato blanco y llevaba el pelo corto y peinado hacia atrás, seguramente con gel. Si luces otro, bróder. Alejandro reía. Siento que me falta algo. Olga se acercó al sofá. ¿Tienes unas zapatillas?, los pies me duelen un horror. Él hizo un esfuerzo y se levantó. Ahí está el cuarto, coge lo que quieras. ¿Tú no vienes? Ahora. Y cruzó hacia la cocina.

Terminó la cerveza frente a la nevera y sacó otra. Mientras la abría, reconoció que llevaba un par de semanas bebiendo demasiado. No es que antes bebiera menos, sino que últimamente lo hacía como si batiera el récord del día anterior. Pero el lunes empezaba con Nicolás y la vida volvería a ser lo que era o mejor. Ese favor se lo tendría que agradecer siempre a Mercedes, siempre, porque solo él sabía de dónde lo estaba sacando.

Aún estaban a la mesa cuando llegaron Alberto y Elena. Venían sin cenar. Ella olía a un perfume caro y seco. Enrique y Orestes dejaron sus sitios y se quedaron de pie, recostados al aparador. Mientras los otros se sentaban, Enrique hizo las presentaciones. Alberto sonrió al enterarse de que a Yanet y a Alejandro los llamaban Los Griegos, pero apenas saludó a Olga, como si ya la hubiese visto muchas veces o no le despertara ningún interés o, por el contrario, todo el interés del mundo. Elena solo se sirvió ensalada. Él, en cambio, rebosó un plato con arroz, carne y chícharos.

Alejandro y Yanet aún comían. Después, en algún momento, Alberto levantó la vista de su plato y miró a Olga. ¿Tú vives aquí? Olga sacudió la cabeza. Qué va, niño, en Málaga. ¿Y qué tal? Olga sonrió. Bien, me voy mañana. Elena la miró unos instantes, en silencio, y regresó a su cena. Una mujer como ella habría tenido que huir la primera vez que Alberto se le acercó, en cambio, y para su desgracia, no lo hizo. Orestes creía entenderla. ¿Qué puede pasar por la cabeza de una muchacha el día que descubre que no puede salir a la calle, si no rellena los ajustadores con prótesis de silicona? Alberto era más de lo que en ese momento ella creía merecer. Qué error.

Enrique se colocó junto a Mirta y comenzó a dar su versión del viaje de Los Griegos. Él no sabía cuántos kilómetros eran, pero por lo menos calculaba unos cuatro mil. ¡En guagua! ¿Te imaginas —le dijo a Alberto— lo que es eso? Encima esta mujer se empeñó en cocinar hoy, esos chícharos los hizo ella. Están de muerte. Yanet sonrió y su cara cobró algo de vida; pero se notaba cansada y tenía unas ojeras que las luces hacían parecer manchas negras. Alejandro apartó su plato y cruzó los brazos frente a él. Ojalá hubieran sido cuatro mil, hermano, pero fueron cinco mil doscientos, como lo oyen. ¿Tantos?, dijo Elena, ¿por dónde vinisteis? La cara de Alejandro se impregnó de un tinte rojo. Lo que es no saber, fuimos hasta Bucarest y de ahí para acá. ¿Y teníais visado? Yanet se volvió hacia ella, pero no habló;

tampoco le apartó la mirada. Peinado con gel, Alejandro tenía cierto aire de cantante de salsa. A nosotros nadie nos pidió nada. Asombroso, dijo Elena, pero no me extraña, claro; así estamos. Llenitos de rumanos. Alberto rió y Enrique con él.

Orestes se alejó del aparador. Le habría sentado bien un whisky, irse a su habitación y quedarse mirando al techo, sin pensar en nada; pero allí estaban Los Griegos, Olga, Elena, Alberto y ya sabía que esa noche iba a ser tan larga como las noches de cualquier sábado, incluso más. Así que en su lugar, prefirió buscar la cámara y fotografiar el final de aquella cena. Mirta y Ángeles protestaron. Estaban horribles. Orestes no les hizo caso y siguió a lo suyo. Las fotos no iban a servir para mucho, ya lo sabía, pero quería guardar el momento. De aquí a un tiempo, si es que alguna vez volvía a verlas, se acordaría de Los Griegos, de los tatuajes de Olga, de la boca llena de comida de Alberto y seguramente, porque las cosas no tenían por qué salir mal, hasta de Enrique y Mirta. Ya era una idea fija. En cuanto tuviese algún dinero, alquilaría un piso para él solo. ¿Cuánto podría demorarse, un mes, dos?

Elena comía despacio y con cierto aturdimiento, como si además de la lechuga y las rebanadas de tomate, tuviera que masticar palabras tan peculiares como «fuga», «secuestro» o «Macedonia». A él le habría gustado una mujer así, incluso con las tetas pequeñas. Sin embargo, con esta ya no había nada que hacer; ni borracho se le habría ocurrido meterse en una cama con ella, como tampoco lo hizo con Ángeles, a pesar de sus insistencias, de los besos robados y de las caritas de súplicas. No.

Si vamos a ir al concierto, le dijo a Olga, deberíamos irnos ya. ¿Qué concierto? La voz de Alberto tropezó con la comida. El del novio de Annie, ¿tú no vas? Ah, ese, nada, olvídalo. ¿Por qué?, dijo Olga. Uno de los músicos tuvo un accidente, dijo Elena, un autobús le dio a su bicicleta. ¿Pero está mal? Una pierna. Joder, dijo Olga, tengo que llamar a Annie. Alberto inclinó el plato y recogió los restos del arroz con chícharos. Estaban de muerte. Y se limpió la boca con el revés de la mano. ¿Ahora cómo salgo de aquí? Olga paseó la mirada por el salón, como si buscara una ventana, una puerta, un camino hacia alguna parte que solo ella conocía. ¿Tú dónde te estás quedando?, dijo Enrique. En Legazpi, ¿eso es lejos? Un poco, dijo Orestes, pero no pasa nada, llamamos un taxi. O nosotros te llevamos, dijo Elena, ¿no? Bueno, si ya tú lo dices —Alberto sonrió—, qué remedio. ¿Y entonces ustedes qué van a hacer esta noche? ¿Nosotros? —Elena barrió la mesa hasta dar con Alberto—, pues no sé, ¿qué vamos a hacer? Él encendió un cigarro. Aquí se pasa bien, ya verás. No te creo, dijo Olga. Orestes no va a dejar que te aburras, dijo Enrique. Ella rió. Cómo te gusta enterarte, ¿eh? Ellos también rieron.

Olga dejó la mesa. Pues entonces llamo a Annie, no quisiera quedar mal. Luego los demás también se fueron levantando. Orestes hizo todavía varias fotos y hubo una que le gustó. Se veía a Ángeles llevando una carga de platos hacia la cocina. Era una mujer yéndose para siempre de alguna parte.

Enrique dejó una botella de ron y un bol con hielo en la mesa de centro. El que quiera otra cosa que la traiga él. Elena fue a por vasos. Olga miraba a través de la ventana del comedor, sus nalgas se apretaban contra la tela del pantalón. Parecía impaciente. Entonces se volvió hacia Orestes. Nada, Annie no coge el teléfono. Pap y ella estaban con este chico, dijo Alberto, y a lo mejor lo tiene en silencio. Y te devolverá la llamada, dijo Orestes. Pues sí. Mirta salió hacia la cocina. Hay que fregar. Sus ojos cruzaron por encima de ellos, como si no quisiera mirar a nadie y la frase se quedó en el aire, suelta. Ya lo hago yo, dijo Ángeles, ¿tú me ayudas? Si me toca, dijo Olga. Entre las tres es más rápido, dijo Elena. ¿Y los caballeros?, dijo Yanet mirando a Alejandro. Ellos van a limpiar mañana, dijo Mirta, ¿verdad? Todo es posible. Orestes se sentó en el sofá junto a Enrique. ¿Quieres un ron? No, ahora no, dijo el otro. Orestes sirvió dos vasos y le ofreció uno a Alberto. Brindaron con un golpe seco y rápido. Alberto se puso a rebuscar entre los discos, al cabo sacó uno y lo colocó en el equipo. El Médico sonó en vivo, en Miami.

¿Cómo va tu negocio?, dijo Enrique. El lunes, el lunes empieza. ¿Y te van a pagar? Alberto ya cantaba. Claro. ¿Cuánto crees? Unos mil, supongo; al menos de momento. Enrique se miraba en la pantalla del televisor. ¿Y si no? Por ahora, a febrero llego; te lo digo para que estés tranquilo. Enrique sonrió. Si yo tranquilo estoy, igual eres tú el que no lo estás. Orestes se volteó a mirarlo. Empezaba a quedarse calvo, había engordado y la cara redonda hacía aún más pequeños sus ojos minúsculos. ¿Puedes bajar el tono? Yo solo quiero que se te den bien las cosas, bróder, nada más; debes de estar hasta el culo de servir mesas y limpiar baños. Y lo estoy. Alberto subió aún más el volumen de la música. ¡Se formó! Y sacó a bailar a Yanet.

Las mujeres vinieron de la cocina. Orestes dejó el sofá libre y se recostó al mueble de la televisión. Cuando trabajaba en el bar de Adriana, los sábados se cerraba muy tarde, ya de madrugada, y para la hora que conseguía llegar a casa, hacía rato que Enrique había mandado a bajar la música y ya nadie bailaba. Entonces Alberto y él solían quedarse bebiendo hasta que les daba el amanecer o Elena les rogaba que parasen de una vez, estaba que se caía de sueño. A veces, cuando los sábados coincidían con las visitas de Malabia, las fiestas se hacían más difíciles y era como adentrarse en una zona de peligro. La culpa no era suya, decían, sino de esa última vida que le había tocado. Y claro, la cocaína y el alcohol ponían esos recuerdos patas arriba.

Una de esas madrugadas se encontró con Alberto bebiendo solo en el salón. Enrique y Mirta se habían acostado y Elena no estaba. Orestes se sirvió un whisky y se sentó a su lado. Los dos se quedaron atentos al vacío de la noche, al humo que desprendían los cigarros. Entonces Alberto le contó que hacía apenas un rato, mientras cruzaba el centro con Malabia y su novia, se le ocurrió poner un disco de Jerry Rivera a toda pastilla y dijo, escucha esto, men. Malabia los miró a los dos y sin decir una palabra, comenzó a golpearla a ella. Qué susto. Tiró el coche contra una entrada de garaje, se bajó e hizo lo que pudo por quitárselo de encima; pero ya la había golpeado duro, como con odio, ¿sabes?, y cuando alcanzó a verla tenía los ojos hechos un Cristo y sangraba por la nariz. Era un temblor. Le dio un pañuelo y se ofreció para llevarla a alguna parte, pero ella no quiso. La muy puta —Alberto sonrió con pesar— apuró el paso y salió corriendo detrás de Malabia. ¡Qué locura! Alberto se llevó las manos a la cara y bebió un trago largo. Yo no sabía que se ponía así. Orestes no recordaba quién de los dos mencionó primero la muerte de la mujer de Malabia; pero los dos coincidieron en que desde hacía dos años era otro y no es que antes fuera distinto, sino que ahora era peor, más violento, más decidido, más triste o todo al mismo tiempo. El propio Alberto lo había vivido, tampoco era un amante muy recomendable.

Después de esa conversación, que acabó más bien rápido, quedó el acuerdo nunca dicho de no beber tanto con Malabia, de no pedirle que se quedara un rato más, de no agradecerle que apareciera siempre con cocaína, porque se podía ser cómplice de alguien —como lo era Alberto— sin estar juntos todo el tiempo, sin compartir demasiado. Pero los dos también sabían que algo así era prácticamente imposible; si Malabia aparecía una de esas noches, por supuesto que se iba a quedar en la casa, beberían, le agradecerían la coca y no dejaban de ser muy entretenidas sus historias de pistolas, asaltos, timos y coches robados. Era como si contase siempre unas películas que todavía nadie había visto.

Olga cruzó desde la cocina con una botella de dos litros de Coca Cola y la dejó sobre la mesa de centro. Yanet echaba hielo en un vaso y le preguntó si también quería. A eso vengo. Y por unos minutos las dos se entretuvieron con la bebida, como si esa noche no pudiera suceder ya nada más; pero

Orestes sabía que el sábado apenas estaba comenzando. Y bastó que Olga terminara de mezclar el ron con el refresco, lo sorbiera un par de veces, para que se acercara y lo invitara a bailar. Él procuró decir que no, que más tarde, que pasaba de la salsa, pero se sorprendió a sí mismo diciéndole la verdad. No sé. Y todavía pudo ver la cara de ella, aquel asombro que se mezclaba con las ganas de reír. ¡¿De verdad?! Él asintió con la cabeza. ¿Pero nada? Ni un paso, en serio. Ella entonces alzó los hombros, hizo una mueca con la boca y fue como si acabara de darse cuenta de que estaba en la fiesta equivocada, pero sobre todo con un hombre al que había confundido con otro. Y no, no se lo inventaba, justo esas eran las palabras en sus ojos.

Ella compartió el sofá con Ángeles y esperó a que Alberto la sacara a bailar. Parecía tomárselo con calma.

Mirta y Enrique podían perderse todas las canciones, menos una. La cantaban Los Perdularios al final del disco. A él también le gustaba el estribillo: *tú eres loca y las locas no tienen dueño. Tú eres loca, mami, tú eres loca y las locas no tienen dueño, ¡salta p' acá!* Y esa noche, como otras tantas, la cantó a dúo con Alberto, mientras Enrique y Mirta la bailaban, y Olga y Ángeles, con las manos apoyadas en la pared, sacudían las nalgas al ritmo de la música, idéntico a como lo hacían las animadoras con esos pompones de colores.

Olga se volvió hacia los demás. ¿Una rueda? Y miró a Orestes. Él sonrió. Paso, dijo y se sirvió más ron.

Enrique apartó uno de los sofás hacia el comedor y el mueble chirrió contra el suelo. Alberto puso otro cedé, llevó a Elena hacia el círculo que ya se formaba alrededor de la mesa de centro y alzó aún más el volumen. ¡Abre que voy! Orestes también cantó con ellos, *si yo te tiro la música, si te repito el estribillo, y tú me tiras un pasillo, tremenda atmósfera…* Y se quedó viéndolos moverse alrededor de la mesa, era increíble esa sonrisa que se les dibujaba a ellas en la cara, la malicia de los ojos de todos.

Mirta batía el culo sencillamente como si paleteara el aire y ni siquiera Olga o Ángeles conseguían hacerlo igual. Era como si sus nalgas fueran dos tapas de cartón, un par de abanicos. Enrique sonreía, tal vez con cierto orgullo. Alberto levantó una mano y buscó a Orestes. Conmigo, ¿ok? Y los dos cantaron, *tú vienes formando, tremenda atmósfera, mamá, di tú.*

Al caer, los pies levantaban un ruido sordo, hueco, que golpeaba contra las puertas, contra los cristales. Olga intentó varias veces que Orestes se sumara al grupo, pero él se negó. Yanet lo miraba con lástima o como si mirase a un enfermo de algo que aún no tiene nombre; tal vez como a un perdedor. Enrique entonces llamó a Alejandro. Mío, sígueme. *Liebre, deja que te coja.* Y se pegó a Mirta. Alberto y Alejandro lo imitaron. Las mujeres seguían moviendo las nalgas, pero ahora las frotaban contra ellos. *Deja que te coja, liebre, deja que te coja, deja que te coja, que vas a bailar en la cuerda floja.* Olga y Ángeles estaban sin parejas y él no pudo imaginar un sitio mejor que allí, entre ellas. *Te engañaron con mi persona, mami, yo sí soy tremenda hoja.*

Al terminar la canción, Olga regresó junto a él. Joder, tío, qué raro que no bailes, ¿no? Así es, será herencia. Y mintió. ¿Por qué no le dices a Alberto que te enseñe?, ¿quieres que se lo diga yo? Él sonrió. Déjalo. El ron le envolvía la boca en un sabor dulce. Sí que eres raro, tío, cubano y no sabes bailar. Ella torció la boca, como si evitara otra de sus muecas. ¿El trencito tampoco? ¡Ni eso! —Enrique habló por él—, aunque no lo creas... Sí que eres raro, Dios.

Después que se terminó el ron, Ángeles buscó media botella de JB y más hielo. Él fue hasta la nevera y regresó al salón con dos latas de cerveza. Olga bailaba ahora con Alejandro. En algún momento, Enrique se acercó al equipo de música y bajó el volumen. Los demás lo miraron. Es tarde y nos van a llamar a la policía, ustedes lo saben. Alberto reía. Y después te toca a ti dar la cara, ¿no es así? Así mismo —Enrique sonreía—, ya veo que te lo tienes bien aprendido. Olga los observaba desde muy lejos. Bueno —Alberto se dejó caer en un sofá—, tendré que tomarme un whisky, ¿no?

Yanet aún tenía la cara brillosa, fumaba y a Orestes se le antojó una de esas mujeres en las que nunca se habría fijado. Por supuesto, ahora tampoco. Ángeles y Alberto también fumaban y el humo flotaba en jirones sobre el salón. Orestes apuró un poco de cerveza y miró a Olga. Era una lástima haberla perdido tan pronto. Volvió a beber. Tampoco es que le importara demasiado.

La música llegaba como un murmullo y también como una despedida. Poco a poco todos habían terminado apretándose en los sofás, se miraban y no era mucho lo que tenían que contarse ya. Entonces Mirta le preguntó a Alejandro por el viaje hasta Rumanía. Ella no entendía cómo habían ido a parar tan lejos. Eso tuvo que ser un mundo de kilómetros, ¿no? Ni lo pensamos, dijo Yanet, nos subimos a la primera guagua que salió y tocó que iba para allá. Podíamos haber terminado en Bulgaria, en Turquía, dijo Alejandro, o vete a saber dónde. Pues sí, dijo Enrique. ¿Vosotros habláis inglés?, dijo Elena. Qué va, dijo Alejandro, la suerte fue una rumana que venía para acá. Hay que llamarla, Alex, porque esa mujer nos salvó la vida. Fue como un milagro, como si Dios nos la hubiese puesto delante.

Orestes dejó de escucharlos y se entretuvo en beber. Al rato, Enrique y Mirta se despidieron. El día estaba siendo muy largo. ¿Nos vamos?, dijo

Elena. Ahora, dijo Alberto y se sirvió un poco más de whisky. Olga también recargó su vaso. ¿Llamas un taxi? Nosotros te llevamos, dijo Elena, ¿dónde es? No hace falta, dijo Olga, prefiero irme sola, no les importa, ¿no? No, no, como quieras, dijo Elena.

Orestes terminó las dos cervezas, fue a la nevera y trajo una más. Mientras le daba los primeros sorbos, él también deseó que la noche acabara de una vez. Necesitaba descansar y tampoco tenía de qué más hablar con Olga ni con nadie. Sencillamente ya no estaba allí. De haber vivido solo, ahora mismo hubiera puesto un disco y se habría echado a lo largo del sofá, con la única esperanza de quedarse dormido cuanto antes.

Voy al baño, anunció Olga y para sorpresa de todos, cruzó entre los muebles con la imprecisión de un herido. Ángeles fue tras ella. Alberto apuró el whisky y le ofreció la mano a Elena. Nosotros nos vamos, dijo y se acercó a Orestes, no la dejes irse, no está bien. ¿Y si la llevamos nosotros? No, mejor que duerma aquí, con el fiera; ¿te la imaginas entrando a una casa con ese pedo? Los otros reían.

La puerta del baño estuvo cerrada un buen rato. Luego, cuando apareció, Olga traía los ojos hinchados y la cara mojada. Se recostó a la puerta del salón. Fue la carne, que me cayó mal. ¿Puedo acostarme media hora? Sin maquillaje, su piel era de un blanco casi transparente. Claro, lo que quieras.

Pidió un whisky en un bar a dos calles de la casa. Un lugar pequeño, repleto de humo y muy barato. Venía de un día interminable. Estaba convencido de que los negocios con Nicolás ni iban ni venían, sino más bien giraban en círculo y lo mareaban. Se sentía cansado y solo se le ocurrió llamar a Olga.

Pensaba que no volveríamos a hablar nunca. Ella rió. De hecho, he estado por llamarte. Me habría gustado. Y a mí, pero lo he ido dejando y hasta ahora. Él salió fuera del bar. La noche tenía el tinte azulado de las lámparas de neón. Estamos contando contigo, por eso te llamo. ¿Para qué? ¿No querías vender casas en Miami? La acera terminaba en un muro de arizónicas. Detrás, el horizonte era una mancha oscura. Me sorprendes, tío, no lo esperaba; yo creía que eso se había quedado ahí. No, solo necesitaba tiempo. Ella volvió a reír. Parecía nerviosa o todavía sorprendida.

Él caminó hacia la esquina, se detuvo junto a un teléfono público y miró hacia el otro lado de la calle. Se veía desierta. ¿Entonces qué me dices? No sé, tío, no sé. Como querías. Ya, pero más bien era una broma, ¿sabes?; mi vida está aquí y cuesta cambiar así de pronto, ¿a ti no te pasa? A todos, supongo —tenía deseos de cortar la llamada—, sin embargo, no sé, vi la oportunidad y pensé en ti. Y te lo agradezco, te lo agradezco mucho. Enfrente, un escaparate protegido con unas rejas verdes, mostraba enlatados, bolsas de legumbres y botellas de aceite. No tenía nombre; era uno de esos negocios de alimentos, tan pequeños como cualquier tienda de chinos. No hace falta, dijo él. Mira, vamos a hacer una cosa, mis primos llegan dentro de poco a Madrid, para las navidades, y yo iré a verlos, si te parece podemos conversar entonces. ¿En serio? Pero no te prometo nada. Él echó a andar despacio hacia el bar. Ya lo sé. Por cierto, ¿va bien entonces el tema de la discoteca? Tenemos varios locales —él miró hacia la puerta—, ahora falta decidirse por uno. Joder, me alegro. Detrás de la conversación se escuchaba una radio. Cuídate mucho, ¿quieres? Tú también y nos vemos por acá. Eso es. Y fue ella quien colgó.

Se acomodó en un costado de la barra, bebió y procuró no pensar en Nicolás, ni en los negocios. Para qué, si cada día daban más de sí y hoy eran la discoteca y el restaurante, pero mañana se convertían en una galería de arte cubano —que supuestamente él dirigiría— o pasado, en un gimnasio muy exclusivo y muy gay, al que él —contrario a Nicolás— no acababa de encontrarle sentido. Todo dependía del local que llegaran a comprar. A partir de ahí, vendría lo demás. ¿Planes? Planes era lo que se sobraba. Pero ya a estas horas no sabía si alguna de esas supuestas empresas iría a alguna parte. Quizás, porque en el fondo —sospechaba— Nicolás solo estaba interesado en hacerse con otra propiedad en Madrid —ya tenía una casa— y jugar a un tipo de inversiones, que a él, por supuesto, lo dejaban fuera.

Por eso acababa de llamar a Olga, porque estaba convencido de que más temprano que tarde dejaría de trabajar con Nicolás; Mercedes volvería a la penumbra de su vida en Miami, con sus hijos y su marido; y el único que saldría dañado sería él. Lo estaba viendo venir. Pero a diferencia de Nicolás, Mercedes y él eran familia, y ahí estaba su ventaja. Si Olga lo ayudaba y le demostraban que iban en serio, ellos podían echar adelante el negocio de las casas. Él nunca había diseñado una página web, pero creía que ese podía ser el punto de partida: una inmobiliaria online. Mercedes al final ganaría dinero y cuando hay dinero, la vida se toma con otra calma y con otra distancia.

Le había mentido a Olga, sí; pero se trataba de algo bueno para ella, para los dos. A estas alturas y luego de tres semanas haciendo el imbécil por Madrid, no creía que las cosas fueran a cambiar de la noche a la mañana y lo único que ahora mismo tenía de su lado, era el tiempo que se le echaba encima; por lo que para empezar ya era hora de ir cobrando algo. Lo vio muy claro. Nicolás aún no estaba pensando en el adiós y, por tanto, ni se le ocurría que él se fuera a ir antes. ¿Qué habrían hecho Malabia, Alberto? ¿Perder? Nunca. Y él también quería saberse a salvo o por lo menos compensado.

Después del primer whisky, pidió otro; vio un poco de fútbol y cenó de pie, frente a la barra, media ración de hígados y mollejas de pollo y una jarra de cerveza.

Al parecer la comida no le sentó bien y durmió sintiendo un peso en el estómago, casi un dolor leve que no consiguió apartar en toda la noche. Por momentos se imaginó que se levantaba, iba al baño, vomitaba y tras la acidez sobrevenía el alivio. Entonces volvía a dormirse. Pero por la mañana, mientras se enfrentaba en el espejo con una lengua muy blanca y dos ojeras que se pronunciaban hacia las mejillas, se dio cuenta de que nada de esto había sucedido. Se notaba hinchado y con una cara que no era la suya, sino la de alguien mucho mayor. Alguien que guardaba cierto parecido con aquel Orestes que él conoció una vez.

Nicolás tampoco lucía mejor. Mientras tomaban café, le contó que había estado hasta las tantas con unos amigos. Portándonos mal, recalcó y le mostró su sonrisa de dientecillos minúsculos y amarillos. Encendió entonces un Salem mentolado y le ofreció el paquete, pero Orestes lo rechazó. Es muy temprano para mí. Eso mismo pienso yo, dijo Nicolás, pero qué se le va a hacer, a alguna hora hay que empezar, ¿no?

Esa mañana, Nicolás llevaba un abrigo negro y largo hasta las rodillas —según él mismo, de piel de búfalo—, zapatillas de deportes y gafas de sol. Al salir a la calle, Orestes se fijó en cómo el otro se guardaba las manos en los bolsillos y echaba a andar hacia el río. Sus hombros se balanceaban como si quisieran llevarlo de un lado a otro, pero mantenía la cabeza recta y daba el aspecto de un bailarín interpretando el papel de un mafioso. Entonces recordó una canción de hacía ya muchos años, se llamaba «Pedro Navaja» y la cantaba Rubén Blades, un abogado panameño.

De la historia de la canción, él se acordaba bastante bien. El personaje, un delincuente del Bronx, se dispone a atracar a una prostituta que también pasa por un mal día. Pero, para su sorpresa, la mujer saca un revólver de la cartera y le dispara antes de que consiga pincharla con un puñal. Pedro Navaja queda tirado en la acera y por detrás se escucha un coro que dice: *la vida te da sorpresas, sorpresas te da la vida, ay, Dios.* Y durante un par de calles estuvo tarareando aquel estribillo que llevaba años sin oír.

La idea era un golpe de sol en los ojos. Orestes esperó a cruzar bajo el viaducto de Segovia y se volvió hacia Nicolás. Quédate ahí, dijo. El otro lo miró con esfuerzo. ¿Qué pasa? Nada, solo quiero hacerte unas fotos. La risa de Nicolás parecía un chillido. ¿Estás loco? Un minuto; date la vuelta, como si en lugar de ir bajando, subiéramos hacia la Plaza Mayor, ¿entiendes? El otro se encogió de hombros. Orestes se alejó unos veinte pasos. Ahí, perfecto. Ajustó la cámara para blanco y negro y buscó a Nicolás. Apúrate, lo escuchó decir, hace frío.

Al disparar, la cámara sonaba como una claqueta. Orestes hizo un esfuerzo por sonreír. La vida había cambiado y en el visor de la cámara no estaba el personaje de una canción, sino un hombre con un abrigo largo, que en las mejores fotos aparentaba que seguía andando hacia las sombras del viaducto. Al fondo, en gris y dañado por el resplandor, resaltaba uno de los puentes sobre el río. Nicolás tenía cierto aire femenino y no parecía un gánster, sino más bien ese bailarín, ese actor, que él ya había visto antes, pero ahora sin la gracia de la música. Pero era tremendamente real y dio por hecho que la suerte volvía a ponerse de su lado.

La serie tendría que llamarse, cómo no, «Pedro Navaja»; pero no iría del personaje de la canción de Rubén Blades, no, sino de un hombre común y corriente —quizás algo afeminado— que regresaba de una mala noche. Lo demás lo tendría que poner el espectador, pero sin dudas la suya era una buena historia. Tan buena, como esa idea que le había cruzado la cabeza como un flash. Tenía que construir quince o veinte de estos retratos, todos inspirados en canciones que él conocía y que en algún momento fueron famosas. En la sala de la galería se estarían escuchando todo el tiempo. Acababa de darle la corazonada de que algo así podía funcionar y si lo conseguía, ahí tenía ya una exposición, otro negocio.

El local que tenían para ver fue un fracaso, pero al principio Orestes —también Nicolás, aunque por otras razones— se dejó llevar por el entusiasmo que le provocaba imaginar que sí, que esos retratos podían convertirse en ese salto de página que llevaba persiguiendo hacía tanto tiempo. Las cosas al fin iban a mejorar de golpe, casi como un milagro. Y con ese ánimo se enfrentó a la visita.

El edificio podía tener un par de siglos, pero se notaba por el color aún vivo de la pintura, que lo habían reformado no hacía mucho. El local cubría todo el bajo y era exactamente como una discoteca, pero vacía. Las puertas todavía eran antiguas y de madera. Quizás alguna vez aquel fue el patio de los carruajes. A la derecha, unas escaleras subían a una pequeña oficina y a un aseo.

Hasta hace unos meses —les explicó el comercial de la inmobiliaria— esto era el almacén de una tienda de ropa. Y ahora, nada; los dueños lo alquilan o lo venden. Cuestión de precios y de hablar.

Nicolás hizo un aparte con Orestes y le pidió que sacara fotos desde todos los ángulos, quería verlas luego en la computadora, con calma; pero el sitio parecía inmejorable y la verdad que no le importaba mucho que no tuviese dónde aparcar. Lo veía hasta como una ventaja, frenaba el precio, y de noche el centro de Madrid era una ciudad para andar a pie. Orestes estuvo de acuerdo y por un momento pensó en que todo el esfuerzo y la presión de las últimas semanas terminaban allí.

¿Tiene su licencia, no?, dijo Nicolás. El comercial lo miró a los ojos. Ninguna, esto era un almacén, ya se los he dicho. ¿Entonces? Pues habrá que pedirla al ayuntamiento. Nicolás sonrió. ¿Me lo dice en serio? Hombre, alguna suelen dar. ¿Y qué más no tiene? El comercial dio unos pasos hacia atrás. Salida de humos. Nicolás hundió las manos en los bolsillos del abrigo. ¿Y para qué nos sirve? No sé, dijo el otro, cada uno sabe sus negocios. Pero sobre todo, insistió Nicolás, ¿para qué nos lo enseña? Mire, una cosa son los papeles y otra el local, y ya le adelanto, este es perfecto para un restaurante; ahora, tiene esos pequeños inconvenientes. ¿Pequeños? Hombre, todo tiene solución, ya le digo.

Nicolás caminó hacia la puerta como si estuviera contando los pasos y volvió. ¿Cuánto más? Lo que usted cierre con la comunidad, supongo. No entiendo. Es algo complicado, dijo el comercial, pero intentaré explicárselo. Los dueños de este edificio, que son los dueños de este local, están dispuestos a venderlo, ¿queda claro? Ahora, la comunidad de vecinos, que es la que impide las obras que exige la ley para una discoteca o un restaurante, también son ellos y de lo que se trata es de convencer a esa comunidad de propietarios de las ventajas de esa inversión, ¿me entiende ahora?

Bajaron la calle en silencio. Nicolás sacudía la cabeza, como si aún le costara asimilar la conversación. Poco antes de alcanzar el viaducto, se detuvo y señaló hacia un restaurante mexicano en la otra acera. ¿Me acompañas?, necesito un tequila. ¿Qué vamos a hacer? Nada —Nicolás se encogió de hombros—, seguir buscando, no nos queda otra. ¿Y si probamos en las afueras? No te apures, que ya aparecerá; lo importante es el dinero y ese lo tenemos. Pues nada entonces, mañana será otro día.

Pidieron dos cervezas y un tequila. Este país tiene que estar muy jodido, dijo Nicolás, las trampas no pueden ser tan descaradas. Es como una tijera. ¡Peor!, es como una tijera que no va a dejar de cortar nunca, ¿me entiendes?, porque siempre los tendríamos encima y siempre querrán reclamar por algo. Sí, está claro. Nicolás bebió su tequila de un solo golpe y pidió otro. Averiguaré lo de la licencia, pero solo por dormir tranquilo, nada más; esos hijos de puta van a pedir lo que se les ocurra, ya lo sé. Orestes tenía los brazos contra la barra y miraba a Nicolás. Acababan de entrar a un túnel que parecía no tener fin y eso era algo para lo que él no estaba preparado. No.

Adriana lo llamó en la segunda cerveza. El teléfono se iluminó y apareció su nombre en la pantalla. Orestes se alejó hacia la puerta y dijo ¿sí?, mientras procuraba encontrar una excusa, otra más, para salvar la conversación que estaba por venir, pero no se le ocurrió ninguna. Adriana quería saber —¡cómo si él pudiese ofrecerle un día y una hora!— cuándo podía devolverle los quinientos euros que le había dejado. Orestes abrió la puerta y salió a la acera. Justamente estaba por llamarte. Un autobús se dejaba ir calle abajo. Yo cobro ahora en un par de semanas y los tienes. ¿De verdad, Orestes? Te doy mi palabra. Yo creo que me he portado muy bien contigo, hijo, me la he jugado por ti, te di trabajo a pesar de que no tienes papeles y solo espero que no me engañes, por favor. En quince días tienes el dinero, cuenta con ello. ¿No te llamo? No hace falta, ya me paso por el bar y así te veo. Pues me darías una alegría, créeme. Orestes levantó la vista. Una sombra larga cubría la fachada del edificio y hacía que el mediodía pareciera algunas horas más tarde. Entonces acá nos vemos, dijo Adriana. Eso es. Te lo agradezco, hijo. Y él respiró hondo al escuchar que la llamada se cortaba. Pobre mujer. Había llegado el momento de detenerse, ya no podía seguir yendo más allá. Era ahora o nunca. Volvió a mirar hacia el final de la calle y regresó al restaurante.

Mi antigua jefa, dijo. Nicolás fumaba recostado a la barra y pareció no escucharlo, no estaba allí. Que todavía me debe dinero. Él bebió de su cerveza. El otro se volvió. ¿Mucho? Cuatro mil doscientos, que se dicen pronto. ¿Y eso? De unos *rappels* de cerveza que le manejé. ¿Tanto? Orestes no conocía México, pero aquel naranja, las paredes sin alisar, el verde de las sillas, las cadenetas con farolas y banderas de papel colgando del techo, le recordaban los pueblos de la frontera. Aunque no sabía cómo, a lo mejor se lo inventaba. Y es poco, dijo, ella se quedó con el setenta por ciento. Pero ella es la dueña, ¿no? Por eso. Bueno, desde aquí no parece que hayas hecho un mal negocio. Y no lo es, pero todavía la distribuidora no ha ingresado los cheques y ella se angustia, llama a la empresa y después me llama a mí para contármelo. ¿Pero van a pagar, no? Claro, claro, lo que el papeleo, ya sabes, siempre lleva su tiempo y además tienen encima el cierre del año. Estas fechas no son buenas para esas cosas —Nicolás se permitió sonreír—, ayer hablé con mi contador en Miami y está igual, hasta los cojones de todos nosotros, sus clientes.

Pidieron otras dos cervezas y el camarero les trajo un aperitivo de frijoles negros y una cestica con unos pocos nachos.

Por lo menos, dijo Nicolás, esa mujer te llama y te mantiene al tanto; eso siempre se agradece. Ella es muy seria. Sí, hombre, se nota. Lo único malo de esto es que viene Navidad y yo tenía mis planes. Orestes miró hacia las mesas y se fijó en el reloj sobre la caja. Aún era temprano. Bebió. Nicolás encendió otro cigarro. Él buscó sus ojos a través del humo. Te quiero consultar algo, ¿tú me puedes dejar mil euros y yo te los devuelvo en cuanto cobre ese dinero? Nicolás dejó el cigarro en el cenicero, cargó un nacho con frijoles y se quedó masticando durante un buen rato. ¿Mil? Si puedes, claro. Tengo que hacer efectivo un cheque que traje de Miami, pero creo que sí, ¿lo vemos el viernes? Orestes se alzó de hombros. Me harías un favor. Aquellos colores no solo le recordaban los pueblos de la frontera mexicana, sino también unos caramelos redondos y harinosos que solía comer de niño. Luego, nunca más volvió a verlos.

Otra cosa, dijo Orestes. ¿Qué? ¿Cómo es Miami? Nicolás hizo una mueca y se llevó el cigarro a los labios. ¿Miami, dices? Miami es una casa de putas, eso es Miami. Él también encendió un cigarro. Pero a ti te ha ido bien. Sí, y a muchos otros, entre ellos a tu prima, ¿y qué? No sé, es una ciudad que me gustaría conocer. Yo en cambio, si pudiera, no regresaba.

Orestes dijo que iba al baño y cruzó junto a las mesas. Algunas miradas lo siguieron y procuró esconder la barriga. De perfil se notaba mucho más. Entró a un inodoro y echó el pestillo. Apretó los puños y sacudió los brazos con fuerza. ¡Bingo!, dijo en silencio. Con esos mil euros, le devolvería los quinientos a Adriana e intentaría volver al bar. Aún tenía las puertas abiertas, él lo sabía; solo tenía que quedar bien, nada más. Y no había perdido el tiempo, llevaba años sin unas vacaciones y ahora la vida se las había puesto delante, ¿qué más podía pedir? Se lavó las manos y la cara, y salió fuera. Regresaba al salón, cuando recibió el mensaje: «avísame si vas a estar. ¿llevo whisky? zoila».

Se recostó a la pared y se quedó mirando el teléfono. ¿Qué decirle? Si algo le apetecía era tirarse en la cama a escuchar música. Además, Los Griegos seguramente estarían en la casa y de pronto se le hizo demasiada gente a su alrededor. No, se dijo y al mismo tiempo pensó que aún era demasiado temprano y que a veces los días solían durar más de la cuenta. Hoy podía ser uno de esos y a las seis de la tarde se lo estaría comiendo el aburrimiento, porque siempre pasaba igual. Así que respondió: «voy de camino si puede ser ballantine's mejor». Entonces siguió hacia la barra.

Mientras cruzaba el salón, volvió a pensar en Zoila. El tiempo la había convertido en alguien que ya le era indiferente, y se alegró de que fuera así.

Nicolás golpeaba un cigarro de punta contra la cajetilla y leía la carta. ¿Almorzamos aquí? No puedo —Orestes procuró hacer una mueca de fastidio—, acaba de avisarme una amiga que va a pasar por la casa. ¿Una novia? Nicolás sonrió al tiempo que encendía el cigarro. No, solo una amiga. ¿Pero de aquí? Sí, de Madrid. Eso está bien —Nicolás lanzó el humo hacia el otro de la barra— y te lo doy como consejo, intenta huir de los cubanos, los guetos son como una enfermedad terminal, ¿sabes?, y te matan. Lo sé. Orestes sintió deseos de quedarse allí y pedir otra cerveza, pero se limitó a recoger la mochila con la cámara. ¿Mañana a la misma hora? Y en el mismo lugar, como siempre; ah y si te llama algún espabilado de estos, alguno de las inmobiliaria, que no nos mareen, ¿de acuerdo?

Orestes llamó al camarero e hizo por pagar, pero Nicolás le sujetó el brazo. Dije que invitaba yo, ¿recuerdas?

Los Griegos no estaban en el apartamento, pero seguían en él. La calefacción, aún encendida, era un vaho caliente que olía a ropa sucia y tabaco negro. Cruzó hacia su habitación, dejó el abrigo y la mochila, y regresó a la cocina. Apagó la caldera y se dijo que en algún sitio tenía que haber incienso, una cajita azul con letras plateadas; la había visto muchas veces, pero no supo dónde. Abrió las ventanas y se quedó de pie frente al rectángulo vacío, mirando a la calle. El otoño era una estación para vivirla en un bosque. Y no pudo evitar el suspiro y esa especie de ahogo en el pecho, que él llamaba «angustia».

Se apartó de la ventana y estaba por cruzar hacia el salón, cuando se acordó de que en el baño, detrás del inodoro, había un espray, que igual le servía.

La etiqueta prometía un intenso aroma a manzana. Comenzó a esparcirlo desde su cuarto hacia la entrada. La ropa de Los Griegos seguía abultada en una esquina del comedor. Insistió sobre ella y también contra la tela de los sofás. La habitación de Mirta y Enrique estaba cerrada, pero igual la abrió y dejó escapar un chorro de perfume. Antes de volver a la cocina se quedó oliendo. No era una maravilla, pero aquel olor dulzón a plástico lo hacía sentirse más tranquilo. Sacó una cerveza de la nevera y comprobó que solo quedaban otras dos. Había hielo y una botella de Coca Cola aún sin abrir. Con eso bastaba para acompañar el whisky de Zoila.

Fue al salón, abrió la puerta de la terraza, puso el cedé de Ravel —de esa colección de música clásica que había comprado con *El País*— y se sentó frente a la televisión, en el mismo sofá donde dormía Yanet. Acercó la cara al reposabrazos pero no la encontró, el aromatizante la convertía en un lejano olor a tabaco negro.

Acomodó los pies sobre la mesa de centro e intentó concentrarse en la música. El disco venía acompañado de un pequeño libro. Lo hojeó e hizo por leer la biografía del músico. Ravel le sonaba del *Bolero*, de eso le sonaba, pero no sabía nada de él, ni de su obra, ni de aquellos conciertos para piano; mucho menos de su intérprete, Kun Woo Paik, quien dirigía la Orquesta Sinfónica de la Radio de Stuttgart, otra desconocida.

La música clásica y el jazz —a pesar de sus esfuerzos— no solo eran asignaturas pendientes en su vida, sino más bien lenguajes imposibles. Ni siquiera saltándose las pistas del disco hasta el tercer movimiento —inspirado en una fiesta vasca, según el autor de aquel manual— conseguía entender lo que oía. Sí, la melodía estaba ahí y también el sonido de los diferentes instrumentos, pero qué decían.

En la universidad había estudiado un semestre de solfeo y, para su sorpresa, aprendió a leer una partitura sin mayores problemas. Ahora bien, aunque podía reproducir los sonidos, no sabía qué significaban. Era como alguien que, sin conocer los idiomas, le tocase contar una historia en francés, en noruego o en hebreo. Las palabras flotarían ante sus ojos —como flotaban ante los suyos las notas de una obra—, pero al pronunciarlas no sabría en qué momento decía «agua», «pan» o «rosas». Ahora, tampoco podía explicarse por qué lo seguía intentando, por qué ese empeño.

Cerró el libro y lo lanzó sobre la mesa. El aire cruzaba la casa y la enfriaba. Le habría gustado comenzar su vida otra vez. Una vida diferente, con otros padres —a pesar de lo mucho que quería a los suyos— y en otro país. Se habría educado a sí mismo de una manera diferente. Él no quería aparentar que sabía. Él quería —o le habría gustado— conocer algunas cosas bien, aunque en la vida de todos los días, este conocimiento fuera algo tan privado e inútil como su habilidad para hacer fotos. De todas formas no sacaba nada con llamarse a engaños. Esta era su vida y tal como iban saliendo los negocios con Nicolás, lo más probable es que dentro de muy poco estuviera nuevamente de camarero en algún bar. Se le acababan las vacaciones al chico listo. Había tenido unas pocas semanas para él, para soñar que huía, que se convertía en un tipo suficiente y de negocios, que viviría solo. Infeliz.

Entonces llamaron a la puerta. Fue a abrir. Era Alberto. Me imaginé que estarías por aquí. Orestes lo dejó recorrer el pasillo, entrar a la cocina, como si necesitara hacerse a la idea de tener compañía. Luego, echó a andar detrás de él.

Alberto cerró las ventanas. ¿Tú no tienes frío? Había que ventilar. Es lo que tienen los albergues, ¿no? Más o menos. ¿Y Los Griegos? Ni idea —Orestes se encogió de hombros—, andarán por ahí. Alberto rió. Eres un hijo de puta. ¿Yo?, no jodas. Pero ellos te quieren. Aquí todos nos queremos, ¿todavía no lo sabes? Alberto se recostó a la meseta. ¿Estás teniendo una mala tarde? No, no es eso. ¿Y qué es? La vida, men, que te la juega siempre. Alberto aún reía. Estás de pinga, pero déjame hacerte una pregunta. Dime. ¿Hay cervezas? Orestes abrió la nevera. Ahí las tienes, solo un par. Sacó las dos latas y le ofreció una. Bueno, dijo Alberto, ¿y vas a comprar más? Zoila viene ahora con una botella de whisky. ¿Te cuadra esa gordita, no? Él hizo por sonreír. Esa es otra historia, pero ya está, murió. ¿Y entonces?

Fueron hacia el salón y se sentaron uno junto al otro, como para una foto. Alberto encendió un cigarro. Del reproductor llegaba el sonido de unas tubas —o eso creyó Orestes— y la música se convirtió en un viaje por una carretera que se perdía a lo lejos. Alberto lanzó el humo hacia el techo. Duro de matar, men. Pues sí. Se puede cambiar, ¿no? Pon lo que quieras. Alberto dejó el sofá. Ahora, cuando vuelva. Y cruzó hacia el baño. Orestes acomodó las piernas sobre la mesa de centro. Afuera, la tarde comenzaba a hacerse con todo y el cielo tenía el color de los paños sucios.

Escuchó abrir la puerta y después la voz de Alejandro. Noticias, dijo sin saber con quién hablaba. Al ver a Orestes se detuvo junto a la puerta del salón. Se le notaba contento. Yanet siguió hacia los sofás. ¿Qué pasó? ¡Ya tengo trabajo!, dijo ella. Lo acaba de encontrar, ¡ahora mismo! ¡No jodas! En un restaurante, en la cocina. ¿Pero sirvió igual, no? Pues claro —Yanet encendió un cigarro—, no te imaginas el alivio. Estábamos que no veíamos la hora. Alberto vino hacia ellos. Habrá que celebrarlo, ¿no? Ahora viene Zoila con whisky, dijo Orestes. Alberto rió. Quirino con su tres, ¡ay!, Quirino con su tres. ¿Una novia?, dijo Yanet. No, una amiga. Pero íntima, dijo Alberto.

Yanet se dejó caer contra el respaldo del sofá, apretó la boca y tiró el humo hacia atrás. Por cierto, ¿me pueden decir qué música es esa? ¡Ay!, Quirino con su tres. En serio. Alberto aún sonreía. Una que le gusta a Orestes. ¿Pero de quién es? Alberto recogió el cedé de la mesa. Aquí dice, *Ravel y sus Kinikinis, los reyes de la tecno cumbia. Grandes éxitos*, ¿no te gusta? Allá cada uno, dijo ella. Orestes terminó la cerveza, sacó veinte euros de la cartera y se los ofreció a Alejandro. ¿Buscas unas cervezas? ¿Y el whisky? Igual llega en un minuto que no llega nunca, hazme caso. El otro recogió el dinero y se lo guardó en el bolsillo del abrigo. ¿Cuántas compro? No sé, una caja. Venga —Alberto revisaba entre los discos— que tú estás fuerte. Entonces miró a Orestes. Esto es contigo. ¿Qué? Puso un nuevo cedé y se arrimó a los altavoces. Escucha. La música retumbó de golpe en el salón. *Y para que lo sepas, esa mujer que quieres tú, nació para estar conmigo. Y no se trata de que tú me la des, que yo te la pida, es que me la llevo, me la llevo que esa niña es mía.*

¿Ven?, ya eso es otra cosa, dijo Yanet y también cantó, *es que me la llevo, me la llevo que esa niña es mía*.

Entonces Alberto la invitó a bailar.

Zoila llegó vestida de negro e igual de maquillada que si fuera a una fiesta; y se quedó junto a la puerta, sin entrar. ¿Quiénes están? Una pareja que llegó hace poco de Grecia y Alberto, que ya lo conoces. ¿Cubanos? Sí, ¿por? Por nada. Le alargó una bolsa de plástico. Aquí tienes, tu Ballantine's. Él sonrió. Ella se acercó y lo besó en los labios. Había fumado y olía a un perfume suave, femenino.

En el salón, el humo de los cigarros caía sobre los muebles. Ella es Zoila, una amiga. Los otros se acercaron a saludarla. Los Griegos parecían un poco cortados y a Yanet le costaba dejar de mirarla. Orestes dejó el whisky sobre la mesa y Alberto trajo de la cocina el hielo y el refresco, y él mismo sirvió las copas. Zoila cruzó hacia un sofá, se sentó en el borde —llevaba unas medias gruesas y botas. Usaba el cuarenta y dos, el mismo número que Uma Thurman— y también encendió un cigarro.

La conversación echó a andar despacio. Orestes tampoco tenía la menor idea, ni se le ocurría nada que Los Griegos pudieran compartir con Zoila. Tampoco Alberto. Entonces le pidió a Alejandro que contara otra vez todo lo que habían pasado para llegar a España. No te imaginas la aventura. Y el otro comenzó desde el mismo día que salieron de La Habana, invitados por una amiga de su padre. Su novia, lo interrumpió Yanet. Para el caso, da igual. En Atenas los alojaron en una casa en las afueras, ya metida en el campo y ahí a trabajar.

Zoila lo atendió durante unos minutos, pero luego dejó de estar y se convirtió en una mujer sentada en un sofá, que a ratos bebía, fumaba o incrustaba la mirada delante de sus piernas, mientras el pelo le cubría la cara y la hacía parecer aún más distante. La tarde se le estaba haciendo interminable. Habéis tenido suerte, chicos, mucha suerte —dijo no bien ellos cruzaron en su relato la frontera con Francia—, pero si queréis mi opinión, mirad, pasarla mal, la pasan los que vienen de África, no lo olvidéis. Esos sí son unos infelices.

La frase congeló las miradas, las posibles sonrisas. Era su estilo.

Vosotros teníais carreteras, autobuses y todo eso que nadie aprecia pero que Europa ofrece tan bien: cafeterías, baños, comida; pero esos negros, en cambio, no saben ni adónde vienen y ni siquiera para qué. ¿Entendéis? En eso tiene razón, dijo Orestes. A pesar de su tristeza, Zoila le parecía más divertida que otras veces.

Alberto se acercó como quien huye al reproductor de música y volvió a empezar el disco de El Médico de la Salsa. Lo de las pateras, dijo, es como los cubanos que se van en balsa para Miami, di tú, una locura o un suicidio. Su cara sonreía; también él se burlaba. Los Griegos, en cambio, no alcanzaban a darse cuenta —porque nunca antes la habían visto— de que Zoila no iba contra ellos, sino ahora mismo contra todo lo que le tiraran por delante. Era un animal hambriento, pero manso. Solo parecido; esos negros, creedme, la tienen mucho peor, porque vosotros sabéis leer y escribir y aquí se habla un idioma bastante parecido al vuestro, ¿o no? El mismo, dijo Yanet. Casi, insistió Zoila. Alberto rellenó su vaso con más whisky. No lo había pensando así. Orestes procuró no reír, pero costaba. El otro encendió un cigarro y lanzó el humo sobre la mesa de centro. Qué disparate de tarde. Definitivamente, aquella conversación no tenía ningún sentido.

Yanet se notaba furiosa y dijo algo de miles y miles de muertos cubanos en el estrecho de la Florida. Nada comparable a esos negros que tú dices. ¿Cuántos se han ahogado en cincuenta años? Zoila no le contestó, se limitó a sacudir la cabeza. Entonces Alejandro enumeró las veces que el autobús Ikarus —recordaba la marca— se rompió mientras cruzaban Rumanía. Ellos tenían que esperar a orillas de la carretera, con hambre, con un frío horrible, ¿y eso era Europa? Zoila —acaso por poner las cosas en su sitio— estuvo más de veinte minutos contando lo mal que su familia lo había pasado durante la guerra de Marruecos. Eso sí era hambre, necesidades y desesperación, pero el hombre tiende a sobrevivir, ¿sabíais? Orestes no le prestó demasiada atención. Conocía la historia —u otra parecida—, conocía a Zoila hacía casi dos años y sabía que aquella necesidad de imponerse, de llevar la contraria, de estropearle algo precioso a Los Griegos, era solo una de sus tantas maneras de lidiar con sus inseguridades. Pero era una buena amiga y una buena persona, aunque Enrique la detestaba. Ya se lo explicaría después a Los Griegos. Y sin venir a cuento dijo o más bien gritó: *tú sabes que yo sigo siendo el que manda, ay, mamita, qué pachanga.*

Miró a Zoila. ¿A que no te atreves? ¿A qué? A bailar. Y le ofreció una mano. Deja, ni loca. Él miró a Alberto. Pon la siete, men. El láser se movió sobre el disco. *Y no lo comentes, eso es para tu consumo, esa niña, sale, baila, goza, pero nunca se va con ninguno.* Alejandro se unió a ellos. *Y te maté con el dato, y te maté con el detalle, no soy adivino, ¿qué es lo que pasa, mi gente?* Y ellos y un público ya cansado allá en Miami, dijeron, *lo que pasa es que yo tengo calle.*

¡Fiesta!, dijo Alberto y otra vez sacó a bailar a Yanet. Zoila se preparó otro whisky y se quedó viéndolos moverse frente a ella, como si de verdad le interesara aquella escena. Orestes sintió deseos de fumar y cogió un cigarro, pero no lo encendió, solo lo estuvo oliendo. Luego, volvió a dejarlo sobre la mesa. Intentaría demorarlo. Y una vez más se entretuvo en mirar a Zoila. Era cierto, ella era una buena persona, incluso una buena amiga, pero él ya no tenía más que decirle u ofrecerle. Habían llegado a ese punto en que se gastan los recursos. De hecho, llevaban semanas —meses ya— sin apenas hablar por teléfono y ahora mismo él sabía muy poco de su vida. ¿Un nuevo amante? ¿Otra película de las suyas, donde siempre le hacían falta dos mil euros, había tenido problemas con su madre, o seguía pasándola putas en la cama con Nelson? Siempre era más o menos lo mismo, pero Orestes no atinaba a saber aún por qué estaba allí, en el salón de su casa y con una botella de Ballantine's como pasaporte. Ni idea.

Bebió un par de sorbos y se recostó al sofá. A lo mejor todo no estaba perdido con Nicolás, se dijo y la idea lo sorprendió. A lo mejor, a última hora, aparecía esa oportunidad que llevaba semanas esperando y que tanta falta le hacía. ¿Cuánto podía durar una vida así, como hoy? ¿Y cuánto podría resistirla él? Hay animales que te tiran al suelo, ya da igual como pretendas montarlos, te lanzan. De todas formas, tenía esos mil euros para el viernes y tenía a Adriana. Con un poco de suerte, quizás las cosas volvían a ser como eran hacía apenas un mes; no es que fueran buenas, pero eran tranquilas y eso daba cierta seguridad.

Alejandro bailaba ahora con Yanet y Alberto se movía solo frente al cristal de la puerta de la terraza. Entonces, en algún momento, invitó a Zoila y ella aceptó. Orestes sonrió. ¿Ya entraba en confianza o Alberto era otro de sus negros? Le era indiferente. Recogió el cigarro de la mesa y esta vez sí lo encendió. El tabaco a veces sabía a papel, a paja. El asunto iba a ser cómo conseguir que, llegado el momento, Adriana lo admitiera de vuelta. ¿Quién le aseguraba que una vez que tuviese el dinero, lo querría a él de nuevo en su negocio? ¿Por qué? Bebió hasta el final del vaso. Pero si no pagaba, las oportunidades se reducían a cero. Se le ocurría que tendría que ir despacio y si con una luz por delante mejor. Y la única a la mano era Cristina, la ecuatorianita que trabajaba en la cocina. Decía Adriana que la quería como una hija. ¿Y si la invitaba a tomar algo? El bar cerraba los domingos por la tarde y Cris libraba los martes, como hoy; pero no pensó en llamarla, todavía no era el momento.

Zoila bailó un rato más con Alberto y luego, en algún momento, vino hacia él. ¿Podemos ir a tu habitación? Como quieras. Él caminó tras ella. Sabía que Yanet los miraba.

Ella se sentó en la única silla y esperó a que él cerrara la puerta. ¿Sabes por qué he venido? ¿Querías verme? Vine a pedirte que por favor pasemos la Navidad juntos. Él sonrió. ¿El veinticuatro? Ella dejó que el pelo le cayera una vez más sobre la cara. El veintitrés. Ya me extrañaba. Él encendió uno de sus cigarros. ¿Podrás? Creo que sí, pero aún no lo sé. Necesito saberlo cuanto antes. ¿Y Nelson? Se va a su pueblo, ¿por? ¿Y tú? Me quedo, cenaré con mi madre y con mi hermana. Bueno —él se sentó en la cama—, lo hacemos.

Zoila se apartó el pelo de la cara y también cogió un cigarro. Los dos fumaron. Ella dejó la silla y fue junto a él. ¿Estás bien, tío? Mejor de lo que se podía esperar. Zoila apoyó la espalda en el colchón. ¿Me acompañas? Él recogió el cenicero de la mesa de noche y obedeció. El techo era de ese color de las sábanas empercudidas. Al otro lado de la ventana apenas quedaba luz.

Se quedaron muy quietos, atentos a la respiración del otro, a las cenizas de los cigarros. La música y las voces parecían llegar de un lugar lejano. Orestes cerró los ojos. Le gustaba aquel olor suyo. El veintitrés, me gusta ese número. Zoila se pegó a él y lo besó en la mejilla. ¿De verdad que estás bien? Las cosas van saliendo, ya veremos. De todos modos ten cuidado, ¿lo harás? Él movió los ojos por la habitación. En una esquina una telaraña caía amplia de la pared y se preguntó en qué momento la araña había conseguido algo así. Era la primera vez que la veía, pero tenía que llevar semanas. Sonrió. No te preocupes por gusto, uno ya está acostumbrado a sobrevivir. Lo sé.

Estuvieron juntos un rato más, los dos inmóviles, como si estar allí tendidos no tuviese mayor propósito que el de vigilar el fin de la tarde al otro lado de los cristales, luego se haría de noche; pero Zoila se levantó antes. Me tengo que ir. ¿Tan rápido? Ya sabes que esta hora no es de las mejores. Él también se incorporó. Gracias por el whisky. Ella sonrió. A ti, por aceptarme la invitación. Me va a gustar, lo sé.

El olor a tabaco era el único olor en el aire. Los Perdularios, cantaban ahora en Miami. Zoila entró al salón a despedirse de Los Griegos. Alberto ya no estaba. Orestes la esperó en el pasillo y después la acompañó a la puerta. Antes de salir, ella se recostó a la pared y lo atrajo hacia sí. ¿Qué te apetece cenar? No sé, lo que quieras. Zoila se acercó despacio y lo besó en los labios. Me voy. Él la siguió hasta el rellano y esperó a que alcanzara la calle. No sabía qué más podía hacer esa tarde para matar el tiempo. Se sentía fuera de todo y no quería dormir. La idea de meterse en una cama tan temprano se le hacía muy triste.

Llevaba días, tal vez semanas —y se habría atrevido a decir que años, aunque había rachas que se notaba menos—, viajando en una especie de cinta mecánica de la que era imposible huir, ni siquiera saltando sobre los pasamanos; y no había mucho más que hacer, salvo esperar con tranquilidad el final, allá cuando este fuera. Es esta mierda de incertidumbre lo que termina matándonos. Solo eso.

Entró al baño y se quedó un momento frente al espejo. Había engordado. Zoila no se lo había dicho, pero él lo notaba. Se levantó el jersey y se miró la barriga. Crecía, sin dudas. Y pensó en Elvis Presley y en esas fotos de antes de morir, tan gordo; después, mientras orinaba, pensó en él mismo. Tenía que encontrar una manera de huir en otra dirección, hacia otra parte.

Los Griegos se comportaban como esos animales a los que les cuesta abandonar la pareja y estaban sentados los dos en el mismo sofá, muy juntos, y compartían la misma expresión de ausencia. ¿Alberto dijo si regresaba? Lo llamó su mujer, dijo Alejandro. Qué vida la de esa pobre, dijo Yanet, será un sinvivir. La botella de Ballantine's aún seguía a la mitad. Pero así llevan años, ¿eh? Y no te lo discuto, dijo Yanet, ahora, ¿felices?, lo dudo mucho. ¿Tú qué sabes?, dijo Alejandro, a lo mejor a esa mujer le gusta el marido que tiene, justamente, por cómo es; o no sabrás tú historias de tipos que no han matado ni una mosca en su vida y las mujeres los han llenado de tarros. También es verdad, dijo ella.

Orestes abrió la puerta de la terraza y el aire entró frío, con olor a humo. Salió al balcón. Le recordaba a Los Pinos. El edificio de enfrente era un bloque oscuro. Miró el reloj, en su casa aún era la una de la tarde. Qué disparate. Sus padres estarían terminando de almorzar. Y vio la mesa larga, cubierta con un hule amarillo de flores, y escuchó el silencio que a esa hora solía caer sobre el pueblo. Y lloró allí, de pie, sin ruidos, mirando la llegada definitiva de la noche.

Ella no esperaba la llamada. ¿Qué tal unos whiskys por los viejos tiempos? Cristina rió. ¿Estás bien? Sí, pero quiero verte. ¿Y eso? No sé, mi niña, hoy hablé con Adriana y me quedé con ganas de verte, ¿tú a mí no? Si me dijiste que no pensabas volver al bar en tu vida. Pero estoy hablando de ti, no del bar. Ya lo sé, pero me gusta chincharte. Y Cristina volvió a reír.

Un hombre salió a fumar a una de las terrazas del otro edificio. La cara se le iluminó con el resplandor del fuego. ¿Tú dónde estás ahora? En mi casa, dijo ella, dónde voy a estar. Pues coge un taxi y ven para acá, yo lo pago. Cristina se quedó en silencio. Por detrás se escuchaban voces, alguien gritaba; pero no, no parecía que discutieran. ¿Entonces qué? No juegues, tío, mira que solo tengo diez euros. Joder, lo digo en serio, yo pago el taxi. El hombre que fumaba miró a Orestes un instante y luego se volteó hacia lo que debía ser su horizonte: un largo paisaje oscuro. El suyo, en cambio, era esa terraza donde él fumaba. ¿Te gusta el Ballantine's? Me da igual, tío, si apenas bebo, ya lo sabes.

Orestes escuchó que Mirta y Enrique entraban en su cuarto. ¿Recuerdas la dirección? Si me pierdo, te llamo. Pero algo tendrás que decirle al taxista, ¿no? No te preocupes, que llego. Como quieras. Y él estuvo a punto de darle las gracias, pero se contuvo.

Los Griegos estaban en la cocina y Yanet comenzaba a preparar la cena. ¿Entonces empiezas mañana?, dijo Orestes por decir algo que ya sabía. Sí, me han dicho que a las diez. Ya verás, vas a estar bien. Eso espero, porque falta que nos hace. Orestes sacó una cerveza y se recostó a la meseta. ¿Otra?, dijo Alejandro e intentó sonreír. Sí, ¿por? Es que yo no estoy acostumbrado a beber tanto. Todo depende de lo que uno necesite. ¿Por qué no te buscas una novia?, dijo Yanet y echó a freír cebolla. De la sartén salió un vapor que ardía en los ojos. ¿Tú crees que necesito una? ¿No te gusta Ángeles? Alejandro revisaba la calle. La soledad no es buena. Yanet mantenía la mirada a pesar del humo. Ángeles está mejor sola, hazme caso.

¿Y si es ella la que quiere?, dijo Mirta desde la puerta. Detrás la seguía Enrique. Ahora son dos contra uno, dijo, ten cuidado. No, si les doy cordel estas mujeres me casan. Sería lo mejor que te podría pasar, dijo Yanet. Yo no estaría tan seguro; ahora, una pregunta: ¿y el marido de Ángeles? Allá en Cuba, dijo Mirta, esa historia ya se terminó. Eso no es lo que ella dice. Orestes bebió un poco más, pero la cerveza ya entraba lenta. Pero yo lo sé, insistió Mirta, hazme caso.

Enrique se sirvió un vaso de Coca Cola. No quiero meterme, pero me gusta esa idea de una boda entre Ángeles y Orestes. ¿Los niños cómo serían?, dijo Alejandro. Si salen a la madre, dijo Mirta, preciosos. Eso espero. Él se acercó a la ventana. La calle era un lugar amarillo, frío. ¿Tu día qué tal?, le dijo Enrique. Muy largo, por decirte algo. ¿No hubo suerte? Casi. ¿Y por qué no se van del centro? Eso mismo digo yo, pero Nicolás no lo ve: está intentando invertir en algo caro. ¿Quién dice?, hay un montón de barrios de las afueras donde el suelo vale mucho más que en Sol. Sí, pero son otra cosa, ¿y cómo llegas ahí? Si quieres no me hagas caso, pero a ti te haría falta que acabara de decidirse por algo, da igual por qué. De todas formas este mes me lo paga, me lo ha dicho hoy. ¿Y por fin? De momento mil, luego ya veremos. Bueno, mil ya son algo.

Las luces de la cocina untaban la piel de una mantequilla gris. ¿Ya sabes lo de Yanet? Sí, a ver si ahora las cosas empiezan a mejorar. Dios te oiga, dijo Alejandro. Ya puedes decir que vives de tu mujer, dijo Yanet y lo besó.

Por cierto —Orestes bebió un poco más de cerveza—, he llamado a Cristina, viene ahora. Enrique sonrió. ¿Para qué? Para verla un rato. ¿Y te vas a acostar con esa infeliz? Mirta de pronto pareció que se ofendía. Yo ni de lejos he dicho que vaya a acostarme con ella, así que no te alteres. No me lo puedo creer, dijo Mirta todavía. ¿Pero tú qué ganas o pierdes en esto?, dijo Enrique, esos son asuntos de Orestes, ¿a ti qué más te dan? Yo no entiendo, dijo Yanet, ¿quién es Cristina? Deja que la veas, esa niña es una infeliz.

Alejandro los miraba sin interés. ¿Esa es la que estuvo por la tarde?, insistió Yanet. Esa es Zoila. Bueno —Mirta rió—, Zoila nos da veinte vueltas a todos nosotros; yo te hablo de una criatura de, ¿diecisiete años? A mí la de por la tarde —Yanet miró a Orestes—, y me disculpas, me pareció un poco rara. Enrique fue quien rió ahora. Y eso que todavía no la conoces bien, pero no te preocupes, que ya le irás encontrando otros defectos. Orestes sonreía, incómodo. Pero no, no tengo ninguna intención de acostarme con Cristina y tampoco con Ángeles, ¿de acuerdo? La cerveza, no sabía en qué momento, se había vuelto una pasta amarga en la boca. Enrique tiene razón, dijo Mirta, esos no son asuntos míos. Me alegro —Orestes procuró mantener la sonrisa—, ya por lo menos sabes algo.

Cristina traía un vestido rojo por encima de la rodilla, tacones y una cartera. Tenía que estar pasando frío a pesar del abrigo. Orestes sacó veinte euros y se los dio. Para el taxi de regreso. Ella guardó el dinero y siguió mirándolo, sorprendida, como si le costara reconocerlo. Luego, se dejó llevar a través del pasillo.

Mirta y Enrique la conocían del bar de Adriana; incluso, habían hablado con ella muchas veces, pero la saludaron sin emotividad, solo con esa condescendencia tan propia de los pésames.

Cristina era delgada, pequeña y tenía unas tetas demasiado grandes para su tamaño. Ahora, en tacones, daba ese aspecto de las niñas que se visten con la ropa de sus madres. En medio de la lengua le saltaba un pirsin rosa. Él se quedó detrás viéndola entrar al salón, sentarse y cruzar las piernas de tal modo que se encorvaba hacia delante. Es su estilo. Y tuvo ganas de reírse de sí mismo. Esa mujercita le había costado veinte euros, ¿para qué? Ese tipo de bromas o errores se cometían a los quince años, no a los treinta y ocho.

En la televisión pasaban los *Simpson* para adultos. Alejandro y Enrique siguieron acomodando la mesa. Mirta se acercó al sofá e invitó a cenar a Cristina. Pero ella dijo, no, gracias, que antes de salir su madre la había obligado a comerse un sándwich. Miró hacia la pantalla y su cara se cubrió de una expresión tranquila. ¿Un whisky entonces?, dijo Orestes. ¿Tú no vas a cenar? No, ahora no. Yanet pasó frente a ellos con una fuente de macarrones con tomate y carne. No tenían olor. Ven conmigo, dijo él. Las piernas de Cristina bailaban sobre los tacones.

Se prepararon un par de copas en la cocina y después Orestes le propuso irse a la habitación. Allí estaremos más tranquilos. Cristina parecía un ser asustado.

Él encendió la lámpara de noche y los muebles quedaron cubiertos por una penumbra semejante al polvo. ¿Se puede fumar aquí? Haz lo que quieras. Y señaló el cenicero todavía sucio de esa tarde. ¿Y música? Usa esto, dijo él y recogió del suelo un pequeño reproductor de discos. Ella sacó un cedé de aquel bolso minúsculo y se lo entregó. Mola, es salsa, pero de la vieja.

Se sentaron en la cama. Alguien cantaba «Idilio», esa canción que él conocía en la voz de Laíto Sureda, un cubano que la puso de moda en la isla a principio de los noventa. Todavía recordaba el Chevrolet del '57 que aparece en el videoclip. Negro y con los cromos como nuevos. ¿Quién canta? ¿No lo conoces? La canción sí, claro, pero no sé quién la canta aquí. Willie Colón, dijo ella. Ah, sí, cantaba con Rubén Blades, hoy me estaba acordando de él, ¿sabes cuál te digo?, ¿el de «Pedro Navaja»? Ya eso no lo sé, mi hermano fue el que me dijo cómo se llama este. Entonces eres buena para los nombres. Va a ser que sí, dijo ella, mejor que para otras cosas.

El pirsin aparecía por momentos a través del humo. ¿Y te va bien? Voy. ¿Y no quieres volver? La boca de Cristina parecía hecha con labios de látex. ¿Quieres que te diga la verdad?, estoy intentando no hacerlo, ¿entiendes? Ella alzó los hombros, como si le costara entender cualquier cosa. Eso sería muy bueno. ¿Qué? Que volvieras con nosotras. Él sonrió. No te apures, aún hay que ver qué pasa. ¿Y las fotos? No, por ahí ahora mismo no viene nada. Ella miró hacia la ventana. Al final nunca me hiciste una. No te preocupes —él miró hacia sus tetas—, aquí lo que nos sobra es tiempo. Nosotras te hemos echado de menos. ¿Cuánto podían pesar? ¿Un kilo y medio, dos, a cada lado? El camarero nuevo no es igual, ya no nos reímos como antes, ¿te acuerdas? Te digo una cosa, si tengo que regresar a la hostelería, intentaría volver con Adriana, en serio que la pasábamos bien. Súper, yo me acuerdo.

Él buscó sus ojos, eran pequeños y brillaban. Aquí terminaba todo lo que tenía que decirle, pero el mensaje ni siquiera era para ella. Estaba seguro de que llegaría al bar contando que había estado aquí, en su habitación, que habían conversado y que pensaba que sí, si Adriana lo llamaba, él volvía.

La idea le cruzó como un latigazo. Cristina parecía vestida para el cumpleaños de una amiga del colegio y se la imaginó detrás de una tarta, las velas encendidas y los destellos del flash contra el maquillaje estropeando la foto.

Él se recostó a la pared, se quitó los zapatos y movió los dedos bajo los calcetines. Ella esperó y al cabo dijo, qué extraño, tus pies no huelen. Él se fijó que la pintura no le alcanzaba la comisura de los labios y que ese detalle de nada, le hacía la boca aún más pequeña. ¿Y tendrían que oler? Pues a los hombres les huelen. ¿Tú conoces a muchos? La conversación rodaba por un camino de piedras. Pues sí, tengo padre, hermanos, primos, amigos y novio, ¿te parecen pocos?

Cristina aplastó el cigarro contra el fondo del cenicero. Creo que deberíamos ir a alguna parte. ¿Por qué? Ese vestido merece un bar —él sonrió—, estás guapísima. ¿De verdad lo crees? ¿Para qué te lo iba a decir entonces? No sé, pero me gusta lo de merecer algo. ¿Y un bar está bien? Ella dejó escapar un llanto lento. Ahora mismo sí. Él la atrajo hacía sí y la besó en la frente. Vámonos, anda. Ella asintió con la cabeza, como una niña.

Bajaron hacia los bares frente al metro. ¿Te gusta la cerveza negra? Cristina caminaba ayudándose de su brazo. No la he probado nunca. Bueno, para todo hay una primera vez, ¿no? A lo mejor me gusta. Cruzaron frente a una tienda de chinos, un restaurante de comidas que olía a grasa y un club de alterne. El ruido de los coches en la autopista llegaba como el murmullo de un animal dormido.

En la cervecería había pocos clientes y todos estaban en la barra. Orestes pidió dos pintas de cerveza negra y se sentaron en una mesa junto a las ventanas. La camarera se acercó con las bebidas y una cesta de patatas fritas. Cuando se volvió, él se quedó mirando la forma de su culo. No era ancho como el de Mirta, sino redondo como una pelota de básquet. Cristina probó la cerveza y dijo que le gustaba. Entonces él le tomó una mano. Una pregunta, ¿tú qué edad tienes? Ella lo miró. Dieciocho, ¿te parece mal? Para nada. Los dos sonreían. ¿Y tú? Veinte más.

Ella encendió un cigarro y se lo ofreció. El filtro venía manchado de pintura de labios. Luego encendió otro para ella. Pero no te ves viejo, dijo. ¿Ah no? ¿Y tienes hijos? No. Es por eso, dice mi madre que los hijos son los que te envejecen. Él hizo por sonreír. ¿No piensas tener aunque sea uno? Un poco tarde ya, ¿no? ¿Por qué? No sé, creo que me salté ese momento y ni siquiera me di cuenta, ¿sabes? Pero todavía tienes tiempo. Él frotó su mano contra la de ella y la sintió tan dura como la madera. Va a ser que no, ¿sabes?

Si uno la miraba con calma, se daba cuenta de que no era una mujer fea; más bien parecía una niña. Una niña a la que le había faltado determinación para crecer y por eso lucía ridícula en tacones y con aquel vestido tenía ese aire de una chica imitando a su madre. Pero más allá de esos detalles tenía cierta gracia. Su belleza —por darle algún nombre— aparecía al rato y entonces empezabas a decirte que habías sido injusto con ella, con el tamaño de sus tetas o con lo frágiles, carajo, que se veían esas piernitas de nada.

Él miró hacia la entrada del metro, hacia la autopista. Ya no se le ocurría de qué más hablar, tampoco ningún sitio nuevo al que llevarla —según él mismo— a lucir su vestido rojo. Aquella cervecería era todo el glamour local. Así que bebió y dejó que ella, mientras, le contara de las peleas entre sus padres y luego, de una hermana que vivía acá en Madrid, pero que regresó a Quito con el novio, se embarazó, él la dejó y cuando quiso volver, tenía vencida la residencia y a los ecuatorianos ya España les pedía visado. Ahora su madre estaba con los trámites de la reunificación familiar, otra vez, ¿te imaginas?

Cristina además tenía dos hermanos. Uno estudiaba y el otro —el que conocía quién era Willie Colón— trabajaba en una frutería. A Orestes comenzaba a dolerle la cabeza. Tal vez no era un dolor en sí, sino una especie de presión que la voz de Cristina hacía más difícil de soportar. También podía ser hambre, porque que él recordara, en todo el día apenas si había comido alguna cosa. Entonces le preguntó a Cristina si le gustaban las hamburguesas y le gustó su cara cuando dijo, a mí mucho.

Pidieron dos hamburguesas grandes, con queso, beicon y patatas. Por un momento, sintió que Cristina podía ser su hija y no estaban en una cervecería, sino en el típico McDonald's adonde, después del cine, los padres divorciados suelen llevar a sus hijos. Entonces una pregunta le latió en la sien como un dolor más. ¿Por qué no embarazó a aquella novia a los diecinueve años? ¿Por qué no, si aquel era el momento? Pero él decía que el país vivía una crisis y una inseguridad tan grandes, que se le hacía inhumano traer un hijo en esas condiciones. Pero, ¿y en África, en América Latina, aquí mismo en España; entre los miserables, los desempleados y los pobres de este mundo, qué? ¿O la reproducción era solo un privilegio de ricos y solventes? Así no vale —creyó que sonreía con una mueca cínica—, no seas cabrón. En el fondo, el único problema era el mismo de siempre, su miedo a la responsabilidad y más allá, el egoísmo ante la idea de perder su tiempo y su vida por cuidar la de otros. Sin embargo, ahora podría ser el padre de una Cristina. Le llevaba veinte años, los mismos veinte años que Gardel tuvo el valor de decir que no eran nada. Pero ya no había vuelta atrás, ni forma alguna de recuperar ese tiempo.

75

Cerca de la una, la camarera les dejó la cuenta sobre la mesa, ya cerraban. Salieron a la calle. El frío a estas horas los envolvía en una colcha mojada. Caminaron hacia la esquina. La parada de taxis estaba vacía. Cruzaron la calle y mientras esperaban, Cristina se abrazó a él. Temblaba. Se abrió el abrigo, la metió dentro y miró hacia el largo de la acera. Una pareja entraba a un edificio. Entonces bajó la cabeza hacia ella y la besó. Su boca sabía a tabaco y la lengua parecía aún más grande con el pirsin. La apretó contra sí. Vámonos. Ella no habló.

La casa estaba a oscuras. El brillo de la puerta del salón servía de guía a través del pasillo. También hacía frío allí adentro. A Enrique y a Mirta no les gustaba dejar la calefacción encendida, decían que viciaba el aire. Los Griegos estarían dormidos.

Avanzaron como dos sombras mudas. Ya en la habitación, él alcanzó el interruptor de pared. Sacó un calefactor del armario y ayudó a Cristina a deshacerse del abrigo. Ella se sentó en la cama, se quitó los zapatos y él dio por hecho que en algún momento tendría que quitarse el vestido y la vería desnuda. No sabía si llegaría a gustarle, como tampoco sabía por qué la había besado, ni si realmente tenía intenciones de acostarse con ella. Eran demasiadas dudas para responderlas con tanto alcohol, así que se fue a la cocina y la dejó allí, acaso valorando sus propias razones para meterse en la cama con un hombre veinte años mayor. Al cabo regresó con tres cervezas.

Abrió una y se la ofreció. Ella le dio un pequeño sorbo y se la entregó de vuelta. Él bebió. ¿Sabes una cosa? Ella lo miró con unos ojos que se volvían aún más pequeños. No. Es la primera vez que beso a una mujer con un pirsin en la lengua. ¿De verdad? Sí. Ella se metió bajo la colcha. ¿Me dejas que te diga algo? Claro. Es una buena señal. ¿Por qué? Porque entonces hace mucho tiempo que no besas a una joven. Ella reía desde la almohada. Pues sí —y le dolía—, tienes razón.

Orestes se acostó a su lado. Apaga la luz, por favor. No, dijo él, quiero verte. La ayudó a quitarse el vestido. Sus tetas —tal y como suponía— eran grandes y aún sin estrías. A lo mejor Cristina llevaba razón y estaba a tiempo de tener un hijo. Un hijo y una mujer con fuerzas suficientes para lidiar con los dos. Sus piernas, además de delgadas, estaban marcadas por unos hilos de venas azules. Le quitó las bragas. No se depilaba y tenía unos vellos de nada en forma de cresta. Las nalgas le saltaban como dos pequeños medallones blancos. ¿A cuántos hombres podía haber conocido ya? Él pensó en ponerse un preservativo, pero prefirió dejarlo todo a manos del azar, aunque otro en su lugar habría mencionado a Dios. ¿Y si la embarazaba? La volteó de espaldas y la penetró así, sin mirarle los ojos. Y justo comenzó a pensar en tantas enfermedades cómo había y en la suerte que él había tenido de que no le tocase ninguna; pero ya era incapaz de detenerse.

Poco después, Cristina se volvió y él enfrentó su cara. Ahora lo hacían un poco mejor. Él esperó todo el tiempo que le pareció prudente —que tampoco fue demasiado— y eyaculó; pero sobre su vientre. Ella miró el semen como si lo viese por primera vez y le pidió algo con qué limpiarse. Él le ofreció su camiseta.

Nunca pensé que llegara a acostarme contigo. Él sonrió. Esas cosas pasan. Ya lo sé, pero lo veía difícil, ¿sabes? ¿Por qué? ¿Tú no tienes fantasías? ¿Yo era una? No —ella rió—, no eras tú exactamente. ¿Entonces quién? Podías ser tú o no. Entiendo. Pero él no quiso pensar en qué entendía o no, porque le habría desagradado que a ella la excitara acostarse con un viejo.

Cristina lo abrazó y no supo cuánto tiempo pudieron estar así. Al rato sintió que se le cerraban los ojos e hizo un esfuerzo y se sentó recostado a la pared. Recogió la cerveza del suelo y encendió otro cigarro. Ella lo miró y se revolvió bajo la colcha. Me tengo que ir. Él bebió —asombrosamente la cerveza aún estaba fría— y estuvo por decirle, ¿por qué no te quedas?, pero se dio cuenta de que no quería dormir a su lado. Fumó y volvió a beber. Ella estaba en bragas y en tacones, como una actriz porno, y le habría gustado fotografiarla ahora, pero dio por hecho que en cuanto se levantara a buscar la cámara, Cristina se pondría a chillar y no se veía con fuerzas para convencerla de algo que ella no iba a entender nunca.

Charly García —otro argentino como Gardel— tenía una canción que hablaba de una novia con unas piernas muy delgadas y ese sería un buen título para una foto de Cristina: *Un par de carrillitos.*

Ella tenía su bolso abierto sobre la cama y él alcanzó a ver un espejo y una barra de labios. ¿Puedo pedirte algo? Su mano terminaba en un peine blanco. Dime. Duerme hoy conmigo. Ella lo miró con esa mano aún en el aire. ¿Tú quieres? Sí, dijo él.

TRES

Llegó con tiempo suficiente para ver entrar el tren. Aguardó que ella avanzara hasta el pie de las escaleras y entonces agitó una mano. Olga alcanzó a verlo allí arriba, esperándola.

No puedo creer que ya esté aquí otra vez —sonreía con esa sonrisa suya tan blanca—, con lo poco que me gusta a mí esta ciudad. Traía las mismas botas azules y el mismo pantalón de dobladillos anchos y vueltos hacia arriba que usaba el día que se conocieron y, además, un jersey verde y una trenca. Echaron a andar a lo largo de un pasillo apenas iluminado. Atocha parecía una estación de polvo, como si alguien hubiese sacudido cemento sobre ella. Él procuraba parecer tranquilo, pero no lo estaba. Sentía ese salto de los nervios en el estómago y estaba seguro de que las manos le sudaban. Se las frotó contra el pantalón y procuró serenarse. Lo importante eran los días que tenían por delante. Olga, a su vez, le contaba que ya sus primos estaban en Madrid. Según ella, unos chicos muy gais, con mucha marcha y mucho dinero. Justo el tipo de personas que, incluso sin conocerlas, él no solía soportar.

Subieron al metro y ella consiguió asiento. Él se colocó a su lado y guardó el equipaje entre las piernas. Bueno —ella volvió los ojos hacia arriba—, ¿qué es de tu vida? Él se acercó un poco más. En lo mismo. ¿Y los negocios? Ahí van, aunque esta semana ni siquiera he visto a Nicolás. ¿Pero sigues trabajando con él, no? Claro, lo que se ha encaprichado en un local y de ahí no salimos. Ella cruzó una pierna e hizo que una de sus botas se balanceara en el aire. ¿Ya no cuenta contigo? Él tragó saliva e intentó calmarse de una puta vez. Por supuesto, pero ahora mismo solo hay trámites, líos administrativos y de vez en cuando alguna comida con un concejal y va él. ¿Tú no? Los ojos de Olga parecían escarbar detrás de las palabras. ¿Para qué?, el dinero es suyo. Eso ya lo sé, tío, pero nunca es bueno alejarse demasiado, ¿entiendes lo que quiero decir? Pero yo me las arreglo, no te preocupes. Orestes miró sobre el vagón. Únicamente veía gente amontonada, nada más. Era lo malo de las navidades, esa muchedumbre.

En lugar de trenes, el metro podría funcionar como una acera mecánica; a los lados, habría comercios, puestos de comida, bares con música y en el momento que te apetecía salías de ella y entrabas a un sitio o a otro. Tal vez la vida entonces sucedía, pero quizás se volvía más entretenida, más oscura y definitivamente artificial. Tan artificial como esas luces blancas que tendrían que alumbrarlo todo. Estas nuevas ciudades podrían llamarse «hormigueros», ¿por qué no?

Pues yo quisiera verlo, ¿te importa? Él la miró. ¿Y eso? He estado pensando en ese negocio de las casas en Miami y no me parece malo. No lo es. Pero claro, me gustaría hablar antes con Nicolás. Por supuesto. Olga parecía venir muy despacio, como si estuviera siguiendo un hilo. De todas formas, ese es un negocio en el que él participa, sí; pero quien manda es Mercedes, la prima de mi padre, ella es la dueña de la inmobiliaria. ¿Y Nicolás entonces? En el medio, como hasta ahora.

Tras la ventanilla corría una pared de hormigón gris. ¿Te lo vas a saltar? Yo sé que la financiera, que en definitiva es quien pone las hipotecas para el pago de las casas, la lleva Mercedes con un puertorriqueño; Nicolás tal vez vende algo para ellos, pero no tiene parte en ese pastel. ¿Esas son buenas noticias, no? Claro, porque según me ha dicho él mismo, sin crédito no hay negocio; nadie suele pagar al contado, ¿entiendes? Olga bajó la cabeza. Me hago una idea.

Para él hablar de negocios se parecía a solfear, los sonidos estaban allí, pero no llegaba a comprender lo que decían. De todas formas, ahora mismo tenemos que contar con Nicolás, es demasiado pronto para correr por la izquierda, ¿no te parece? Ella se esforzó en sonreír. Lo mismo pienso yo.

Enfrente viajaban dos mujeres mayores. Una revisaba una guía de Madrid; la otra, en cambio, no dejaba de revolver la mirada, como si estuviera esperando que acabara de suceder algo inesperado. ¿Y por Málaga, todo? Olga se apretó las manos contra el pecho. Ojalá, pero estos días han sido muy extraños, qué quieres que te diga. Él la miró en silencio. Volvía a gustarle. Ahora mismo estoy en paro, ¡como lo oyes! ¡No! Los dueños llegaron el lunes de Suecia, tío, me llamaron a la oficina y en lugar de darme el aguinaldo, que era lo que yo esperaba, tenían la carta de despido encima de la mesa. ¡Pinga! Las dos mujeres los miraron a la vez. ¿Y sabes qué es lo peor? Volver a empezar, eso es lo peor. Tienes razón, dijo él.

Salieron del metro ya de noche. Los bares estaban alumbrados con guirnaldas de luces y de alguna parte llegaba música de villancicos. Ella le sonrió. Esto me gusta, ¿una cerveza? Él tiró del maletín y las ruedas saltaron sobre las ranuras de las baldosas. Ten cuidado —ella procuró mantener la sonrisa—, esa es mi bolsa de buceo y no quiero estropearla, ¿sabes? Él también hizo por sonreír y se montó la bolsa a los hombros y echó a andar hacia la cervecería. Una campana dorada colgaba de la entrada, debajo había un enorme lazo también dorado y la puerta entera era como un regalo.

En la barra estaba la misma camarera de la noche con Cristina. ¿Qué les sirvo? Dos pintas. ¿Negras? No, rubias, dijo Olga.

Las mesas junto a las ventanas estaban ocupadas. Atravesaron el salón y se acomodaron en una mesa pequeña, justo a la entrada del pasillo hacia los baños. Era la única libre. Las conversaciones se mezclaban con la música y el humo velaba las caras. Al fondo había un grupo bastante animado. Una chica rubia apoyaba la cabeza sobre la mesa y reía muy alto. Vaya marcha, dijo Olga. Son las fiestas. Él cogió una servilleta del dispensador y la dobló varias veces, hasta hacerla un pequeño cuadrado. ¿Sabes cómo se llama eso? ¿Sed? Ella sonrió. No, por Dios, papiroflexia. No, esto es un barco. Y él tiró de los extremos del cuadrado y dejó sobre la mesa una figura que sí, con cierto esfuerzo, recordaba una chalupa. Lo dicho, papiroflexia. Ella aún sonreía. Y también cogió una servilleta y la dobló hasta convertirla en un pato, es decir, en algo que se le parecía. La camarera se acercó con las cervezas y una canoa de frutos secos.

¿No habrá problemas si me quedo en tu casa? ¿Por qué? No sé, tío, en tu casa ya son tantos. Por eso mismo, *qué importa uno más*; yo me estoy aguantando a Los Griegos, que no los conozco de nada y todavía no me he quejado. ¿Ellos cuándo se van? Ah, no sé, supongo que pronto; pero da igual, no son malos. Al contrario, dijo ella. Era simpático verla hablar tan cerca. El tatuaje le encerraba la boca en un cerco marrón muy parecido a los refuerzos de los preservativos. Y procuró mirar hacia otra parte. A Mirta, en cambio, se le nota más la uña, ¿verdad? Él sonrió. ¿Tú crees? No sé, a lo mejor es una idea que me he hecho, pero no la veo trigo limpio y me da, fíjate, que es de las que va de mosquita muerta.

Él golpeó la mesa con la mano mientras reía. Vaya con las mujeres, qué olfato. ¿Por qué lo dices? Olga parecía más animada. Me contó Alejandro, ¡El Griego!, que Mirta estuvo con Alberto. ¡No juegues! Sí, el propio Alberto se lo contó; no sé por qué, yo mismo no lo sabía. ¿Y Enrique? Eso fue antes. ¿*Antes* Alberto no salía con Ángeles? Sí. ¿Y ellas no son tan amigas? Vete tú a saber, pero fue por esas fechas; y ya de paso, Alejandro me contó que ella también había estado con un hermano de Alberto. Si te lo estoy diciendo —Olga casi gritaba—, que ella va de mosquita muerta, pero se le nota que es un punto, que yo tengo una calle y sé muy bien lo que veo. Él bebió despacio. Una calle. ¿Y tú?, pensó y volvió a beber. Ya entiendo, dijo ella, por eso la confianza y las miraditas, ¿y el otro lo sabe? ¿Quién, Enrique?, que yo sepa no y yo tampoco se lo voy a decir. Eso es lo que tienen ustedes los hombres, siempre se equivocan. ¿Tú crees? Te lo puedo jurar.

Olga miró su reloj. Mis primos estarán llegando ahora de Toledo. Él no dijo nada. Tres mujeres esperaban a la entrada de los baños, no eran ni bonitas ni feas, y las tres parecían dispuestas a casarse mañana mismo. Yo quería haber venido antes, alquilar un hostal y vernos ya con calma en algún lugar del centro, pero anoche cuando te llamé y te dije que sí, que venía, te juro que lo hice por no quedarme sola estos días de fiesta; en otro momento hasta nos habríamos ido de marcha con mis primos. No te preocupes, ahí está la casa. Gracias —ella le sujetó la mano—, eres un buenazo, ¿lo sabes?

Orestes se recostó a la silla y esperó. No sabría explicar por qué, pero la palabra «buenazo» se le hacía bastante ofensiva. Sería otra de esas ideas que nunca sabes de dónde vienen, simplemente están ahí, como una luz de alerta. Yo he quedado con mis primos hoy, en Chueca, a las diez; y no sé qué planes ellos tendrán para estos días, pero antes de que se acaben las fiestas, me gustaría presentártelos. Cuando quieras. Y por favor no te lo tomes a mal, pero no te digo nada de verlos esta noche porque necesito hablar con ellos en privado. No tienes que explicarme nada, haz tu vida. La camarera se acercó y les dejó un plato con cuatro empanadillas. Gracias. Él la siguió con la vista mientras se alejaba. No se había engañado, su culo era exactamente como una pelota de básquet. Se me ha ocurrido una idea, dijo Olga, y sé que ellos pueden ayudarme, no es tanto lo que necesito. Lo harán, ya verás que sí. Ojalá y Dios te oiga, tío, porque eso me podría solucionar la vida, créeme.

Él volvió a mirar hacia los baños. Las mujeres ya no estaban. La noche no solo iba a ser muy larga, sino además aburrida, lo presentía. Pienso pedirles diez mil dólares —Olga chasqueó la lengua—, eso para ellos no es nada. Este era el momento en que uno debía encender un cigarro. ¿Y qué vas a hacer? Quisiera montarme algo en la playa. Creo que lo mejor es una de esas tiendas de muchas cosas, como un chino aquí, pero para turistas; que allá en Málaga curran seis meses al año. Y aunque no lo creas, con eso viven; solo seis meses, tío. En el fondo, Olga era bastante ingenua o eso le parecía. ¿Pero no va a ser más de lo mismo? Tengo una idea, la vi en Alemania, en Frankfurt, en uno de los viajes con mi ex a traer coches. Es un supermercado y cibercafé al mismo tiempo. Él bebió. ¿Tú crees que te presten el dinero? ¡Y funcionaba de puta madre, tío! Ojalá y tengas suerte. Mira, ellos tienen pasta, ahora… falta que quieran soltarla, así de claro.

Él terminó la cerveza y levantó la copa, ¿otra? Mejor no —Olga dejó ver una sonrisa—, con mis primos las fiestas siempre son muy largas. Me imagino. Tienes que conocerlos, te van a caer superbién. Seguro.

Orestes esperó que ella pasara delante. Pagó en la barra e intentó parecer simpático, pero la chica apenas lo miró. De todas formas dejó dos euros de propina. A lo mejor así la próxima vez tenía mejor memoria. Y todavía no alcanzaban la puerta, cuando se dio cuenta. Acababa de cometer otra estupidez y encima delante de Olga.

El frío iba a más con la noche. Ella llevaba los brazos cruzados sobre el pecho, apretándose la chaqueta. Esta ciudad te mata, tío. Los dientes le brincaban como si anduviera por un campo helado. Él cargaba el maletín y aunque procuraba seguirla, no conseguía andar más aprisa. Ella iba varios metros por delante y al verla uno tenía la impresión de que había echado a correr.

La casa aún no olía a comida. Alejandro y Enrique miraban la televisión. En el comedor, Mirta y Yanet se arreglaban las uñas. Enrique se levantó a saludar a Olga. Pensé que no te veríamos más. La vida, niño, la vida. Y ella cruzó hacia donde estaban las mujeres. Orestes siguió con el equipaje hacia su habitación, lo dejó junto al armario, y se miró un momento en el espejo. Le roncan los cojones. Intentó acomodarse el peinado. Esta noche no puede quedarse así. Había momentos en los que daba por hecho que era un hombre atractivo. Antes de volver, se echó un poco de perfume. Una falsificación de *Opium*, de Yves Saint Laurent. Fue hasta la cocina, abrió una cerveza y se recostó a la meseta, junto a la ventana. La calle era solo una hilera de coches aparcados en la acera de enfrente.

Yanet entró poco después con las manos pintadas de un rojo frenético, abrió una cerveza y encendió un cigarro. ¿Pelas unas papas? Él sonrió. ¿Es una invitación? Casi. Y ella le acercó una bolsa. ¿Cuántas? Unas diez o doce. Él volvió a mirar hacia la noche, era ámbar. Poco después, la cocina parecía una sala pública. Había música y todos bebían cerveza. Yanet iba a cocinar costillas en salsa, y arroz blanco; Mirta haría una ensalada de aguacates y pepinos; y Olga dijo que lo sentía, pero había quedado en Chueca con sus primos —exactamente con un primo hermano y su novio—, que siempre venían de Miami a pasar las navidades acá. Esos sí vivían bien. Enrique miró a Orestes. ¿Tú también te vas? No, yo me quedo. Entonces, espera, dijo Enrique y fue hacia su habitación. Poco después regresó con un juego de llaves del piso y se las dio a Olga. Así no tienes que tocar. Qué detalle, hijo, muchas gracias. Enrique cumplía bien con su papel y parecía satisfecho. ¿Tú me puedes llamar un taxi? —le dijo Olga a Orestes—, es para dentro de quince minutos, yo voy a vestirme. Él asintió y fue al salón. Puso un disco de Gilberto Santa Rosa, *Solo bolero* y buscó la canción: *Pensé que estaba curado de amor/ Que estaba recuperado/ Que había logrado cerrar con candado/ Las puertas de mi alma después de un fracaso.* Entonces, salió a la terraza a pesar del frío.

Olga se vistió con un pantalón negro y una blusa blanca con un escote, que bajaba como una saeta hacia el ombligo. El abrigo también era negro, y muy largo. No se veía hermosa ni más joven, pero sí algo sofisticada; o eso creyó Orestes mientras la acompañaba hasta el taxi. Ten cuidado. Al hablar, las palabras se volvían humo en el aire. Ella le hizo un adiós desde la ventanilla. El maquillaje le blanqueaba aún más la cara. Cerró la puerta y la casa lo sorprendió con un silencio tras el que caía el rumor de la música. Fue hacia el cuarto, abrió el armario y sacó el sobre donde guardaba el dinero. Contó dos mil doscientos quince euros. Eso era todo. Guardó los doscientos quince en su cartera y dejó el resto en el bolsillo de una americana, una gris, que había sido de algún hijo de Adriana. Entonces, dudó si llamar a Cristina, podría recogerla a la salida del bar e irse a una de esas discotecas latinas que tanto le gustaban a ella, pero no se animó. No tenía deseos de oír hablar otra vez de Adriana; ni de pensar en su dinero, ni en todas las veces que lo había estado llamando esta última semana. El día menos pensado se le aparecía acá en la casa, todo era cuestión de que se le agotara la paciencia. Pero ahora mismo no podía hacer nada para evitarlo, aunque todavía las cosas podían arreglarse en el último momento.

Dejó la habitación y ayudó a poner la mesa. Y mientras disponía los cubiertos, se dijo que sí, que tal vez llevaba demasiado tiempo solo y que tendría que ir viendo cómo remediarlo. Al final a Yanet no le había fallado el ojo.

Cenaron sin demasiadas palabras. Orestes no esperó el postre. Saldría a caminar un rato.

Las puertas estaban cubiertas por unas cortinas gruesas y oscuras, no vio mujeres. Sobre la barra caían unas luces pobres. El camarero —tal vez el dueño— fumaba y miraba en una televisión muda un partido de fútbol americano. La música era jazz. Orestes pidió un whisky con hielo. ¿Cuál? Un JB y en vaso bajo, por favor. Se sentó de espaldas a la televisión. El hombre de la barra le sirvió y regresó a su programa.

Poco después, apareció una mujer de unos cuarenta años, en bikini. Salió del fondo. Hola, dijo y se acercó, qué tal. Él la miró. Solo quiero beber. ¿Me invitas? No. Ella se quedó de pie, a su lado, sin saber qué decir. El hombre los observaba desde la barra, pero no parecía interesado, solo velaba.

La podemos pasar muy bien, dijo la chica entonces. Su idea era esa, acostarse con una mujer. No le importaba pagar y tenía el dinero. Sin embargo, ahora mismo no se sentía con ánimos. Tal vez más tarde. No, quiero beber, ¿puedo? Ella lo miró con desagrado y se alejó hacia el otro extremo del bar, donde las mesas. Él la siguió por el espejo. Luego vinieron otras, algunas más jóvenes; pero era cierto, él únicamente quería beber.

Levantó el vaso. Lo mismo. El hombre se acercó. ¿Quién toca?, dijo Orestes. Se llama John Coltrane, dijo el camarero o quien fuera, y ya murió. Y al mismo tiempo enarcó las cejas e hizo un gesto con los hombros, como si lo sintiera o se burlara. Gracias. Los dos se miraron un instante, mientras el otro terminaba de servir el whisky. En total, Orestes contaba siete chicas mirándolo desde el espejo. Perdón, dijo, ¿cuánto cuesta esa botella de JB? El hombre la apartó y la miró desde lejos. Treinta euros. El whisky caía dos dedos por debajo de la mitad. Y hielo. Ese va por la casa. Y un vaso de agua. Un regalo más. Y diciéndolo, el hombre metió las manos bajo la barra y Orestes escuchó el ruido del grifo al abrirse. Me cobra ahora. Cincuenta todo. Él dejó un billete encima de la barra y recargó su vaso con más whisky.

Creo que estás pasando una mala noche. Sonrió. Puede ser. La chica era pequeña y tenía las tetas tan grandes como Cristina. Llevaba una camiseta y un *short* blanco. Me llamo Sally. Orestes. Ella lo besó en la mejilla. Encantada. Por el acento parecía colombiana. Te vendría bien un masaje, amor. Él aún sonreía. Pero quiero estar solo y tomarme una copa, nada más. Pero, amor —la chica le encimaba los pechos y hacía boquitas—, podemos pasarla tan rico juntos, ¿no quieres? ¿Te puedo preguntar algo? Lo que quieras. Sus dientes parecían de plástico. ¿Qué parte de *quiero-estar-solo* es la que no entiendes? Ella miró al suelo. ¿Y a ti nadie te ha dicho nunca que a los bares de putas se viene a follar y no a beber? Él levantó su vaso. Buen golpe. Salud, dijo. Sally todavía lo miró una última vez. Llevaba los ojos envueltos en una pasta negra. Estás jodido, tío. Y se alejó.

Bebió despacio, al tiempo que le costaba respirar, serenarse. Tal vez esa chica tenía razón, pero no se le ocurrió qué podía hacer para resolverlo. A veces, las cosas venían de aquel modo. Volvió a repasar las figuras dispersas por los asientos. Se le hacía increíble y de cierta manera, incómodo. El lugar estaba lleno de mujeres, de mujeres dispuestas a acordar un precio y a hacer lo que les pidiera. Todo. Sin embargo, no se le ocurría qué podía desear con tal fuerza, como para pagar por ello. Ese era todo el problema. Ningún otro.

Se sirvió más whisky. La música lo hacía avanzar por el pasillo con suelo de moqueta y no conseguía escuchar siquiera sus propios pasos. No era una buena sensación, sin dudas, pero no tenía nada mejor que hacer y decidió dejarse llevar.

Le costó bajar de la banqueta. Se sentía mareado. Caminó a tientas hacia la puerta y se sujetó del marco. Cuando sucedían estas cosas, decían que lo mejor era respirar hondo, que el oxígeno ayudaba, y eso hizo. Miró hacia el techo, estaba pintado de un color granate oscuro y tenía unos enchapes que tal vez eran dorados. Entonces salió afuera.

El frío a esas horas era como una nata. Echó a andar despacio, siguiendo las líneas de la acera. El viaje hasta la casa se le haría eterno, pero necesitaba aparentar calma. Revisó la calle y no vio a nadie. Se apoyó en la pared a su izquierda y dejó que la mano se arrastrara como siguiendo el hilo de una baranda. Al llegar a la esquina, tenía los dedos manchados de una pasta prieta y grasienta, que supuso hollín. Dobló y buscó el parque. Lo cruzó y tomó el camino bajo los árboles.

Subía ya a la acera cuando le vino el grito y dejó salir un ¡cojones!, que retumbó en el vacío de la noche. Y se echó a llorar.

Lo despertó el dolor, como una quemazón en el ojo derecho. Además, le ardía el estómago. Olga no había dormido al otro lado. De la cocina llegaban voces y olor a café. Se levantó con dificultad y se miró en el espejo. Un hematoma le cubría parte de la cara, justo donde sentía el dolor; pero no supo qué pudo pasar. En su último recuerdo lloraba. Su cartera —comprobó— seguía en el pantalón y también el dinero.

Yanet fumaba recostada a la ventana de la cocina. Mirta y Enrique estaban en el salón y no supo explicarse qué hacían allí los dos, un jueves. Tendrían que estar en el trabajo. Le bastó la cara de Yanet al verlo, para hacerse una idea más o menos exacta de su mal aspecto. Orestes se llevó un dedo a la boca en señal de silencio. Ahora te cuento, dijo, déjame ducharme. Cogió un par de cervezas de la nevera y siguió hacia el baño. Cerró la puerta y puso a llenar la bañera. Necesitaba hundirse en agua caliente.

Sirvió un poco de cerveza en el vaso de los cepillos de dientes y la acompañó con dos aspirinas. El frío de la bebida le escoció la garganta. Putos moros. Y se quedó contemplando en el espejo a aquel hombre con la cara amoratada. Porque algo tendría que decir y ya podía ir hilando el cuento.

Estaba sentado en el borde de la bañera, cuando Enrique llamó a la puerta. ¿Se puede? Ya salgo. ¿Pero estás bien? Sí. ¿Y qué pasó? Nada, una pelea. ¿Pero con quién? Bebió a fondo de la cerveza. Dame cinco minutos y ya te cuento. Vale, dijo Enrique. Esperó todavía a que el agua se calentara un poco más y luego se metió en la bañera. La espuma olía a miel y ese vaho dulzón le avivó unas náuseas que hasta ahora no había sentido.

Ardía, pero a su vez, el calor del agua lo hacía sentirse más tranquilo, como si flotara; era una sensación compleja. Hundió la cabeza y algo parecido a otro golpe le dolió encima de la nariz. Tendré que usar gafas unos días, se dijo y se vio a sí mismo como una mujer rubia y con melena, a la que alguien le ha magullado un ojo.

Salió envuelto en un albornoz. Sentía frío y entumecido el lado derecho de la cara. Los otros lo esperaban en el salón. Enrique no lo miraba, sus ojos iban más allá, detrás de él, donde suponía estaría oculta su historia. Pero su historia en verdad era simple; otra cosa es que llegara a suceder, eso ya no podía asegurarlo.

Dos tipos le salieron en la esquina del metro, frente a la parada de taxis y le pidieron la cartera. Tenían unas navajas y yo también me pregunto por qué no las usaron. Supongo, que porque reaccioné rápido. A uno le di y el otro —y enseñó el golpe— me alcanzó. Entonces salí corriendo y gracias que conseguí llegar primero al bar del francés, ese que está allá abajo, y el dueño y el camarero me acompañaron hasta aquí. Se habrá asustado cuando entraste, dijo Mirta. Imagínate, un tipo aparece en tu bar con dos detrás, ¿y tú qué haces? Pero se portaron bien. Orestes se tocó el ojo. De no ser por ellos, cualquiera sabe cómo habría terminado la película. Enrique aún buscaba detrás de él. ¿Pero tú estás bien? Solo fue un piñazo, nada más. Ahora tienes algo de pirata, dijo Yanet y procuró sonreír, pero en su lugar encendió otro cigarro y el olor lo asqueó. ¿Viste quiénes eran?, dijo Enrique. No mucho, pero parecían moros. Hijos de puta.

Orestes se arropó con el albornoz. Voy a vestirme, dijo, y ya casi dejaba el salón, cuando Enrique lo llamó. Los dos se miraron desde muy lejos. ¿Olga durmió aquí? Él dejó escapar una risilla. Cualquiera sabe por dónde anda. Enrique ladeó la cabeza. Si tú lo dices. Le ardía la cara. Entonces Orestes dijo, ¿por casualidad alguno de ustedes tiene unas gafas negras que me preste? Yo tengo unas, dijo Enrique.

Nicolás llamó sobre las once. Orestes estaba sentado en uno de los bancos frente al supermercado, al sol. Lo llamaba para decirle que se iba a Ibiza. Quiero ver cómo funcionan las discotecas allá, me han dicho que es otro mundo, no sea y nos estemos equivocando de lugar, ¿no crees? El aire batía fresco. Igual la ciudad no es Madrid. Al hablar, pensó Orestes, sus palabras parecían dichas por otro. ¡Exacto! ¿Y cuándo vuelves? La calle era una avenida naranja y los árboles eran como los puntos verdes de un paisaje que se deshacía por momentos y luego volvía a armarse, en cuanto pasaban las náuseas. Por eso te llamaba, dijo Nicolás, el siete de enero tenemos que ingresar en el banco los tres mil euros de la constitución de la empresa y voy a necesitar el dinero que te dejé, ¿crees que lo tendrás? Vete tranquilo, el siete tienes ese dinero. Me alegra saberlo y pasa unas felices fiestas. Tú también. Y Nicolás colgó. Orestes, entonces, cerró los ojos e intentó no moverse.

La casa de Zoila olía a incienso. El salón estaba iluminado con velas y desde los ventanales la ciudad terminaba en los escaparates de las tiendas al otro lado de la calle. Sobre una mesa baja había una botella de Knockando, dos de agua con gas, una hielera y dos pozuelos, uno con pistachos y el otro con almendras. Ella iba con un quimono color frambuesa y zapatillas a juego. Orestes se hizo un hueco entre los almohadones del sofá y se encontró cómodo enseguida. Entonces se quitó las gafas y Zoila pudo ver su golpe de una vez.

Lo había estado esperando desde que lo saludó en la puerta y mientras lo seguía hasta el salón, le comentó que a santo de qué llevaba gafas oscuras en invierno. Pronto iban a ser las diez de la noche, pero él hizo que no la escuchaba y esperó a alcanzar el sofá, a dejarse caer y a sentir que su espalda quedaba apuntalada entre los cojines. Zoila dibujó la forma de un grito y luego lo tapó con las manos. ¡Por Dios, qué te ha pasado! Él sonrió despacio, como si esquivara algún dolor. Una pelea. ¿Y qué estás buscando, tío, que te maten? Y por un momento pareció molesta; luego, respiró profundo y se recogió en una esquina del sofá. ¿Me vas a hacer el cuento completo? Él batió una mano en el aire, como si espantara insectos. Nada, cosas que pasan, no hay por qué preocuparse. ¿Pero cómo fue? Ya te lo he dicho, no fue nada. ¡Hombre!, pero para no serlo, menudo mazazo, ¿no crees? Ya está mejor. ¿Y ves bien? Sí —sonrió—, todavía.

Zoila hizo un gesto que a él le pareció de cariño, como si se sintiera aliviada. Has tenido suerte, porque de estas cosas nunca se sabe cómo sales. Pues sí. Ella gateó por el sofá, hacia él, y lo besó despacio sobre el golpe. *Sana, sana, culito de rana, si no sana hoy, sanará mañana.* Y él sintió que un calor molesto, ridículo, le abrasaba las orejas.

¿Un whisky? Él extendió los brazos sobre los cojines. Qué remedio. ¿Cuántas tardes y cuántas noches había estado en aquel piso? Y sin venir a cuento, pensó en Itziar; en lo frenética que se puso la noche que descubrió —porque escuchó a Zoila hablar con el chofer— que él no iba solo en aquel taxi. Esa fue una de las peores jugadas de Zoila —él nunca se lo habría hecho con una llamada de Nelson—, y a partir de ahí le perdió toda la confianza. Pero siguieron acostándose, eso también. Pobre Itziar. Y evitó pensar en cómo sería la vida ahora si hubiesen seguido juntos. Lo cerca que estuvieron de tener un hijo, de casarse, o al revés; en definitiva, lo cerca que estuvieron de cualquier cosa juntos.

Zoila sirvió las bebidas y le ofreció un vaso y una servilleta. Sobre el televisor, enmarcados en plata, ella y Nelson sonreían el día de su boda. Por la foto no parecía una gran boda, sino un trámite cualquiera del que al final alguien dejaba constancia. Ellos ocupan lo que deben ser las sillas de una notaría. Zoila lleva un vestido azul y él va de traje, aunque parece un traje de ir al trabajo. La corbata, incluso, queda abierta, como si Nelson estuviera pasando por un momento de calor. A lo mejor después hubo una fiesta. Orestes no lo sabía y tampoco tenía cómo averiguarlo; si le preguntaba, ella le hablaría maravillas de esa fiesta que a lo mejor nunca llegó a suceder. Era su estilo. ¿Te gusta?, dijo Zoila mientras se sentaba a su lado. ¿Tú qué crees?

La música ayudaba a la calma. Él hizo por beber, pero solo llegó a mojarse los labios. El whisky aún resultaba fuerte. ¿Quién canta? ¿No conoces a Enya, tío? He oído hablar de ella, sí, pero es la primera vez que la escucho de cerca. A mí me encanta. Está muy bien. Él volvía a sentirse cómodo, especial, en aquel sofá —junto a ella—, y en aquel piso que no era el suyo, pero que podía serlo. Orestes encendió un cigarro y agradeció la mezcla del humo con el Knockando.

Te tengo una noticia, dijo ella, pero es una mala noticia. Entonces cuéntala rápido. No he hecho cena. Él la ayudó con el mechero. Mejor. Zoila también fumó. No he podido, mi día ha sido un desastre. ¿Y? Nada, quería decírtelo. Está bien así, no te preocupes. Volvió a beber y se dio cuenta de lo larga que era una noche hasta el amanecer y en algún momento Zoila querría hacer el amor; entonces, tendría que dejarlo todo, acompañarla a la habitación y complacerla. Las últimas veces había sido así. Ahora, con whisky, no solo todo era posible, sino mucho más sencillo y hasta deseable.

¿Pero no tienes nada en la nevera? ¿A lo bestia? —ella arrugó la nariz—, pues una caja de langostinos congelados, huevos y seguramente verduras. ¿Y ya sacaste los langostinos? No sabía. Hazlo, yo sé lo que es la madrugada. Ella sonreía. Yo te iba a decir de pedir comida. ¿A un chino? No seas cutre, tío, aquí cerca hay un argentino, una parrilla, y tienen servicio a domicilio. ¿Ah sí? ¿Te parece? Pero también descongela los langostinos, a mí me gustan. Como quieras. Ella dejó su cigarro en el cenicero y fue hacia la cocina. Enya era la música perfecta y Zoila, esa noche, la mujer de un sueño.

En lo alto del mueble de la televisión había siempre una copa con agua y bajo el pie de la copa, una tarjeta en la que él mismo había escrito su nombre y apellidos: *Orestes Gómez Azcuy*. Según Zoila —y a él le costaba creerlo—, el color del agua le decía cómo iban sus cosas. A veces se asustaba, porque el agua de pronto se ponía turbia y era cuando lo llamaba solo para preguntarle si todo estaba bien. Aunque de todas formas —aclaraba Zoila—, la tuya no es un agua muy limpia que digamos.

Ahora mismo no es que su agua estuviera sucia, sino que las luces la teñían de amarillo. Y fue Nelson quien le vino de pronto a la cabeza. ¿Cómo sería tener la suerte de otro hombre en el propio salón de tu casa? A lo mejor no había visto la tarjeta, ¿por qué iba a levantar la copa? Un poco de agua no dejaba de ser un gesto de condescendencia con los muertos en general y él debía saber —como lo sabía Orestes— lo muy dadas que eran su mujer y su suegra a estas cosas. Contaba Zoila que les venía de su abuela, una cubana; pero cómo fiarse de sus cuentos.

Durante un rato la escuchó hablar con un restaurante desde la cocina. Escuchaba nombres de menús, platos, tipos de carne y en algún momento tuvo deseos de que terminara de una vez y Zoila volviera junto a él. Lo aburría beber solo. Entonces batió los brazos en el aire hasta que se hizo ver. Pide cualquier cosa, da igual. Ella lo miró con una condescendencia que él no esperaba, se llevó una mano a los labios y le pidió silencio.

Ese es el problema de vosotros —Zoila ya venía hacia él—, os conformáis con cualquier cosa. Él sonrió y se fijó en su cuerpo. ¿Qué hacía allí, en aquel piso y con la mujer de otro? Entonces bebió y le hizo un sitio en el sofá, a su lado, es decir, contra él. Ella se quedó un momento con la cabeza sobre su pecho. Luego se incorporó, recogió su vaso y la voz de Enya volvió a cruzar el salón como si sonara por primera vez. De Zoila le gustaban dos cosas, sus tetas —envueltas en una piel muy suave— y su docilidad en el sexo. La sabía capaz de hacer todo lo que él pudiera pedirle sin poner ningún reparo. Y no es que algo así fuera una virtud, pero indudablemente no dejaba de ser una comodidad. Él sonrió y acercó su vaso al de ella. Por ti. Ella también le sonrió. Te ves encantador con ese ojo, créeme. Lo doy por hecho. Y los dos rieron.

¿Sabes una cosa, tío?, me he pasado toda la mañana acordándome de mi padre. Me imagino, dijo él porque no supo qué otra cosa decir. Pero sabes qué, lo recordaba de joven, como era en los años de El Avión, con sus pañuelos, y pensaba en ti. ¿Por qué no te decides y usas un pañuelo de vez en cuando? Te daría fuerza. Las piernas de Zoila eran redondas y sus muslos también eran suaves, aunque no tanto como sus tetas. Para llevar un pañuelo en el cuello hace falta más dinero del que yo puedo tener. Ella asintió con tristeza. Pues sí o ser muy chulo, que era el caso de mi padre. ¿Sabes?, tú te le pareces. Gracias. Y él volvió a brindar con ella. Salud, dijeron.

Zoila no tenía una buena historia —él lo sabía—, pero ella insistía siempre en mejorarla. Ya estaba acostumbrado. Así que recargó su vaso con más whisky, encendió otro de esos Marlboro Light extra largos que ella fumaba y se hundió aún más en el sofá. Entonces ella le contó —a propósito de esos años en El Avión— cómo gracias a un par de amigos, su padre se decidió a invertir en uno de los negocios de putas más prósperos de Madrid. Mi madre estuvo a esto de divorciarse. Él bebió. Ya conocía esa historia, llevaba años escuchándola, pero también sabía que se trataba solo de un momento, de que ella soltara ese dolor. Luego, la noche volvería a ser como hasta ahora.

La última vez que se la contó, no le habló de lo atinada y ventajosa que le resultó a su padre esa inversión en uno de los mejores clubes de alterne de la ciudad. En su lugar, le contó lo duros que fueron esos años en los que ni ella ni su hermana se atrevieron a contarle a nadie de qué vivía su familia. Lo supieron por su abuela, que odiaba a su padre y lo llamaba «tratante de blancas». Una frase extraña, con lo fácil que habría sido llamarlo «chuloputas».

A Enrique, Zoila nunca le había caído bien y de hecho —decía él mismo— no la soportaba. No entendía cómo alguien podía vivir entre tantas mentiras. Lo que esa niña tiene en los pies es una soga, macho, y en lugar de soltarse, cada vez se enreda más. Esa gente así no me da confianza, en cualquier momento te la juegan, ¿a ti no te pasa? No, a Orestes no. Él creía entenderla y tomaba a Zoila como lo que era, como una sobreviviente, igual de sobreviviente que ellos mismos, y le perdonaba sus fantasías. Eran su alivio. Enrique tenía el suyo tal vez en el sexo con Mirta o con la de turno; él se compraba unas cervezas y como que la vida se le hacía más soportable o menos urgente; y Zoila pues necesitaba inventarse una familia diferente, otro pasado, una nueva historia y eso la ayudaba a sacar fuerzas y a seguir. Orestes sabía además que cuando le tocaba hacerse cargo de la verdad, no la pasaba nada bien.

Terminó de descongelar los langostinos con agua caliente y Zoila dejó en la mesa, además de un plato para las cáscaras, mayonesa, un molinillo de pimienta, un frasco de agua de Colonia —la ginebra de los pobres, dijo— y muchas servilletas. Poco después vinieron del restaurante. A Orestes le pareció demasiada comida para dos: bife, tiras, chorizos, patatas, pimientos; y echó de menos una cerveza helada, pero siguieron con el Knockando. Según Zoila, se abría paso una tendencia a acompañar las comidas —sobre todo las pesadas o de sabores fuertes— con whiskys de malta, aunque con un poco más de agua. Dicen que ayuda a la digestión. Puede ser. Y él bebió de todas formas.

Ella se inclinó hacia la mesa y las luces de las velas convirtieron sus senos en dos bulbos rosados, iguales a los bulbos de algunas flores, solo que más grandes. Qué foto acababa de perder. Pero en su lugar, alargó la mano hacia ellos. Perdón, dijo y cruzó a través del escote del quimono. Zoila levantó la cabeza y lo miró mientras se dejaba acariciar. ¿Qué tienen? Él sonrió. Me gustan. Lo sé. Ella se levantó y se paró frente a él. ¿Salimos de esto de una vez? Los dos sonrieron. ¿Ahora? Como quieras.

Cruzaron el salón como una pareja de muchos años. Sabían adónde iban y qué les esperaba. Quince minutos después estaban de regreso. Entonces él preguntó si tenía otra música, comino y cerveza. Los dos estaban a medio vestir y según él, tendrían ese aire informal, glamoroso, que quedaba después de algunas escenas de sexo. Ella puso un disco de canciones de Compay Segundo y le trajo una litrona de Mahou, que a esa hora le pareció la mejor cerveza del mundo. La carne, efectivamente, estaba fría, pero la pimienta y el comino le resolvían cualquier percance. Y los dos comieron con apetito, como si disfrutaran de un momento muy especial, que lo era.

Después cada uno encendió un cigarro y regresaron al whisky. Y todavía seguían en el sofá —ella estaba sentada entre sus piernas, recostada a él— cuando a las seis de la mañana los sobresaltó el timbre de un teléfono. Los dos miraron hacia la mesa. Orestes cogió el suyo y se quedó viendo la llamada. Era Olga y dudó si contestaba, pero al final lo hizo.

Estaba muy borracha y lloraba. Se había perdido y quería que él fuese a buscarla. Costaba entenderla. No hablaba, más bien envolvía las palabras con la lengua. ¿Y tus primos? No sé. Orestes demoró el silencio unos instantes. Zoila seguía contra él, escuchando. Ve hasta la esquina y dime las calles, ¿quieres? Entonces Zoila se incorporó y se sirvió más whisky. ¿Me quedo sola, no?

Aún no amanecía y el frío tenía mucho de escarcha a esa hora. En la calle no se veía un alma. Orestes caminó en dirección al centro. Más o menos sabía hacia dónde ir. La dirección no era exacta, pero confiaba en que el taxista sabría llegar.

Alcanzó la esquina de Serrano y Alcalá y decidió esperar allí. Poco después, vio bajar la lucecita verde de un taxi vacío. Se apuró a cruzar al otro lado. El taxista lo escrutó a través del parabrisas. Debía de parecerle extraño un tipo con gafas oscuras, solo y seguramente con aspecto de haber bebido. Pero así era la noche. Y detuvo el taxi. Él subió y dio el nombre de las calles. ¿Por dónde cruzamos el río? Mientras sea recto, me da igual. El hombre hizo una mueca contra el retrovisor.

El río, se dijo mientras seguía a través de la ventanilla el último rato de la madrugada, ¿cómo Olga había conseguido llegar hasta allí? ¿Qué había hecho en más de cuarenta y ocho horas? ¿Todas de fiesta? ¿Con hombres? ¿Con mujeres? A saber.

El taxi cruzó a la altura de Marqués de Vadillo y trepó una cuesta. Luego torció a la izquierda. Orestes dejó de saber dónde estaban.

Olga se guardaba del frío bajo el soportal de una tienda de decomisos. Era un bulto con la cara blanca, arrinconado contra el escaparate, que miraba a un punto incierto al otro lado de la calle. Orestes le pidió al taxista que parase junto a ella. Abrió la puerta y el frío entró al coche como un vapor helado. Olga vino y se dejó caer en el asiento. Gracias a Dios, dijo. ¿Todo está bien? Ya te contaré, dijo al tiempo que cerraba los ojos. Sonreía y podía estar drogada. Él no lo supo.

En la casa todos dormían y el aire tenía la pesadez de los sueños colectivos. Cruzaron hacia la habitación, pero Olga no llegó a entrar en ella. Dijo, voy al baño, y desanduvo el pasillo con la inexactitud de quien sale de una anestesia. Orestes fue a la cocina y abrió una cerveza. También él se sentía borracho.

Olga se dejó caer en la cama y alargó los pies. ¿Me quitas los zapatos? Él la descalzó y luego le soltó los botones del pantalón. Levanta las nalgas. Está bien, pero no te pases. Parecía jugar. Orestes le quitó la ropa y la lanzó sobre la silla. Estaba sucia y era la misma de hacía dos noches. Increíble. Él también comenzó a desvestirse. ¿Ya?, dijo ella, ¿quién quita esto? Él la miró. Olga dejó caer los tirantes del sujetador e intentó llevar el cierre hacia delante. Orestes se acercó y lo hizo. Sus pezones eran muy claros y parecían recogidos. Ella misma se sacó el tanga. Luego abrió las piernas y comenzó a tocarse.

La llamada lo sorprendió frente al metro, donde los chinos. Acababa de comprar cuatro litros de cerveza y lo alegró saber que Nicolás ya estaba en Madrid; no por el dinero, sino por Olga.

Ibiza genial, ¿tú nunca has estado? No. Pues tienes que ir, ya te lo digo. Lo tendré en cuenta, claro. Ese es el futuro de este país, no importa que hasta ahora no se hayan dado cuenta; todo lo que Europa necesita y del modo en que lo necesita está ahí, ya lo verás.

Nicolás parecía entusiasmado y sobre todo convencido de unas posibilidades de negocio en las que él, Orestes, no tenía sitio. Ibiza era una isla, un lugar al que se accedía por avión y para eso él necesitaba esa tarjeta de residencia que no acababa de tener. Nicolás viajaba como americano, claro. Pero a santo de qué sacar desgracias ahora, lo importante era Olga y se apuró en hablarle de ella. Tenían que conocerse, estaba seguro de que vería en esta chica lo mismo que él, una excelente oportunidad y ese empujón que le iba faltando al negocio de las casas. Ella tenía su propia cartera de clientes —la frase era nueva, justamente la había aprendido con Olga—, gente de dinero, gente interesada en invertir y por si fuera poco ya había estado en Miami un par de veces. Así que por lo menos sabe de qué estamos hablando. Ahora mismo era justo lo que ellos buscaban, ¿no? Más o menos, dijo Nicolás, pero está bien, podemos vernos hoy mismo como tú dices. ¿A las seis? Mejor a las siete, estaré en la cafetería de siempre con unos amigos, ¿te parece bien?

¡Hecho! Orestes miró un instante hacia la autopista. Una luz naranja flotaba sobre ella. Él tenía fe en ese negocio y Olga también. Además ella daba nombres, direcciones y estaba convencida de que alguno de esos empresarios estaría interesado en invertir. Pero si hace falta, fíjate, llamo a mi exmarido y él me ayuda. Yo nunca le he pedido nada a Chema Arzuaga, pero ya va siendo hora de que ponga las cosas en su sitio, porque si algo él me debe a mí son favores. No digo yo si vendo tres casas en Miami. Tres casas en Miami, y esto hay que aclararlo, porque, por muy mal que tu prima pague las comisiones, dejan dinero y bastante, créeme. En España, que no se puede ni comparar, se paga el ocho por ciento. Ahora tú calcula el ocho por ciento de trescientos, de quinientos mil dólares, a ver de cuánto dinero estamos hablando. Una fortuna.

¿Para qué negarlo?, aquellas ventas podían ser el futuro de los dos. Un futuro tan grande que incluso la fotografía cabía dentro. Porque entonces él, aunque fuera un desconocido —que lo era— podría pagar esa buena galería con la que venía soñando y podría pagar a la prensa, claro, y pagarle a los críticos. Porque como decía Olga y en eso tenía toda la razón, a los periodistas mientras mejor los alimentes más te quieren.

Quizás Olga —para qué engañarse— no era la mujer de su vida, ¿qué mujer lo era?, pero parecía dispuesta a jugárselo todo por ser felices.

Nicolás conversaba con dos hombres. Al verlos entrar, se levantó y esperó junto a la mesa. Los otros lo imitaron. Los tres eran más altos que Orestes, por lo menos una cabeza más. Nicolás lo presentó como el sobrino de su socio y a Olga como su novia, ¿no? Más o menos, dijo ella. Pues ya es bastante. Nicolás miró hacia los otros. Ellos son Frank y Alex, tienen una asesoría empresarial acá y a partir de ahora trabajaremos en equipo, ¿qué te parece? Por mí encantado, dijo Orestes y se ocupó de encontrar una silla más.

Sobre la mesa había tres tazas de café vacías y una botella de licor de hierbas apenas sin tocar. ¿Qué tal por Ibiza? Olga hizo por sonreír. Fue un viaje de exploración, ahora habrá que ver si sale algo. España está viviendo un momento delicado, dijo el que podría ser Alex, y hay que pensar muy bien qué se hace. ¿Delicado? Orestes procuró aparentar que se interesaba. Sí, dijo el otro, ahora mismo todo tiene un precio por encima de su valor real y hay que saber muy bien dónde se mete el dinero, porque cuando esa zona falsa desaparezca, nos vamos a dar cuenta de que hemos pagado un dineral por nada. ¿Y si no desaparece?, dijo Olga. Lo hará, aseguró el que podía ser Frank.

Nicolás parecía distante o cansado. ¿Les apetece un cava? A mí sí, dijo Olga. El silencio se demoró sobre la mesa. ¿A ustedes no? Nicolás los miró a los tres. Orestes se encogió de hombros. Le daba igual, pero no lo dijo. Venga, dijo el tal Alex, total. Pues cava entonces, dijo Nicolás, pero uno bueno, a ver si tienen. Yo me encargo, dijo Frank y él mismo llamó al camarero.

Alex y Frank iban vestidos casi iguales, los dos llevaban vaqueros y esas camisas de fondo blanco y con cuadros pequeños, que tanto le gustaban a Orestes.

El camarero les acercó una cubitera con hielo y agua, en la que se hundía una botella. Después trajo las copas. ¿Cuál es?, dijo Nicolás. Un Anna de Codorniú. ¿Es bueno? De lo mejorcito que te puedes encontrar. ¿Pero mejor que el Juvé y Camps?, dijo Olga. Nicolás hizo una mueca con la boca que podía ser una sonrisa. Ese lo probaremos otro día. Frank y Alex parecían ausentes. El camarero quitó el bozal y comenzó a mover el corcho con cuidado. Lo tenía envuelto en una servilleta y lo atenazaba con unos dedos pequeños y nudosos. Las venas le saltaban sobre la mano. Que suene, dijo Nicolás. El hombre sacudió el tapón y tiró con fuerza. Orestes acercó las copas. Al tocar el cristal, el vino se volvía espuma; después, rodaba hacia el fondo. El camarero pasó varias veces la botella y se alejó. Nicolás levantó su copa. Feliz año. Olga levantó la suya. Por los negocios. Orestes procuró no mirarla. Y por los negocios, dijo Nicolás.

Alex y Frank apenas bebían. En su lugar giraban las copas, se las acercaban a los labios y el cava volvía a rodar hacia el fondo como un líquido que pierde vida. Nicolás encendió un cigarro y por un momento Olga y Orestes dejaron de estar en la conversación. Los tres hombres cruzaban frases sueltas sobre Ibiza, el hotel, las personas que habían encontrado. Era difícil seguir su historia. Orestes miró hacia la calle. A lo mejor no tenían que haber venido.

Olga acercó su reloj al de Nicolás. Qué casualidad, ¿no?, son iguales. Él repitió esa mueca con la boca que podía ser una sonrisa. Ya me había fijado, pero a lo mejor yo soy más discreto. Nicolás miró a los otros, que ahora sonreían. El tuyo es de hombre, pero es el mismo modelo, eso está claro: ¡Santos, de Cartier! Nicolás acercó su copa a la de Olga. Por las coincidencias. Y brindaron.

Ella parecía contenta y cada cierto tiempo miraba su reloj, como si festejara en silencio el día que se le ocurrió comprarlo. ¿Cuánto le podía haber costado a su exmarido? Él de relojes caros no entendía. Olga iba vestida con una camiseta violeta, apretada y de mangas largas, que le descubría parte del escote. Sobre los pechos, las pecas entonces se notaban con más fuerza. Me ha dicho Orestes, dijo Nicolás, que puedes vender casas en Miami. Yo solo he dicho que existen amistades que podrían estar interesadas. ¿Tú eres española ya? Hace mucho. Y me ha dicho Orestes también que vives en Málaga. Olga entrecerró los ojos. Así es. ¿Y te mudarías a Madrid? No sé, a mí esta ciudad me mata, siempre lo digo. ¿Por qué?, se interesó Frank. ¿Ustedes de dónde son? De aquí. ¿Ves?, no puedes entender lo que es para alguien que ha nacido junto al mar, vivir sin él. Perdona, dijo Alex, pero eso es una telenovela, cariño. Pues mira que no; además, yo soy hija de Yemayá y como buena hija de Yemayá, sin mar me muero de tristeza, créeme. ¿Yemayá?, dijo Frank. La diosa de las aguas saladas, dijo Nicolás. ¿Tú también conoces?, dijo Olga. Nicolás ahora sí sonrió. Digamos que estoy informado. Ya veo. Pero y una pregunta, insistió él, ¿y si los negocios están acá? Todo hay que hablarlo y ya veríamos. Orestes volvió a servirse más cava. Te voy a ser sincero —los ojos de Nicolás eran ahora dos puntos muy negros, ocultos bajo el arco de las cejas y apenas pestañeaba—, mi idea es montar una oficina en Madrid, pero yo siempre no voy a estar y me gustaría tener a alguien que coordine los negocios, ¿me entiendes? ¿Como una secretaria? Nicolás balanceó la cabeza. Más o menos, en inglés se llama *executive assistant*, que es alguien que se ocupa de más cosas que una secretaria, es alguien que está metido en los negocios y sabe tanto de ellos como el propio jefe, ¿te haces una idea ahora? Olga también se sirvió cava. ¿Y Orestes? Nicolás dejó caer los hombros con cansancio. ¿Hablamos de ti, no? Bueno, dijo Olga. Y además no creo que a él le apetezca trabajar en una oficina —Nicolás lo buscó a través del cristal de su copa—, ¿o sí? Él sacudió la cabeza. No es lo mío. Y mintió.

¿Y cuánto ganaría?, dijo Olga. Tendríamos que conversar, pero no creo que este sea el momento ni el lugar, es fiesta. ¿Y si me dedico solamente al negocio de las casas? Esa es otra posibilidad, mira —Nicolás barrió la mesa con la mirada—, qué más quisiera yo que encontrar buenos comerciales, pero eso es algo tan difícil, que ya doy por hecho que todos tendremos que vender casas si queremos que ese negocio salga adelante. No todos somos Mercedes, así que nos toca tirar de los amigos. Y hasta ahí todo bien, pero la venta real, créeme, comienza cuando los amigos se acaban.

Alex y Frank parecían envueltos en una lejanía que los hacía inexpresivos, como si el estar allí les supusiera un gran esfuerzo.

¿Y de qué comisiones estamos hablando entonces? Nicolás abrió un nuevo paquete de cigarros. Orestes también cogió uno. Esto es mejor verlo después, porque yo ahora mismo no tengo cifras. Olga terminó su copa y volvió a servirse. ¿Y cuándo sería ese después? No sé, aún no me he puesto de acuerdo con Mercedes, pero calcula una semana. Frank y Alex la observaron entonces. El domingo yo regreso a Málaga —y pareció que Olga fijaba toda la atención en su Cartier—, ¿hablamos antes? Nicolás estrujó la boca. No te lo puedo asegurar. Pues nada, dijo ella, yo espero.

Ahora no le parecía una buena idea haber venido con Olga. De hecho, se le hacía incluso hasta peligroso, si es que decidía no pagarle los mil euros que le debía a Nicolás. Pero también sabía que, o la incluían en el negocio o ella no iba a llamar a ninguno de esos clientes que decía tener. Y aunque le costara admitirlo, él admiraba su manera de ir hacia donde le interesaba: directa y sin miedo.

Alex se apartó de la mesa. Nosotros tenemos que irnos. Y yo, dijo Nicolás. Orestes alzó la mano y llamó al camarero. Yo invito. Tranquilo, dijo Frank, lo del cava es un asunto mío, que para eso lo elegí; lo demás ya está pagado. Pues muchas gracias, dijo Olga. Nicolás entonces miró a Orestes. ¿A las diez aquí? Sí, aquí mismo. Y no te olvides de lo que tenemos pendiente, que mañana hay que ir al banco, ¿lo tienes? Olga revisó la cara de los dos hombres. Orestes tuvo miedo de que se le quebrara la voz. Dalo por hecho. Nicolás echó la silla hacia atrás. El que llegue último paga el desayuno, ¿de acuerdo? ¡A las diez!, insistió Orestes y también se levantó. Olga lo hizo detrás, como si obedeciera un golpe que no era suyo. Los adioses fueron fríos y rápidos, pero a Orestes en cambio le pareció una despedida larguísima. De algún modo daba por hecho que Nicolás y él no volverían a encontrarse nunca. Este era el final. Pero le rondaba una pregunta, más bien dos: ¿lo sabía él?, ¿y el dinero, lo daba por perdido?

Esperaron que los otros salieran de la cafetería y volvieron a la mesa. Afuera ya era de noche. Poco después comenzó a nevar.

No va a pasar nada, dijo Olga. ¿De qué? De nada, ¿no te das cuenta? Él sirvió el resto del cava. ¿Y sabes qué es lo peor? Orestes bebió. Ni idea. Que tú también estás fuera. A mí, si quieres que te diga la verdad, me da igual; Mercedes es mi prima y la familia no deja de ser siempre la «familia». ¿Ves?, dijo Olga, en eso te equivocas. ¿En qué? Mercedes no es tu prima, es la prima de tu padre. La nieve caía como una llovizna y se deshacía al tocar el suelo. Esta ciudad es horrible —Olga se levantó y se pegó al cristal—, ni siquiera la nieve es nieve de verdad. Orestes llamó al camarero. ¿Quieres algo? Ella se volvió. Sí, un ron con Coca Cola. ¿Y usted, caballero? Una jarra de cerveza.

Aún llovía cuando salieron del locutorio y Orestes dijo que estaba sorprendido, aunque no era cierto. La sorprendida en todo caso sería Mercedes. Ella sí tenía por qué estarlo. Aquel pariente, hijo de un primo suyo, la llamaba un seis de enero, a las once de la noche hora de España, para proponerle, según él, un buen negocio; y Mercedes podía estar creyendo ahora que le había dado la mejor respuesta, «Nicolás no solo es mi socio, sino también uno de nuestros grandes amigos y yo ni a mis socios ni a mis amigos los traiciono, ¿tú sí?» Entonces Orestes cortó la llamada. Sentía ese calor cubriéndole la cara y decidió salir afuera a respirar hondo.

Olga siguió la conversación desde un sofá sucio, azul, junto al teléfono. Ya estaba un poco borracha y mientras él hablaba, le hizo muecas, insistió en frases que habían perdido ya todo su sentido y además parecía furiosa. Pero, ¿qué más daba?

Caminaban bajo los aleros, pero la lluvia de todas formas los mojaba. La humedad era ese frío que se metía bajo la ropa y te obligaba a cruzar las manos sobre el pecho. Al llegar a la esquina cruzaron hacia el portal de la iglesia. Una iglesia, por demás, perdida entre una tienda de teléfonos móviles y otra de ropa de cama. ¿Nos vamos a casa?, dijo Olga. ¿Tú quieres? Pues no, si quieres que te diga la verdad, no me apetece nada. Ni a mí. Y él se alegró de poder seguir bebiendo.

Avanzaron bajo los portales hacia el final de la calle. Al otro lado de la acera estaba El Umbral, una taberna vestida de madera, donde ya los conocían. Orestes daba por hecho que tendrían que hablar. Algo terminaba hoy, después del encuentro con Nicolás y la llamada a Mercedes y sería bueno saber qué le esperaba a partir de mañana. De todas formas, Olga no se iría hasta el domingo. Esos eran los planes. Él la buscó en la oscuridad. Se veía triste, como si estuviera preguntándose por qué estaba aquí, con este frío y en una ciudad que le gustaba tan poco. Él la abrazó y ella recostó la cabeza contra su hombro. No queda nada, ¿no?

El Umbral estaba abierto. Llevaban dos semanas juntos y no solo era poco, sino además no era tiempo suficiente para sentirse ya metido en la rueda de un hámster —sabes cómo es, no importa el esfuerzo ni el tiempo que dediques a correr dentro de ella, jamás te lleva a ninguna parte—, pero, por otra parte tenía miedo de que Olga regresara a Málaga. Su compañía era como un péndulo que a veces tocaba ese extremo insoportable, pero le preocupaba quedarse solo. Había engordado, estaba bebiendo de más y temía descubrir que acababa de cruzar ese punto de no retorno, que para él —un hombre de uno ochenta y dos— comenzaba a partir de la talla 36. Necesitaba calma y ocupar su vida en algo serio y que pudiera sacarlo del bucle en que se había metido. Y solo se conseguía —lo decía hasta la misma Yanet— con una mujer al lado.

Pero si ella llegaba a quedarse, tendría que pensar muy bien cómo hacer las cosas. Ganarse la vida sin papeles no era sencillo, de hecho solía ser un poco más difícil que habitualmente y los puertos de Adriana y Nicolás estaban cerrados; por lo que le tocaba inventarse otro camino, uno por el que nunca había ido y eso podía ser tan difícil como vivir de la fotografía. A lo mejor era el alcohol, pero esa noche se sentía recién llegado a Madrid. La ciudad volvía a ser el mismo lugar desconocido. Tampoco la convivencia con Enrique resistiría. En cuanto se quedase sin dinero y sobre todo, sin ninguna manera de ganarlo, le tocaría ir saliendo por la misma puerta por la que había entrado hacía apenas unos meses. Nadie lo iba a tener gratis ni un minuto.

Bajaron unas escaleras hacia la acera y estaban por cruzar al otro lado de la calle, cuando vieron el cartel. *Se alquila*, decía en unas letras torpes y la frase venía acompañada de un número de teléfono. Olga copió el número en el móvil y llamó. El sonido del timbre retumbó a pesar del ruido de un coche que cruzaba frente a ellos. Orestes le mostró el reloj. No son horas. Pero ella le apartó la mano. Déjame; si no quieren molestias, que no hagan negocios. Parecía aturdida.

A los lados del local, había una tienda de chinos todavía abierta y una lavandería. A la segunda llamada alguien contestó. Disculpe, pero lo llamo por el anuncio, acabo de verlo y estoy interesada. La voz se quejó al otro lado, pero él no pudo entender qué decía. Solo escuchó a Olga concertar una cita para la mañana siguiente, a las nueve.

¿De qué va esto? No te preocupes, no va a salir. ¿Pero qué quieres hacer? Nada, Orestes, nada. ¿Entonces? Que una está hasta los cojones de que la vida únicamente le dé palos, ¿entiendes ahora?

Cruzaron hacia la taberna. Nurio —el dueño— seguía detrás de la barra, aunque no había clientes. Les sirvió un ron con Coca Cola y una jarra de cerveza, y sacó una copa de vino blanco de algún sitio bajo la barra. Salud. Y bebió con ellos. ¿Qué tal tu noche?, dijo Olga. Aquí, de fiesta, ya lo ves, ni un alma. Nurio volvió a servirse vino. Es una lástima que bebáis otras cosas, porque este verdejo está muy bueno. Te creo. Y Orestes bebió largo de su cerveza. Le entró bien, pero supo que terminaría emborrachándose. Estaba siendo un día muy largo.

¿Sabes cuánto piden por la tienda de enfrente? Olga en cambio parecía llevarlo mejor. Nurio se acodó sobre la barra. ¿Qué me dices, vamos a ser vecinos? A ver mañana. ¿Y qué van a vender ahí? Todavía no lo tengo claro, pero algo se me ocurrirá, ¿te vale eso? Nurio rió. Por cierto, dijo Olga, ¿conoces al dueño? ¡Yo! —Nurio volvió a beber—, no es mucho lo que te puedo decir, pero sé que se llama Armando, de hecho este local era suyo, y por ahí se comenta que tiene mucha pasta, pero que podía haber tenido más. Nurio encogió los hombros. Pero al parecer le va la marcha. ¿Y no sabes cuánto pide? El otro se secó la boca con una servilleta de papel. A las chicas que estaban antes les cobraba mil quinientos, si no más, ¿eh? ¿Y de fianza?, insistió Olga. Ya eso no lo sé, pero te diré algo —y Nurio abrió los ojos como si tuviera la cara pegada a un cristal—, vale la pena, porque lo que no vendas ahí, no lo vendes en ningún lugar por acá, pero en ninguno.

Orestes seguía la conversación desde lejos. Sentía la sangre llena de burbujas y se le hacía pesado hablar. Tampoco tenía intenciones de estropear la noche. Se estaba bien allí y Nurio, a pesar de esa cabeza de anfibio y sus ojitos vidriosos, era un tipo simpático y, sobre todo, siempre invitaba a una última ronda, aunque te estuvieras cayendo. Qué hijo de puta. Y esas cosas se agradecen. En cambio, la pobre Olga —que mañana por la mañana ya estaría hablando de regresar a Málaga— a lo mejor se reía de su propio chiste, ¡a quién se le ocurría llamar a nadie casi a las doce de la noche, solo para preguntarle cuánto pedía de alquiler! Orestes volvió a beber. La cerveza era como un alivio y así entraba.

Terminaron tarde y bastante borrachos los tres. Se despidieron sin saber muy bien hacia dónde iban y él dejó que ella se apoyara sobre su hombro. La lluvia era tan fina como la tela de un mosquitero. Caminaron en dirección al parque y después tomaron el camino bajo los árboles. Les costaba ir de prisa. Orestes tenía miedo de que pudieran tropezar y caerse. Las aceras estaban rotas y cuando menos lo esperaba aparecía otra losa reventada por las raíces. La oscuridad tenía ese modo de complicar las cosas, de aumentarlas.

Una vez en el piso, lo último que hizo Olga antes de dormirse como alguien que se desmaya fue poner el despertador para las ocho y cuarto de la mañana. Así no los vemos, ¿te parece? Mejor, sí. Instantes después ella era solo un ronquido que anegaba la habitación. Él la sacudió e hizo que se callara y procuró conseguir el sueño a su vez; pero el alcohol, en lugar de aturdirlo, lo mantenía vivo y en un sopor que se parecía a la angustia. Entonces, a través de él, vio la amplia explanada de ese Día de Reyes. Una explanada que ya a esa hora era un descampado en el que no había resistido nada verde y todo era de ese color que él conocía como siena. Intentó no pensar, pero justo cuando creyó que lo había conseguido, el techo comenzó a girar y no le quedó otro remedio que acordarse de la conversación con Mercedes. Ella, en el fondo y a pesar del tonito suficiente, no era más que otra pobre infeliz; una mujer que se había hecho su vida —con lo que esto pudiera significar— vendiendo casas, sí, pero ahora se daba cuenta, a ese nivel básico de los vendedores de dulces caseros o de las cuadrillas de reformas o los dos o tres jardineros que se unen y atienden los jardines de una calle. Ni siquiera entendía la necesidad —no hablemos de la importancia— de una página web ¡en un negocio internacional de venta de casas! ¿Qué esperaba?, ¿que los clientes viajaran de Europa a Miami, un rato cualquier día de esta semana por la tarde?

Allí, si alguien había perdido era ella; la carta de triunfo se llamaba *Olga* y él, el hombre que se acostaba con ella todas las noches, hizo lo imposible por compartirla, por que fueran un equipo, por que la vida realmente les sonriera a todos por igual. Pero estaba claro, no hubo suerte. Y en el fondo —para qué negárselo a sí mismo— se aclaraba, él era un fotógrafo y aunque ahora le pareciera estúpido o imposible, estos golpes no sucedían por antojo, sino como una manera tortuosa, pero una manera al fin y al cabo, de llegar al punto final. Ahora, por el momento, tenía una mujer y de lo que se trataba era de hacer algo por guardarla a su lado.

Nicolás —el nombre le cruzó la cabeza como latido— seguro que lo empezaría a llamar a las diez en punto, es decir, en cuanto se diera cuenta de que él no iba a llegar y que sus miserables mil euros —que ni siquiera pagaban el sinsentido de estas semanas— se volvían tan irreales, como sus propios sueños de restaurantes, inmobiliarias, discotecas y empresa de mensajería hacia los Estados Unidos. Y no le importó lo que pudiera venir después. Le sonrió a la oscuridad gris que caía del techo y dio por hecho que para el mediodía tendría el buzón del teléfono repleto de mensajes, de ofensas, tal vez de alguna amenaza; pero se lo dejó bien claro mientras esperaba el sueño, lo mejor en estos casos era borrarlos sin haberlos leído o escuchado, no valía la pena contaminarse con las malas sangres de los demás. Había que ser ingenuo para llegar tan lejos.

Para su sorpresa, Olga sí se levantó a las ocho y cuarto de la mañana. Lo despertó y durante varios minutos se quedaron uno junto al otro, mirando la penumbra empolvada de la habitación. El aire era un vaho dulce. La cabeza se me quiere partir en dos, dijo ella. Es lo suyo, pero ya sabes cuál es la solución. ¿Aspirinas? Y cerveza. Yo lo que tengo es hambre. Una ducha muy caliente también ayuda. A esa hora las palabras pesaban tanto como la tierra húmeda. Ese es el problema del cava, tío, o te lo tomas con el postre o te olvidas de él, ¿ves?, porque al final te mata. Orestes se arrastró hacia el borde de la cama. Ya lo sé. A él no le dolía la cabeza, pero tenía esa molestia en el estómago que ya le iba a durar todo el día. Aunque lo peor aún estaba por venir y siempre le sucedía cuando estaba acercándose el mediodía y empezaban las fatigas, los sudores.

La claridad de la cocina hería. Los Griegos aún dormían y la puerta del salón seguía cerrada. Olga fue al baño y regresó con una tira de aspirinas. A ver si esto funciona. Orestes sacó de la nevera un paquete de salchichas y dos cervezas. Pero tenemos que comer o la acidez nos mata. Lo que sea, tío, pero no hables. Él se encogió de hombros y sonrió. Se sentía inexplicablemente feliz. Abrió las cervezas y le ofreció una a ella. Entonces cogió un par de aspirinas y las fue masticando mientras bebía. Su boca enseguida se llenó de un espumarajo ácido que le recordaba la baba de los perros. Hizo un par de muecas y hasta pensó en vomitar, pero no llegó a ir tan lejos. En su lugar, se enjuagó la boca con más cerveza y esperó a ver qué tal se sentía, pero solo alcanzó a notarse más hinchado.

Olga partió la aspirina en pequeños cuartos y también los fue tragando con cerveza. Él puso una sartén al fuego y echó las salchichas. Parecían de juguete. Se debían una conversación, pero no estaba seguro de que este fuera el mejor momento. Ella abrió la ventana y un golpe de aire frío recorrió la cocina. Alivia, ¿verdad? Más bien enferma, dijo él. Ella sonrió. Lo he decidido, dijo al tiempo que volvía a cerrar la ventana. ¿Qué? Lo de la tienda. ¿Y? Ella dejó su cerveza sobre la encimera. Es ahora o nunca. Yo lo he tomado como una broma. Pues para mí no lo es. Él bebió, se enjuagó una vez más y respiró contra el cuenco de la mano. El olor metálico seguía ahí, como un perfume. Ella miró hacia la calle. No es bueno jugar con el dinero. Él apagó el fuego y dejó las salchichas en la sartén. ¿Pero lo tienes? Por eso no te preocupes, lo tendré.

Yo no te entiendo, ayer mismo no teníamos dinero para nada y hoy me hablas de montar un negocio, ¿sabes cuánto cuesta eso? Así es. Olga levantó una salchicha con un tenedor, la mordisqueó y volvió a dejarla en la sartén. Yo creo —y él sintió que algo le temblaba en el estómago al hablar— que ese dinero de tus primos, cuando lo tengas, es mejor que te lo lleves. Ella lo contempló como si mirase hacia el fondo de un valle. ¿Quieres que me vaya? No es eso —una punzada le bajó de la cabeza hacia el ojo del golpe—, digo que si tienes pensado regresar a Málaga, será mejor que tengas ese dinero contigo, te puede hacer falta. Ella buscó su cerveza, bebió y se colocó de espaldas a la ventana. ¿Y si no me quiero ir? Su cuerpo se desvanecía contra la claridad.

El dueño —un hombre de unos setenta años— esperaba junto a la puerta del local. Tenía la cara redonda, muy roja, y las mejillas le caían hacia la mandíbula como grandes belfos. Asombrosamente, guardaba todo el pelo. Ella le sonrió. ¿Usted es Armando? ¿Y usted? Olga. Pues muy bien, dijo el hombre, a ver si podemos terminar pronto. Le pido disculpas por la llamada, pero es que vinimos aquí enfrente, a El Umbral, y cuando salíamos fue que vimos el cartel y la verdad no me di cuenta de la hora. Era un hombre alto y Orestes junto a él acaso perdía un palmo. No te preocupes, ya sé que a veces los negocios no esperan. Nurio, el dueño de El Umbral, además de amigo nuestro, fue el que me dijo que usted se llamaba Armando y nos contó también que ese local era suyo y que él se lo compró. El hombre miró entonces hacia el otro lado de la calle. Todavía me arrepiento, ese local ahora mismo valdría el doble, pero bueno, nadie es adivino, ¿no cree usted?

El hombre quitó los cierres de la reja frente al escaparate, abrió la puerta y dejó que ellos pasaran delante. ¿Qué había aquí?, dijo Olga. Una droguería, la tenían unas chicas, pero no les funcionó; al año y poco tuvieron que cerrar, las pobres; ¿así, para qué uno quiere alquilar nada?, ahora habrá que volver a hacer obras, ¿no? Orestes fue hacia el fondo. El local era grande, sí; pero también había trabajo para por lo menos unas tres semanas, ¡y cuidado! El baño olía a algo químico, como si la última vez lo hubiesen limpiado con mucho amoniaco. Después regresó junto a Olga. No tenía idea de qué quería hacer ella, pero según él lo veía, lo más lejos que se podía llegar en aquel barrio era a montar una franquicia, ¿de qué?, ni idea. Pero a saber cuánto costaría algo así.

Ella recorrió la tienda varias veces y cada una fue midiendo a pasos cada sala, sobre todo la principal y una pequeña que se abría a la izquierda. El hombre la dejaba hacer. Por último, también husmeó en el baño y luego vino hacia la puerta. ¿Cuánto es al mes? El dueño se llevó una mano a la cabeza y se alisó el pelo. De los más baratos de la zona, mil quinientos, dos meses de fianza y a vender, hija. En tres años que llevaba en España, Orestes nunca había ganado mil quinientos euros de una vez y ya podía hacer horas, trabajar de lunes a lunes, que los novecientos eran una barrera que ya costaba saltar.

Es caro, dijo Olga. Vamos a ver, yo puedo admitirle cualquier cosa, pero eso no. El hombre hacía su papel, Olga el suyo. Yo puse ese letrero, ¿sabe cuándo?, ayer tarde y la suya ya fue la tercera llamada; como se lo estoy diciendo, la tercera. ¿Y los otros?, dijo Orestes. El hombre levantó la vista hacia él y tuvo la impresión de que acababa de verlo por primera vez. Usted no se preocupe por los demás, que esos ya tienen su momento. Orestes, porfa, si no te importa, dijo Olga, déjame hablar a mí. El hombre pareció que colocaba una sonrisa muy suave. Solo preguntaba, dijo él por decir algo y se alejó hacia el escaparate. La calle se movía a un ritmo considerable para aquel barrio. Lo malo del dinero no es que no lo tengas, es que si no lo tienes, nunca dejas de ser nadie. Y sintió que la garganta se le apretaba, pero no, no iba a llorar. La suya era la tristeza de la resaca, nada serio.

Si usted me da un mes de obras o uno menos de fianza —escuchó decir a Olga—, firmamos. Orestes se volvió hacia ellos. El hombre ahora también miraba hacia la calle. Esta es la mejor zona del barrio y se te ve seria, pero yo no puedo hacer eso. Usted sabe que tengo que hacer obras y no me parece justo que me cobre sin que yo venda, ¿no cree? Pregúntele a Nurio, usted que es amiga suya, por cuánto alquilaría ese bar y ya verá lo que le dice. Aquel hombre tenía bien aprendido su papel. Usted piense que más vale pájaro en mano que ciento volando, ahora ya le digo, no me parece justo. Olga volvió a contar a pasos la pequeña habitación a la izquierda. Pero ella también se conocía el suyo. Una pregunta, dijo el hombre, ¿y aquí qué van a vender? Él nada, dijo Olga, yo voy a vender ropa de moda. Ropa… ¿para jovencitas? No precisamente, para mujeres de mi edad en adelante. Lo que le digo, para *jovencitas*. Ella sonrió. Muchas gracias. ¿Pero tú no eres de *aquí*, no? Mi madre es canaria, pero yo nací en Cuba y soy española, claro. ¿De qué isla? ¿Mi madre?, vive en Tenerife. No la conozco, dijo el hombre, pero dicen que es bonita, ¿cómo se llama el volcán? El Teide. Eso es, el Teide. Yo he subido. Me imagino.

Orestes miraba la escena con disgusto. ¿El hombre había empezado a coquetear con Olga o era ella la que lo estaba provocando? Todo parecía muy inocente, sin embargo. Entonces, ¿qué?, dijo Olga. El hombre buscó a Orestes. Las mujeres es lo que tienen, yo tengo cuatro hijas y son más de lo mismo —él hacía por sonreír—, siempre saben lo que quieren; pero eso es bueno, muy bueno, sobre todo en estos tiempos. Olga parecía paciente y no se le notaba la resaca; maravillaba lo fuerte que estaba siendo. Mira, dijo el hombre, te puedo dar un mes por obra, pero con una condición, firmamos por tres años y si no cumples el contrato, no te devuelvo la fianza, ¿te parece? Sí, dijo Olga, usted gana. Es que no hay otra manera. Bueno, eso es muy relativo. Hija, esto son lentejas. Ya lo sé. Además, necesitaría una señal ahora y dejamos cerrado este asunto. ¿De cuánto? Quinientos y esta tarde o mañana el resto, con el contrato, ¿te parece bien? Por mí no hay ningún inconveniente, solo tenemos que ir al banco. El hombre balanceó los brazos un par de veces. Ya me figuro, nadie anda con ese dinero encima. Pues trato hecho, ¿no? El otro le ofreció la mano. Pues me alegro, hija —el tal Armando parecía aliviado—, y si no hay más que hablar, yo espero fuera.

Olga abrió su bolso, sacó una libreta de direcciones y le desprendió un par de hojas. ¿Te puedo pedir un favor? Orestes dejó caer la cabeza. Lo que quieras. ¿Puedes anotarme aquí lo que veas por hacer? Él seguía sin comprender cuál era el negocio de esa tienda, pero tampoco estaba en condiciones de escucharlo, sus prioridades en este instante eran mucho más simples y tenían que ver con su estómago, con el sueño y ese ligero dolor que le bajaba de la cabeza hacia el ojo. Tampoco es tanto. Lo que sea, escríbelo —ella le entregó las hojas y el bolígrafo— que luego siempre se olvida algo; yo voy a ir al banco y regreso. Aquí estaré, no te preocupes. Ella sonrió. Qué menos, ¿no?, yo me estoy amarrando tres años a ti. No, a este negocio —al instante lamentó la frase y procuró arreglarla—, nosotros vamos a durar mucho más, ¿no? Ella balanceó la cabeza con algo de tristeza y lo besó. Ya veremos. Su aliento era tan metálico como el suyo.

La acompañó hasta la puerta y después se quedó allí, tras el cristal, viéndolos irse. Cuando se supo solo, volvió a comprobar el vacío de aquellas paredes. No era mucho, pero un negocio, incluso uno tan pequeño como aquel, ya era una puerta en medio del muro de piedra. Lo demás lo diría el tiempo. Entonces pensó en sus problemas, necesitaba comer y dudó si cruzar a El Umbral, pero desechó la idea.

Mejor los chinos, ahí mismo a la derecha, y compró un sándwich y dos latas de cerveza de medio litro. Todavía no eran las diez y sintió un poco de reparo, una cosa era beber por la mañana para librarse de la resaca y otra muy distinta lo que iba a hacer. Pero las cervezas guardaban el frío de toda la noche en la nevera y el primer sorbo lo sintió llegar helado. La única manera de vencer el fuego, era con el fuego mismo.

Olga traía un sobre y lo sacudió frente a él. Esta es la pasta que tenemos y nos tiene que alcanzar para todo. Orestes estaba sentado en el suelo, contra la pared junto a la puerta. ¿Qué es todo? Pues verás: la obra aquí en la tienda y el viaje a Málaga. ¿Y qué piensas hacer? ¿Aquí?, pintar. ¿Y lo otro?:

el suelo, el techo... Olga se acercó a él. Bajo su chándal uno adivinaba unas piernas fuertes. Yo no tengo dinero para eso, tío, así que nos tendremos que conformar con lo mínimo, ¿entiendes? Yo puedo hacerlo. Y pareció que él hablaba desde la profundidad de un pozo. ¿Hacer qué? Las obras. Pero va a costar lo mismo. Qué dices, te cuestan los materiales, nada más. ¿Y tú sabes? ¿Poner tarima y falso techo? Sí. ¿De verdad? Olga parecía alegrarse. ¿Y podrás solo? ¿Por qué no? ¿Y hacer dos probadores en la habitación pequeña? Si son sencillos. Joder, tío, la tienda nos puede quedar de puta madre. Él sonreía y también estaba alegre. Aquí caro es la mano de obra. Sí, eso ya lo sé.

Ella se miró en un pequeño espejo pegado a una pared. Todos los días me veo más vieja, ¿a ti no te pasa? No. Pues tienes suerte. Él sintió deseos de otra cerveza, pero no le pareció una buena idea. Quiero saber algo y quiero que me digas la verdad. ¿Sí? ¿Yo te gusto? Mucho. Ella se mordió el labio y respiró hondo. He hecho una llamada, pero prométeme que no te vas a molestar. Depende. Entonces mejor no te digo nada. ¿A quién? Ella fue hacia la puerta y la cerró. A Luis. ¿Y ese quién es? El director del hotel de Chema, necesito hablar con mi exmarido.

«Exmarido», y Orestes se dio cuenta de la fuerza de esa palabra, era como si todo se mantuviera intacto a pesar de la destrucción, como si de alguna manera alguien hubiese firmado a tus espaldas un pacto que aún seguía vigente. Acababa de descubrirlo. ¿Y para qué?, dijo al fin. Necesito ayuda y Chema puede, es el único que puede y por favor no te ofendas. ¿Qué ayuda? Pasta, tío, pasta. Orestes se levantó del suelo y se sintió solo. El mundo tenía sus propias leyes y él poco influía en ellas. ¿Por eso todo tan fácil, no? ¿Te importa? ¿Tú qué crees? ¡Joder!, no me lo pongas difícil, entre Chema y yo hace años que no hay nada, ni amistad, créeme.

La calle era uno de esos cuadros de ciudades con fondo gris y edificaciones granates y blancas, en los que siempre está a punto de llover. Las farolas amarillas de El Umbral lo hacían aún más creíble. ¿Y tus primos? Por favor —Olga abrió los brazos como un par de aspas—, es que no me lo puedo creer. ¿Qué! Pero hacemos una cosa, dijo ella, me das tú la pasta y cuando llame Chema, mira, ni le respondo, ¿te parece?

Olga caminó varias veces de una pared a otra, como si midiera el tamaño exacto de su escenario. En algún momento se detuvo. Entonces se llevó las manos a la cabeza. Ah es verdad, que tú no tienes ni un puto euro para darme, ¿o sí? No, no lo tengo. Y enseguida se arrepintió de haberlo dicho. Pues muy bien, ¿alguna otra solución?, porque yo acabo de entrar quinientos euros de señal, ¿no? Él sacudió la cabeza. Pues deja que yo me ocupe

110

de este asunto y todos vamos a salir ganando; y para que lo sepas, a mí los hombres me gustan listos, ¿lo captas? Él no supo qué más decir. De golpe se sentía cansado, con sueño y le habría gustado irse de una vez de aquel lugar.

Fue al baño, orinó y ya salía cuando sonó el móvil de Olga. Ella lo vio venir desde el fondo y aún sin contestar, dijo, es Chema. Él asintió y lo último que escuchó antes que Olga saliera de la tienda, fue un «hola» tan breve como festivo. Volvió a sentarse en el suelo. Desde allí, el día soportaba ese gris del peor invierno. Olga hablaba al otro lado de la calle y daba paseos por la acera. No parecía estar discutiendo o reclamando nada. A veces sonreía. El pelo le envolvía la cara como un casco negro. Miró el reloj. Hacía mucho rato que eran más de las diez y sin embargo Nicolás no lo había llamado, ni siquiera tenía un mensaje. Nada. Como si en apenas unas horas se hubiera disuelto toda esa ilusión que él acumuló durante semanas y que de alguna manera, también tuvo sus buenos momentos.

Doce mil, dijo Olga al regresar. ¿En serio? ¿Tú qué pensabas?, Chema Arzuaga a mí me debe la vida, Orestes. Ya veo. Pero no lo digas así, que tú no sabes cómo fue, ¿de acuerdo? Yo no digo nada, solo miro. Yo tenía diecisiete años y él cuarenta y nueve cuando nos casamos y duramos ocho; no es un récord, pero no está mal para una adolescente, ¿no crees? Y la verdad nos ayudamos mucho. Ella cerró una vez más la puerta de la tienda. Mucho marco alemán que le guardé en los cinturones y mucho dinero que nos llevamos juntos a Andorra, para que Chema Arzuaga no me pueda dejar a mí doce mil euros. ¡Pero qué son dos millones de pesetas para Chema Arzuaga!, un hombre que solo con Hacienda se ha ahorrado más de quinientos millones, que yo lo sé, ¿a ver?

¿Y por qué no se lo pediste antes?, dijo él sin demasiada idea de en qué iba a convertirse un día como aquel, tan gris. Será que todo tiene su momento, tío, y antes de molestar a Chema, pensé incluso en mis primos, pero ya viste lo que pasó, podían dejarme tres mil euros, que están bien, ¿pero con tres mil euros adónde va una en este mundo?, ¿a dónde? Ah, y no te molestes —Olga volvió a recorrer el largo de la tienda—, pero a todos los efectos y de cara a Chema Arzuaga, yo vivo sola, no tengo pareja y he venido a Madrid a empezar una vida nueva y él me va a ayudar, ahora, que es cuando lo necesito, ¿queda claro? ¿Eso qué significa exactamente? Nada, no significa nada, pero a ningún hombre le gusta que lo tomen por tonto y yo sé que a Chema Arzuaga le jodería mucho saber que yo me acuesto con otro, mientras es él quien me paga el negocio, mi nueva vida o todo lo que se le ocurra pensar, ¿lo entiendes ahora? Como una amante en la distancia. Él rió, mientras intentaba no sentirse una mierda. Pero tú no te preocupes, que Chema ya está casado, con otra cubana y acaban de tener una niña; de eso estábamos hablando ahora, está embobado con la criatura.

Olga se quedó mirando el vacío de la tienda. ¿Crees que podremos? Verás que sí. ¿Y cómo hacemos con Málaga? Él se miró las botas, empezaban a romperse. Pues tendremos que ir, ¿no?

Antes de llegar a la casa, entraron al supermercado y compraron seis litros de cerveza, una chapata y un trozo grande de panceta, que Olga pidió se lo cortaran para freír. Llevaba meses con antojo de chicharrones y ya estaba bueno, hoy era un buen día para celebrar. Él no decía nada, solo seguía la hoja de la medialuna a través de la carne. Luego, mientras ella pagaba, volvió a revisar su teléfono. Nada; ni una llamada, ni un mensaje.

Los Griegos miraban la televisión. ¿Y eso qué es?, dijo Orestes al ver la imagen de un hombre disparando contra un iceberg desde una barca. Cazadores de hielo, dijo Alejandro, lo usan para hacer vodka. ¿Y se vende caro? No lo han dicho, dijo Yanet, pero seguro o no habría tanto interés, ¿no crees? Igual es hasta un buen negocio. Orestes adelantó una de las bolsas del supermercado. Chicharrones. ¿Crudos?, dijo Yanet. Sí, Olga los va a hacer, ¿se apuntan? Alejandro dejó el sofá. Los hago yo, ¿quieres? Yanet lo siguió. Al pasar junto al mueble de la televisión, sacó un cigarro de una caja y lo encendió. Ayer mismo le regalaron a Alex el último disco de Willy Chirino —aún mantenía el cigarro en la boca—, ¿lo ponemos?

Olga dejó cuatro cervezas frías en la meseta. Orestes abrió una y se recostó a la ventana. El puesto del vigilante, dijo Yanet. Él sonrió. No hay otro. Alejandro se acercó a él. ¿Ya sabes que nos vamos? Orestes lo miró a los ojos. No. ¿Para dónde?, dijo Olga. Una amiga de Mirta tiene una habitación vacía, dijo Yanet, y nos la alquila. ¿Y cuándo es eso? Enrique nos lleva en el carro esta misma tarde, sobre las siete. ¿Ya la han visto?, dijo Olga. Ayer —la cara de Yanet permanecía envuelta en el humo—, no es muy grande, pero qué quieres que te diga, es una habitación; y ahora mismo eso es lo primero que necesitamos, dónde estar. También es verdad —Orestes miró hacia la calle, la luz se deshacía al cruzar el frío— y lo que son las cosas, yo venía a invitarte a ir mañana a Málaga. ¿A qué? A recoger las cosas de Olga. ¿Pero en serio que no sabían que nos íbamos?, dijo Yanet. No, de verdad que no. Mañana yo tengo trabajo —Alejandro apretó la boca—, si no iba. ¿Y si dices que estás enfermo?, dijo Olga, yo te pago el día. No, tengo que ir o no me llaman más, ya sabes cómo es, esto no es Cuba.

Los Griegos se abrazaron. Los vamos a extrañar, dijo Yanet. Nosotros también. Y Orestes hizo por apartar esa tristeza que venía hacia él. Pues nada, dijo Olga, habrá que llamar a Malabia. No está en Madrid, dijo Alejandro. ¿No? ¿Y tú cómo lo sabes? Orestes bebió y sintió que la resaca ya no estaba, solo se sentía hinchado. Está en Alicante, dijo Yanet. ¡Joder!, dijo, cómo saben estos dos. ¿Pero ustedes sí saben que Mirta y Enrique se van pasado mañana para Cuba, no? Sí, eso sí, dijo Orestes. Ah, yo no, dijo Olga, pero ¿ves? esa es una buena noticia, y no lo digo por él, que es un infeliz. ¿Entonces ya sabes que Malabia viene a vivir para acá? Yanet sonreía. ¿Para dónde?, dijo Orestes. Para acá, para esta casa. ¿Y cuándo?, dijo Olga. Eso ya no lo sé —Yanet se encogió de hombros como si se disculpara—, supongo que después que Mirta y Enrique se vayan, pero lo que es seguro es que viene con su madre y la niña, los tres. El pobre, dijo Olga. Orestes volvió a mirar hacia la calle. Enrique mismo lo invitó, dijo todavía Yanet.

En la estación de autobuses cogieron un taxi y ella le explicó que cruzarían al otro lado del río, pero él no supo hacia dónde iban, era la primera vez que estaba en Málaga y también la primera vez que salía de Madrid en tres años. Intentó seguir la ciudad a través de la ventanilla, pero no conseguía ver nada que sirviera para recordarla después. Iban encontrando calles, parques, edificios y personas como los de otro lugar cualquiera.

El viaje hasta acá se le había hecho interminable. El autobús no parecía alcanzar nunca los cien kilómetros y llegó un momento en el que únicamente le importaba que acabaran de llegar, su culo y su espalda se lo pedían a gritos.

A medida que tomaban una calle u otra, Olga apuntaba con la mano contra las ventanillas del taxi y le señalaba algún bar, otra discoteca. Eran sus lugares favoritos de la ciudad, donde había pasado los mejores momentos de estos años. Aquí estaban sus amigos, sus pretendientes, sus amantes. Ella no solo conocía sus nombres, sino también a sus dueños, a los camareros y por supuesto —qué duda había— a sus mejores clientes. Era como una guía a través de esa ciudad nocturna, que ahora les tocaba contemplar de día. Tal vez aquella era su manera de despedirse, de decirle adiós a esa Olga que aseguraba haber sido libre en Málaga como no lo había sido en ninguna parte nunca. Y Orestes evitó pensar en todo lo lejos que podía llegar una persona dispuesta a divertirse, en un lugar donde nadie la conoce y ella es la única encargada de aprobar sus actos. No sabía demasiado de Olga, pero estaba seguro de que su pasado distaba de ser un pasado aburrido. Por el contrario. Se le notaba en la manera en que hacía el amor. Olga se hubiese atrevido a mucho más de lo que él se sabía capaz de pedirle. Pero a mucho más, de eso estaba seguro. Y si esto era cierto, ya podía ir contando con que algún día —más temprano que tarde— lo engañaría. ¿Con quién? Lo más seguro que con unos y con otras, si no al tiempo.

Si alguna vez alguien llegaba a preguntarle de qué color era Málaga, él apenas tendría delante el verde oscuro de las copas de los árboles. Porque el mar —visto a lo lejos mientras el autobús se acercaba a la ciudad— solo le pareció un trozo de agua gris que lo dejó indiferente. Entraron a una calle estrecha y se detuvieron poco antes del final. Aquí es, dijo ella y señaló hacia un edificio amarillo mostaza, con las ventanas y los adornos en blanco. La entrada desembocaba en un patio interior vestido con azulejos. Un único balcón recorría las puertas de los apartamentos. A Orestes le recordó esas casas para muchos vecinos que en Cuba se llamaban «solares». La intimidad al menos era la misma, prácticamente ninguna.

Hasta el tercero, dijo Olga, y echó a andar delante, escaleras arriba. Orestes la siguió. Sería la humedad, pero ahora notaba el frío de una manera diferente, como pegado a la piel. Se detuvieron ante una puerta cualquiera y mientras procuraba las llaves en su bolso, Olga dijo, mi compañera está de viaje, pero mejor así. ¿Y eso? Ella sonrió. Porque ahora vamos a liar la de Dios y ella es bastante neurótica. ¿Sabes cuándo regresa? Ya será para el lunes, tú, tranquilo. Entonces tenemos tiempo. Ya te digo, un mundo. El piso se veía acogedor y limpio.

Olga abrió la puerta de su cuarto y un vaho dulzón ensució el aire; allí dentro las cosas eran diferentes. La habitación era apenas una cama de noventa centímetros con las sábanas todavía revueltas, una mesa de noche y una pequeña lámpara. En una de las paredes había un espejo y una balda de madera, de la que colgaba un secador, como en las peluquerías. En una de las esquinas, una torre de cajas de cartón se alzaba casi hasta el techo. ¿Y eso qué es? Ropa, tal vez zapatos. ¿Y también se van, no? Claro, claro, dijo ella. Eran todas iguales y de la misma empresa, La Panificadora del Mar. Cinco en total. Después, cuanto había allí dentro era el caos: pantalones, camisetas, bragas, toallas, abrigos encima de la cama, por el suelo, colgados como un racimo detrás de la puerta. Él abrió la única ventana.

Tú deberías conducir, tío. Y lo hago, dijo él, pero el tema son los papeles, a ver cuándo. Eso lo vamos a arreglar, ya verás. ¿Me estás proponiendo matrimonio? Ella sonrió y se sentó en una esquina de la cama. No es para tanto, la regularización ya está aquí, ¿no? Pues sí. ¿Entonces? Se le hacía extraño que el cuarto de una mujer no tuviese fotos, un cuadro, algún adorno. Tú también podrías conducir. Ella se dejó caer hacia atrás. Ni sé cuántas veces he hecho el teórico de los cojones y no hay forma, me tiran. Hazlo en Madrid, a ver. Peor. Pero por intentarlo… Ya. Él cerró la ventana y miró a través del cristal. No se veía un alma. Se sentía cansado y pensó en descansar aunque fueran veinte minutos, pero solo dijo, ¿empezamos?

Ella se incorporó. Parece un mundo. Esto nos llevará horas. ¿Crees que tanto? Ya veremos, aunque el asunto es otro, ¿cómo llevarse todo esto para Madrid?; ¿tienes más cajas?

Él miró la habitación, no sabía por dónde empezar. Olga intentó separar el armario de la pared. ¿Me ayudas? Lo hago yo. Y al tirar del mueble, tuvo la sensación de que procuraba mover un bloque de piedra, pero consiguió separarlo, al menos lo suficiente para que Olga pudiera sacar las cajas que guardaba dobladas allí detrás. Son las mismas con las que vine, ¿ves?, ahora sirven. Ya lo creo, dijo él por no quedarse callado, y comenzó a armarlas. Mientras lo hacía y miraba a Olga cubrir la cama con la ropa que iba sacando del armario, sintió lástima por ella. Parecía una mujer fuerte, pero luego te encontrabas con este lugar, con esta vida y te dabas cuenta de que no era más que otra pobre infeliz. A saber cuánta presión somos capaces de aguantar y ella, por lo que se veía, llevaba años cargando con demasiado peso. La tienda —entendía ahora— era solo una manera de agarrarse a una tabla, de sacar de una vez esas cajas de detrás del armario, meter en ellas lo mucho o poco que pudiera tener y largarse de esta ciudad con su mar incluido.

Orestes miró hacia la cama. ¿Cómo se podían acumular tantas cosas, joder, pero sobre todo tantas cosas inútiles? La pobre, por Dios. Aquello era el ajuar de otra persona: pantalones minúsculos, blusas con los colores desvanecidos, camisetas que a la mujer actual ni siquiera le cabrían por la cabeza. ¿Y había que llevarse a Madrid toda esta mierda? ¿Para qué guardas esto?, dijo él. ¿Qué? Esos zapatos, están rotos. Ya, tengo que llevarlos a arreglar. Sí, ¿pero cuándo? Pues no sé, tío, cuando los necesite. ¿Y eso va a ser alguna vez? Que son zapatos de marca, mira —y recogió unas sandalias con una tira suelta—, que son de Carolina Herrera y estas botas, aunque tenga que cambiarle las chapas, son de Custo Barcelona. Estos zapatos en su día costaron una pasta, ¿y por qué no voy a aprovecharlos?

Definitivamente el aire de la habitación olía a humedad. ¿Y la ropa? ¿Qué tiene? Es pequeña, ¿no? Tío, ¿por qué no piensas mejor un poquito en ti? De acuerdo, pero a ver —Orestes le enseñó unos pantalones de montar como para una niña—, ¿cuándo piensas que te va a servir esto? Pues que sepas que antes yo cabía ahí. Pero antes, ¿de eso cuánto hace, diez años? ¿Y a ti qué te importa?, gritó Olga. Mucho, no ves que soy yo el que va a cargar con esto, no te jode. Ella hacía por respirar hondo. Hagamos una cosa. ¿Qué? ¿Por qué mejor no te ocupas de tu vida, que ya bastante jodida la tienes y olvídate de la mía? Ahora no era blanca sino roja. Se sentó en la cama y comenzó a sollozar. Era un llanto frágil, irreal. Él volvió a mirar hacia la calle. Tras los edificios, la tarde en Málaga era una lámina ceniza. Lo siento, dijo. Nunca entiendes una mierda. Ella le apartó la mano con que intentaba acariciarla. Al parecer lloraba en firme. Si no me explicas. ¿Para qué, para que me digas que a ti no te importa mi vida con mis ex? Él sintió que las náuseas eran ese malestar que se le confundía con el hambre y dio por hecho que una cerveza lo ayudaría a curarse, ¿pero dónde? La peinó con los dedos y la atrajo hacia él. ¿Me lo cuentas o no?

Una se enamora, ¿sabes?; y yo me enamoré de Murillo, mi ex de Tenerife. Orestes procuraba mantenerse lejos. Ella alzó la cabeza y lo miró. Y cuando una se enamora, como no te des cuenta, la cagas, tío. Sí que molestaban estas conversaciones. ¿Y tú la cagaste? A veces vemos las cosas del color que no son, ¿nunca te ha pasado? Posiblemente. Pues a mí me pasó y en seis meses aumenté nueve kilos. Orestes sintió el temblor en los labios. ¿Pero a tu ex le ponían las gordas? Ella lo apartó. No me toques. Él rió. Ay, Olguita. No tienes ni puta idea, tío. ¿De qué? De nada, y yo pensando que me ibas a entender; hay que ser infeliz. Él sintió el peso del día sobre los hombros. Si te explicaras. ¿Qué te tengo que explicar, que la coca y el whisky engordan?, pues no; engordan el chocolate, los refrescos, los helados y toda el azúcar que me tragaba para cortarme la resaca; total, por gusto. Esta mujer te abría una puerta en su pasado cuando menos la estabas esperando, ¿qué no había hecho? Y me cebé, dijo y se soltó a llorar.

Él volvió junto a ella, la abrazó. Parecía una niña. Luego, se arrodilló frente a ella y le secó la cara. Vamos a seguir o no llegamos nunca, ¿quieres? Ella apretó los labios e hizo por sonreír. Lo que tienes que hacer es olvidarte de todo eso ya, ahora me tienes a mí y tenemos que empezar de nuevo, ¿lo entiendes? ¿Sabes qué es lo peor? Él esperó. El hambre era ese dolor en el estómago. El muy cabrón decía que yo estaba enferma. La tarde a Orestes se le estaba haciendo interminable. Enferma como esos viejos que no limpian ni tiran la basura, ¿sabes qué enfermedad te digo? Él se alzó de hombros. Ni idea. Porque yo no tenía fuerzas, tío, para nada —Olga se limpió la nariz con una camiseta—, por eso me mudé para acá, no quería ni encontrármelo en la calle. Pero ya está, ya se acabó. Ella asentía con la cabeza. Tienes razón, tenemos que irnos. Entonces, sin venir demasiado a cuento, recogió una blusa violeta, con unos dibujos calados y la abrió frente a él. ¿Te gusta? Es muy bonita. Él mintió. Yo la usaba con unos pantaloncitos cortos y con tacones y te juro que me veía preciosa, por eso la guardo.

Malabia llamó sin falta el domingo por la tarde. Orestes miraba en la televisión un documental sobre los gatos en Kenia, pero no seguía la historia, solo tenía los ojos encima de la pantalla. Olga aún dormía. Entonces escuchó vibrar el teléfono sobre la mesa de centro y al principio no se le ocurrió quién podía llamar a esa hora. Pensó en Nicolás, en Adriana, pero luego se dijo, qué cojones este es Malabia. Y así fue. Dejó el televisor en silencio y contestó. Mi hermano, dijo el otro, voy por el ciento veinticuatro de la A-3, en una hora estoy en tu casa. ¿Tienes llaves? Por eso te estoy llamando, porque al final Enrique y yo no nos vimos y necesito que me abras, ando con la vieja y la niña. No jodas, men, nosotros estamos en Málaga, que vinimos a recoger las cosas de Olga.

Un coche pasó junto a Malabia, allá donde él pudiera estar. ¿Pero Enrique no te dijo que nosotros íbamos para la casa? Si yo no lo vi antes de irse, men, ¿cómo lo iba a saber? Me cago en su madre —Orestes lo imagina junto al coche, pateando alguna rueda al hablar—, ¿y, mi hermano, ustedes cuándo regresan? Mañana por la noche y encima llevamos un montón de cajas; dice Olga que la única solución es meterlas en el autobús. Ustedes están de pinga. Orestes quería colgar, pero sabía que no podía apurarse. Me hubieras esperado y habríamos hecho el viaje en mi carro, mira ahora este embarque. ¿Pero y yo qué sabía? Ya, dijo Malabia y se demoró en volver a hablar, ¿entonces ustedes están ahí el martes por la mañana, no? Orestes detectó el «ahí» y algo le brincó en el estómago. Malabia tenía la carnada en la boca pero estaba lejos de tragársela y lo peor, desconfiaba. ¿Habría cometido ya algún error? Llegaremos muy temprano, sobre las seis o así. Está bien, dijo Malabia y volvió a esconderse detrás del silencio. ¿Estás ahí, men? Pero solo escuchó el rodar de una fosforera y el golpe del humo contra el teléfono. Mi hermano, dijo Malabia al fin, ¿tú no me la estás jugando, verdad que no? Te estoy diciendo que no sabía nada. ¿Y estás en Málaga? Eso es. Entonces nos vemos el martes, ¿te parece bien? Pero llámame antes y ya te digo si estoy, ¿vale? Claro —al hablar Malabia alargaba las palabras hasta romperlas—, lo haremos así cómo tú dices y cuídate, ¿ok? Para Orestes, en cambio, cada sílaba era una pasta que se le enredaba en la boca, una pasta que ya podía escupir de una vez, pues Malabia acababa de cortar la llamada.

Dejó el sofá y avanzó en pasos cortos, silentes, hacia la cocina. Los brazos le dolían y era como seguir llevando las cajas de Olga de un lado para otro. No va a estar aquí —dio por hecho mientras se acercaba a la ventana—, pero nunca se sabe. Y procuró mirar a través de las rendijas de las persianas y no, no vio nada; solo el final de la tarde y un pedazo, sin hojas, de la copa de un árbol. Tenía cuarenta horas, hasta el martes para cerrar este asunto de una vez y creía saber cómo hacerlo. Pero para ello, Malabia tenía que creerle, si no las cosas se podían poner muy difíciles. A su favor —aunque dudaba si tomarlo como una ventaja— contaba con que Enrique, tal vez por las prisas del viaje, no le había dicho que Malabia vendría a vivir con ellos. Tampoco es que hiciera falta. Malabia era un amigo y las puertas para él siempre estarían abiertas; incluso, de par en par, como se suponía que tendrían que estar ahora.

Puso una sartén al fuego, sacó un paquete de salchichas y contó las cervezas, siete. Cogió una y el frasco de mostaza. Revisó en los armarios hasta dar con una bolsa de pan tostado y dejó que las salchichas se frieran lentamente, por si podía evitar que se les reventara la piel.

Ella hundió la espátula bajo la capa de pintura y levantó una concha seca que se rompió al caer. ¿Has visto?: sale solo. Él la miró desde la escalera. Alégrate. ¿Y va a quedar bien, verdad? ¿No confías en mí? Ella hizo que sonreía y volvió a lanzar la espátula contra la pared y una nueva concha de fondo blanco se quebró contra el suelo. Qué horror. Él la miró apenas un instante y sacudió la cabeza en un gesto ambiguo, que en el fondo no expresaba nada. Los restos de pintura seguían cayendo sobre ella como una lluvia muy fina.

Terminó de cubrir con papel el cristal de la fachada y apartó la escalera. Lo más jodido aquí va a ser el techo. Ella se detuvo. Sudaba y tenía la cara enrojecida. ¿Tú crees? Estoy seguro. Él se colocó bajo las últimas placas del cielo raso, todavía en mitad de la habitación y con una escoba golpeó un perfil metálico que colgaba de unos alambres. Ese de ahí es el cierre y se trata de llevarlo hasta allá, hasta la pared del fondo, ¿entiendes? ¿Y no se puede dejar como está? Él se recostó a la pared. Se puede, pero quedaría mejor si se cubre todo con escayola, ¿no te parece? Ella volvió a mirar hacia las vigas. ¿Cuánto habrá hasta allá? No sé, di que doce metros cuadrados. ¿Una pasta, no? Él sonrió. Ya te lo he dicho, caro aquí son los rumanos, los materiales no cuestan. ¿Tú crees? Haz la prueba.

Ella intentó sonreírle, pero en su lugar se quedó viéndolo como si acabara de conocerlo. ¿Te pasa algo? No, nada, se defendió ella y se entretuvo en pisotear las conchas de pintura que aún quedaban enteras. Llevaba una gorra y un chándal negro, que el polvo de las paredes manchaba de blanco. Volvió al trabajo, pero esta vez el filo de la espátula hizo saltar el yeso. Ella soltó un chillido y saltó hacia atrás. La he cagado, ¿no? Tú sigue que todo eso se empareja después. Joder, pero es peor, es como hacerlo doble. Entonces pon más cuidado, tú misma. Él no sabía por qué pero estaban a punto de empezar a discutir.

Olga insistió un poco más, pero luego de unos pocos lances, dejó caer la espátula al suelo y se quejó de que le dolía el brazo. Orestes la recogió y

120

siguió limpiando la pared en su lugar. Ella lo estuvo observando. Milagro, dijo, que tú no has trabajado aquí en la construcción. No me gusta. Mucho peor es de camarero, ¿qué descansas?, ¿un día a la semana? Ahora él se detuvo para mirarla. Depende. ¿Pero es muy duro? ¿Qué? Lo de la construcción, digo. Bastante, sí. ¿Y si tuvieras que hacerlo? Ella hacía por medir las palabras. El suelo era una alfombra de confetis blancos y morados. Si no hay más remedio… Él alzó los hombros en otro gesto vacío. Te lo digo —Olga fue hacia la puerta— porque no creo que esta tienda vaya a dar para que vivamos los dos.

Él procuró darse tiempo antes de hablar. El día era apenas una claridad y esa luz tenía un aire permanente de lluvia. ¿Cuándo quieres que empiece? ¿Mañana? Joder, no digo eso. Él la miró. Entonces qué, ves que te estoy ayudando, ¿y vienes a atacarme? Ella cruzó los brazos sobre el pecho y bajó la cabeza. No es eso. Pues seré yo el que no entiende. Te estás tomando las cosas por donde no son. ¿Ah, sí? Nada más he intentado decirte que un negocio tan pequeño no da para dos sueldos y que vamos a necesitar que busques otro trabajo, ¿qué hay de malo en eso? Ciertamente no tenía nada que decir y se quedó parado en medio de la sala, como alguien que acababa de perder un combate y ahora le toca felicitar a un tipo que acaba de aplastarle la nariz.

Ella vino hacia él. Si lo he dicho por tu bien. Él cruzó una mueca en la boca. ¿No será por el tuyo?, dijo y recogió la espátula del suelo. Era como pesar un cuchillo en la mano. Si quieres que te diga la verdad, no. Él se enfrentó a la pared. La pintura se desprendía igual de fácil que el huevo batido en una sartén al fuego. No me gusta que tengas que joderte, pero si no tienes papeles, tío, pues lo siento y que trabajes en la construcción se me hace de lo menos malo. ¿Tú lo has intentado alguna vez? Ella sacó un paquete de chicle y se llevó una pastilla a la boca. Yo no, pero mi padre y mi hermano sí, y también sé que terminaban los viernes a las tres de la tarde y hasta el lunes no volvían a aparecer por la obra, ¿y a ver cuántos camareros pueden decir lo mismo? Ya, dijo Orestes por decir algo. Y las relaciones, aunque te resulte extraño, necesitan tiempo y yo, si quieres que te siga diciendo la verdad, no sé si estoy dispuesta a vivir con alguien que trabaja doce horas y libra un solo día a la semana, creo que sería mejor acostarse con un desconocido. Eres una artista, dijo él.

Ella lo dejó hacer en silencio y por unos minutos desapareció entre el polvo de la pintura y la luz blanca de las lámparas. Luego dijo, ¿te puedo hacer una pregunta? Él no se volvió. ¿Hasta cuándo piensas que tenemos que vivir en la misma covacha con Enrique, la culona y todos los amigotes de ellos?, ¿no se te ha ocurrido que en algún momento tendremos que alquilar un piso para nosotros?, ¿y me dices cómo piensas pagarlo? Él se apoyó en la pared y procuró pensar en cuánta macilla le iba a hacer falta para emparejar todo aquello. La vendían por litros, creía; y calculaba que iba a necesitar por lo menos dos. Si te dieras cuenta de lo que está pasando, a lo mejor no hacía falta que habláramos tanta mierda. Ella alzó las cejas al tiempo que sacudía la cabeza. No tienes remedio.

Él volvió a lanzar la espátula y sintió que el sudor le humedecía la nuca. Su brazo era como un aspa y no le pertenecía. ¿De verdad crees que evitando que se queden en la casa solucionas algo? Él volvió a detenerse, pasó junto a Olga y fue hacia el baño. Orinó. Y a la vuelta hundió la mano en el cubo de fregar y sacó una cerveza de aquella agua helada. A ver si ahora la que entiende eres tú, yo sé que no soluciono nada, pero lo que hago, lo hago por nosotros; no quiero convivir con gente como Malabia, nunca. Tiró de la anilla y bebió largo. Lo mejor de la cerveza —no se cansaba de repetírselo— llegaba siempre con esos primeros sorbos. Joder, dijo ella, ¡con lo amigos que parecían! ¿De dónde sacas eso? Será que me lo invento y que no fuiste tú quien me llevó a casa de Enrique y me presentó a Alberto, a Malabia, y me dijo que ellos eran como tus hermanos; será que ahora me he vuelto loca. Tampoco es así, pero lo más importante, tú de esto no sabes nada, ¿no sé para qué te metes? ¡Ay, infeliz! —Olga se hizo con su cerveza y bebió—, tú eres el que no sabe ni dónde empieza este negocio, pero escúchame lo que te voy a decir, toma nota y ponle fecha: con los tipos como Malabia no se juega.

Él la miró a los ojos. Al fondo de esa mirada azul, acuosa, insignificante, se abría un abismo que la hacía temible. Entonces, sin venir demasiado a cuento, volvió a preguntarse en qué pensaba el día que decidió meterse en la cama con ella. ¿No podía haber arreglado su vida de otra forma? ¿Tenía que estar yéndole siempre tan de frente al peligro? Olga —como Ángeles, por cierto— era de ese tipo de mujer que se moría por tipos como Malabia y lo mejor, que no lo escondía; pero tampoco —y ahí el peligro— te lo hacía saber. Cuidado, mucho cuidado. Si quieres no me escuches, dijo ella, pero ese hombre anda por ahí con su madre, con una niña pequeña y no tiene dónde meterse; tú, que no eres Malabia, ¿qué harías? La luz cruzaba sucia el papel del escaparate. Él fue hasta el cubo de fregar y sacó otra cerveza. No sé, supongo que vivir es muy duro. La abrió y bebió de ella. Ya no sabía como la primera, pero ayudaba lo mismo. Tío, son solo tres semanas, ¿por qué no lo piensas?

Él se hizo nuevamente con la espátula. Necesitaba otro golpe de fuerza y terminar aquello de una vez; pero no, el asunto de Malabia era todavía más importante que la tienda. Quería equivocarse, pero Olga parecía una mujer enamorada. Todavía le rondaba aquella frase suya —que él hizo por pasar por alto— la primera noche que estuvo en casa de Enrique. Tal vez fue Ángeles quien dijo de llamar a Malabia por si estaba en Madrid; y tal vez fue Mirta quien le dijo a Olga, pero ten cuidado que este es de los malos; joder, llámenlo, que a mí encantan los tíos malos. Todo eso sucedió mientras él cambiaba un disco, la miraba y ella le devolvía un guiño de ojo, como si acabara de contar un chiste que nadie había entendido. Segundos después, volvía a ser su acompañante, esa chica que recién había conocido en un bar e invitado a cenar con sus amigos. Esa noche —por esas casualidades— Malabia no pudo llegar, si lo hubiese hecho, tal vez ahora las cosas serían distintas.

Lo que tienes que pensar y hazme caso, tío, es que son apenas tres semanas, después vendrá Enrique y él se ocupará. Malabia es su amigo, ese es su piso y no veo qué derecho tienes tú a meterte en medio de algo así. La espátula se hundía en el yeso, sí, como una navaja y lanzó el filo contra la pared. Pongamos que sí, que le abrimos las puertas a Malabia, ¿quién paga esas cuentas?, ¿o abrimos una ONG como hicimos con Los Griegos? Joder, tío, de qué me estás hablando. Ella fue hacia la entrada y abrió la puerta. Aquí dentro huele a mierda. Salió al portal y él dio por hecho que cruzaría a El Umbral, pero luego de un par de miradas a la calle, volvió dentro. Madrid es horrible, dijo, todo el tiempo este frío, esta lluvia, ¿así quién cojones va a estar alegre? ¿Por qué no te cuidas la boca y me dejas trabajar? Tío, ¿de verdad crees que Malabia es tan cutre para no pagar unas putas facturas de agua y luz, de una casa donde viven su madre y su hija? A ver —y él se dio cuenta de que avanzaba hacia el ridículo tan de frente como iba hacia el peligro, pero se dejó llevar—, en las historias de Malabia que yo conozco, porque él mismo me las ha contado, nunca ha pagado los pisos donde vive, ni las deudas que tiene, ni los coches que normalmente destroza, ¿entonces cómo tú crees que va a pagar agua y luz?

Y yo qué sé, tío; ahora lo que sí te puedo decir es que eso que estás haciendo de dejar a su madre y a la niña en la calle, Malabia te lo va a cobrar, pero tú no escuchas. Mira —Orestes no supo cómo habían llegado tan lejos en aquella conversación y se sintió de más en ella, sobre todo sabiendo lo que iba a decir—, primero, yo no estoy dejando a nadie en la calle, aquí cada uno tiene que hacerse responsable de sí mismo, eso para empezar y, segundo, los «negocios» de Malabia funcionan ya lo sabes, de vez en vez y mientras qué, ¿de qué vive? Ella dejó su cerveza en el suelo. ¿Lo llamas tú o me dejas llamarlo a mí? Sonreía. Ni una cosa ni la otra, ayer le dije que estábamos en Málaga y que no regresábamos hasta hoy por la noche. ¿Y si se aparece ahora qué haces? ¿Por qué iba a venir, qué sabe él de esto? No sé, dijo ella, según tú mismo dices, con Malabia todo es posible, ¿no es eso?

Dejó la espátula y volvió a la cerveza. Costaba trabajar así. Si algo nunca he entendido de Enrique —Orestes se veía yendo cada vez más lejos en el ridículo, más pobre tipo a punto de soltar las lágrimas— son sus amistades, pero yo se las respeto; ahora, una cosa es tener que compartirlas un rato y otra tener que convivir con ellas, ¿no te parece? Me asombras, tío, los hacía muy íntimos y te respetaba por tus amistades; de hecho, la propia Annie te presentó como inseparable de su amigo Alberto y favores para arriba y favores para abajo, ¿y ahora no es así? ¿Te puedo preguntar algo? La cerveza era un caldo amargo. Dime. ¿Cuál es tu interés en todo esto? ¿El mío?, gritó, ¡tú! Orestes creyó ver la risa que se le dibujaba por debajo del tatuaje y no pudo creerle. Te voy a explicar algo —se sentía perdido—: una cosa es que yo un día haga unas fotos o beba con Malabia o con Alberto y otra que pase los días enteros con ellos, como si fueran mis hermanos del alma o yo fuera un delincuente más; a mí no me importa la droga, ni podría romperle la cabeza a nadie con la culata de una pistola, ni robarle a un tipo al que sé que después otros van a matar por haber perdido esa mercancía, ¿te das cuenta de lo que nos separa?

¿Sabes qué pasa? —entonces él entendió que sus cuentos no la impresionaban—, me da miedo que esto se convierta en un sin vivir, porque estoy segura de que si Malabia nada más se huele que lo estás engañando, va a venir a por ti; no lo dudes. Él hizo por sonreír. ¿Cómo se va a enterar? Por Alberto, por ejemplo, que aparece por la casa a cualquier hora y quita tú que hasta no tenga una llave e igual llegamos y te encuentras a Malabia ya instalado, ¿qué te parece?; y no te estoy metiendo miedo, pero a ese tampoco le importa mucho reventar la puerta de una patada. ¿Entonces qué hacemos?, dijo y al instante se dio cuenta de lo lamentable de la frase.

No es mi casa, tío, y si no quieres recibirlos no te puedo obligar, pero a partir de ahora deberíamos tener un poquito de más cuidado. Y lo tenemos. ¿Tú crees?, a mí no me lo parece. Ella se recostó a la pared y estiró la espalda. Luego bebió un poco. ¿Sabes qué es lo peor? Él sentía una presión en el estómago muy parecida a los deseos de gritar. Que esto ya ha comenzado, tío, y tu guerra con Malabia no va a terminar nunca, no lo olvides. No me jodas —él fue hasta el cubo de fregar y sacó otra cerveza—, se acabará un día. Sí, ¿cuándo? Ya te aviso.

Empezaron a cenar envueltos en el murmullo de la televisión, apenas sin hablar. A Olga le dolía la espalda. Se le pinzaban unos músculos debajo del cuello y el dolor era lo mismo que una quemadura. No puedes ni imaginarte lo que se siente, cuando me duele de verdad, no puedo ni abrir los ojos. Pero ahora mismo no era para tanto, no, qué va; todavía podía llevarlo con pastillas. Y eso hizo en cuanto se sentó a la mesa, tomarse dos ibuprofenos.

Llevaba el pelo húmedo y peinado hacia atrás. Se había untado crema y los tatuajes le brillaban. Mañana no voy a servir para nada. ¿Por qué no te vas a ver proveedores?, no hace falta que estés aquí, yo pinto solo. Ella comía despacio. Era la primera vez que él probaba esa receta de pasta con huevo crudo, beicon y queso parmesano. Olga la había aprendido con una prima que vivía en Torino, su marido era italiano. Y a pesar del dolor en el cuello insistió en prepararla, dijo que le hacía ilusión cocinar esa noche, la primera que iban a pasar solos desde que se conocieron, qué increíble. Ayer también estuvimos solos. Pero ayer, dijo ella, teníamos el viaje a Málaga encima y recuerda, apenas cenamos.

La pasta tenía el color amarillo del huevo y sabía demasiado a pimienta. Ella revolvió el plato un poco más y finalmente dejó la cena a medias. Me voy a la cama, dijo, necesito que el ibuprofeno haga lo suyo o mañana no voy a servir para nada. Él asintió con la cabeza. Descansa, yo voy enseguida.

Durante un rato se entretuvo en cazar trocitos de beicon entre los espaguetis, terminó otras dos cervezas, dejó los platos sin lavar en el fregadero y solo entonces se acostó junto a ella. En cualquier momento iba a quedarse dormido. La habitación ahora, con la mudanza de Olga metida dentro —casi a la fuerza— tenía el aire de un camerino o de un trastero. Al menos, así se los imaginaba, atestados y sin espacio para nada más. No obstante, todavía quedaban cajas por abrir y por allí estaban: debajo de la cama, encima del armario, escondidas tras la propia ropa. Pero no se le ocurrió qué más podían hacer. El tamaño del cuarto era ese y no había sitio para nada más, ni siquiera para colocar unas tablas en lo alto y cubrirlas con una cortina, imposible.

Vino a despertarse no supo cuánto tiempo después, alguien llamaba al timbre desde la puerta del edificio. Miró la hora en el teléfono. Apenas era la una. Se levantó a prisa, cerró la habitación y fue hacia la cocina. La persiana estaba echada y no podía ver demasiado. El timbre entraba insistente como una barrena a través del silencio y tuvo miedo de que Olga pudiera despertarse. ¿Qué iba a hacer, abrir la puerta? Tenía una imagen delante de sí, Malabia con una niña en brazos y una mujer mayor —que él no conocía— parados en medio de la acera, sin saber muy bien qué hacer o a dónde ir.

Regresó al pasillo y se apuró en conseguir una toalla, después una silla y trepó hasta la caja del timbre. No ayudaba mucho el remedio, pero el sonido se volvió opaco, como si viniera del fondo de un cubo de agua. A esta hora y con esa urgencia, solo se le ocurría que pudieran ser Malabia —con el que ya contaba— o Alberto; pero sobre todo este último, sí, que vendría con alguna amiga a quedarse en la habitación de Enrique. Sí, hombre, eso es; pero no se atrevió a abrir. En esta casa no hay nadie, da igual quien sea, aún no hemos regresado de Málaga, ¿qué pasa que también son adivinos? Y se sentó en el borde de la bañera, a esperar.

Todavía llamaron alguna que otra vez. En tanto, la noche se volvía silencio. Al rato escuchó una puerta que se cerraba y poco después, el ruido de un coche al salir. Dio por hecho que sería Alberto y se sintió más tranquilo. Recogió la toalla para evitar explicaciones y regresó a la habitación. Olga respiraba parejo y ni siquiera se había movido.

No llovía, pero el cielo estaba encapotado. El aire batía en rachas y uno sentía que el frío le atizaba la cara. Se despidieron tras cruzar el parque. Él se quedó viéndola ir hacia el metro y cuando dobló junto a los taxis, echó a andar rumbo a la tienda. El día iba a ser duro. Primero tenía que cubrir las uniones de las paredes con el techo y los rodapiés con esa cinta engomada, después cubrir el suelo y los muebles del baño con las sábanas de plástico, que se le hacían tan finas como papel de cebolla. A ver si resistían que caminara sobre ellas. Pero un día como el de hoy —así de gris— pensar en que debía ponerse en marcha y hacer algo por aquel negocio o por ellos, no era suficiente. Esa llamada a la una de la madrugada todavía le daba vueltas en la cabeza. No era miedo, sino más bien un sobresalto lo que sentía en el estómago.

Entró a los chinos y compró tres litros de cerveza, una bolsa de hielo y un sándwich de jamón y queso; para el almuerzo, se dijo. Mientras pagaba comenzó a llover y en un instante la lluvia se convirtió en un polvo que llenaba el aire y hacía aún más confusa la claridad.

Abrió la tienda y cruzó hacia la oscuridad del fondo. Dentro olía a yeso y el frío era como un paño húmedo. Dio las luces y estuvo contemplando el vacío a su alrededor. ¿Cuánto habría que invertir para llenar aquello de ropa, bisutería y hasta zapatos, decía Olga? Y todo ello lo pagaba el tal Chema Arzuaga, que no sabía muy bien por qué, se le hacía en el fondo y a pesar de todo su dinero, un infeliz como el que más. Algo muy serio le tendría que saber ella, para que el hombre decidiera aflojar así sin más. Por lo menos sonaba extraño, ¿no? Dejó la bolsa en el suelo y se sentó a su lado, como si la custodiara. Entonces abrió una de las litronas. Tenía miedo.

Su vida —¿para qué negarlo?— cada vez se parecía más a aquella habitación, todo en ella estaba por hacer. Lo que a nadie le habría parecido sencillo de explicar era por qué había venido desde tan lejos a vivir esto. ¿Qué había ganado? ¿Comida? ¿Alcohol? La libertad era un sueño y aquí, en España, él se sentía tan preso como en cualquier otra parte. En Los Pinos había poco que fotografiar —o mucho, según se mirase— pero al menos allí tenía una casa, familia y amigos. Y todo eso para bien o para mal era la vida de un hombre. Bebió un par de tragos largos y se sintió inexplicablemente más cansado, como si lo único que pudiera hacer fuera quedarse donde estaba, viendo llover al otro lado de los cristales.

Se recostó a la pared y estiró los pies hacia delante. Parecía un borrachito de parque, uno de esos tipos que ya se lo han jugado todo y no han tenido suerte en ninguna mano y a esas alturas solo le quedaban algunos sueños; sin embargo —y a su modo—, lo siguen intentando. Era mejor si no llegaba tan lejos, él no podía permitirse tales lujos. Necesitaba que a su regreso Olga encontrase latas abiertas, manchas de pintura y todo lo que hiciera falta para avisarle que había trabajado; sí, por ellos, por el negocio o en agradecimiento a su manera de comerle el culo, los güevos y terminar con la boca cargada de leche. Daba igual la excusa que se inventara, tenía que hacerlo.

Dejó las cervezas en el cubo de fregar y las cubrió con el hielo. Buscó la cinta de papel engomado y empezó por los rodapiés. No dejaba de ser un caballo de tiro y que él recordara lo primero que te llama la atención cuando ves uno son las orejeras. Por delante solo tienes el camino que te dejan ver y lo demás no cuenta. ¿Quedaba claro? No cuenta. Pero también lo habría jurado por lo que hiciera falta, el mundo ahora mismo era aquel peso de los cojones en la espalda.

Para las dos y algo, cuando vino a terminar, aún no sabía nada de Olga; y la llamó. Su voz sonaba divertida. ¿Sabes dónde estoy? Ni idea. Él alcanzó la acera de El Umbral, pero no entró. La lluvia caía del alero como una cortina y rompía delante de sus pies. ¿Sabes dónde está Cobo Callejas? ¿El qué? El polígono, ¿sabes dónde está Fuenlabrada? Lejos. Él casi rió. Pues aquí estoy, tío, y es increíble. ¿Qué haces ahí? Joder, esto está lleno de chinos, parece una ciudad, ¿nunca has estado? No. Pues tienes que verlo, tío, es como Hong Kong, ¿te haces una idea? Sí, más o menos. Aunque él no supo exactamente a qué se refería Olga. Un escalofrío le recorrió la espalda, hacía frío en la calle.

¿Sabes qué?, aquí está todo lo que quiero vender, ¡increíble! ¡En serio! Él no podía saber qué tal le salía el entusiasmo, pero lo intentaba. Porque una cosa está clara y en eso mi amiga Roxana, que tiene una tienda en Málaga como la que quiero montar, tiene la razón: todo el mundo fabrica en China y ahora mismo toda la ropa viene de allá, pero lo único que hay que hacer es no decirlo, tío, y te la quitan de las manos, ¿entiendes? Él se sentía débil y con hambre. Joder, tío, porque lo chino a veces es cutre que te cagas, pero hay que saber elegir, ¿no crees? Será. Mira, para que te hagas una idea, está la tía pija que le da cosa comprarse un pantalón, de qué sé yo, de veinte euros y luego va y se lo compra de cuarenta, pero en otra tienda que no es de chinos, ni la etiqueta dice *Made in China* y lo mejor de todo es que es el mismo puto pantalón, como te lo estoy diciendo. ¿Tan así? Te digo que Roxana tiene una tienda igual, es más, aquí hay hasta un sitio donde hacen las etiquetas con el nombre que tú quieras, ya te puedes hacer una idea. ¿Y cuál va a ser el tuyo? Ella rió. Todavía no sé, ¿pero te gusta *Olga's Fassion*? No suena mal. Pero no lo tengo claro, cuando sepa algo, te llamo; porque ese va a ser el nombre que le pondremos a la tienda y tengo que estar segura, ¿no crees?

¿Y dónde vas a comer? Aquí —ella rió— en un restaurante chino, claro. ¿Y tú? Me iba a casa. ¿Por qué no vas donde Nurio? También. Dile que yo se lo pago luego y no te pases, ¿quieres? Él miró hacia el cielo, se veía cada vez más nublado y más oscuro. En unas horas ya sería de noche e hizo por imaginar un atardecer de verdad, con el sol naranja y unas pocas nubes filtrando la luz en el horizonte; pero no alcanzó a ver otra cosa que aquel paisaje ennegrecido y salpicado por el amarillo de las lámparas de la calle. ¿Y hoy en la tienda qué tal? Todo va saliendo, pero claro hace un día de mierda y así cuesta que la pintura se seque. Lo sé. He dejado puesta la calefacción, a ver si ayuda. ¡Cómo eres, tío! ¿Por? ¿Sabes que te quiero? Y yo a ti. Entonces todo está bien, somos dos. Eso es. Él volvió a mirar hacia el final de la calle, los árboles parecían figuras de cartón. Luego, cada uno se despidió con un beso.

En El Umbral ya comenzaban las comidas. Se acomodó en una banqueta junto a las ventanas y pidió un doble de cerveza. Nurio le preguntó por las obras y Orestes volvió a comentarle sobre el mal día que hacía para pintar. Esto es un asco. Pues tienes lluvia para una semana o más, ¿no has visto lo de las inundaciones? Algo. Joder, no sé cuántos pueblos están con el agua a media calle y ya de las cosechas ni te digo. A ver. Nurio tenía clientes por atender y regresó a lo suyo.

A lo mejor pedía una ración de boquerones fritos, pero aún no sabía. Bebió y se quedó mirando a través de los cristales, el viso de la llovizna en el aire. Ahora era como una neblina. Entonces, como una casualidad entre mil, vio a Malabia pasar por la acera de la tienda. No miró hacia ella, como si aquellos tapados con papeles no le dijeran nada. Lo acompañaban dos hombres, él era el más pequeño de los tres y casi sonreía. Caminaban en dirección al parque, como si fueran hacia la casa. Orestes apartó la cara de la ventana y procuró aguantar aquel salto en el estómago. No quería parecer asustado, pero sí, las manos le temblaban.

Olga vino a regresar bien entrada la tarde. Se veía alegre, no le dolía el cuello y además traía novedades. No sabía quiénes eran, porque él no conocía a los amigos de sus primos, pero esa mañana entrando a la Plaza de Cascorro se encontró con Harold y Aníbal. Menuda sorpresa. Yo estaba perdida con tantos chinos y tantas tiendas, cuando los vi. Inseparables, como siempre. Nos fuimos a tomar algo a una cafetería de batidos y zumos naturales y ellos fueron los que me hablaron de ese polígono de Fuenlabrada. Tienes que verlo, tío, es Shanghái, te lo juro. Y ellos tenían razón, los chinos de Cascorro solo revenden, los otros son los cracks, los importantes. ¿Viste algo? De todo, tío, hay de todo; y lo que quería contarte, hace un rato volví a hablar con Harold y se me ocurrió invitarlos a cenar aquí. Él la miró desde el sofá. ¿Aquí? ¿Hice mal? Para nada. Es que has puesto una cara. Pensaba en tus chinos, dijo él, ¿y cuándo? Es lo que intento decirte, pero si me dejaras hablar… ahora, dentro de un rato. ¡Ahora! Después lo pensé mejor, dijo ella, pero Harold ya había dicho que sí, que venían y no me quedó más remedio que seguir de largo, ¿a ver cómo nos las apañamos? Pues nada, dijo él, mientras más sencillo mejor, ¿no? Estos chicos te van a caer súper bien, ya verás; además, son súper amigos de mis primos y estos, como mis primos, también tienen sus posibilidades y yo estoy hasta los cojones de la pobreza y la cutredad, ¿tú no?

La tarde, él la había pasado en el sofá procurando escuchar la *Quinta sinfonía* de Gustav Mahler, pero al final lo que iba a ser una manera «inteligente» de olvidarse de Malabia, se había convertido definitivamente en miedo. Escuchaba la orquesta, al fondo, pero toda su atención estaba en la cara de Malabia y en aquella sonrisa que se torcía a la izquierda. No quería verlo, pero la imagen se había fijado en su cabeza y no dejaba de aparecer.

Ella sonrió. Y habrá que recoger, ¿no crees? Pues sí —él se incorporó—, la casa está hecha un asco. Lo sé, no hace falta que me lo digas. Él se levantó y apagó el reproductor. Se agradecía el silencio. ¿Y estos tíos quiénes son?, dijo él al tiempo que se preparaba para que Olga le hablase de una antigua relación, de un rollo de una noche, de alguna borrachera de las suyas en las que siempre —según él creía— pasaba de todo. Harold es chef y él y Aníbal, además de pareja, trabajan en el mismo restaurante, ¿lo entiendes ahora? ¿Entonces son gais? Amigos de mis primos, ¿no te lo he dicho? Como al final nunca los conocí, qué sé yo cómo son. Y qué más da eso ahora, Orestes, son gais y punto, ¿no? ¿Y nosotros vamos a cocinarle a un chef? Ella rió. En el fondo tienes tu punto, ¿lo sabes?; yo hablé de picar algo, de charlar, de bebernos un buen vino… Como dijiste «cena». Porque algún nombre hay que darle, ¿no te parece? ¿Y qué picamos? Yo te iba a proponer que te ocupes de comprar lo que sea, mientras yo me quedo acá poniendo esta casa en orden, mira esa cocina: es un monstruo. Pues dime qué traigo.

Ella sacó una libreta de direcciones y se sentó en el reposabrazos de uno de los sofás. Él fue hacia la nevera y cogió una cerveza. Solo quedaban otras dos y se alegró de la visita, ya tenía una excusa para comprar más, por lo menos una caja. Regresó junto a Olga, se sentó a su lado y esperó. La cerveza tenía un sabor confuso, pero bebió igual. La luz del salón era una luz sucia, de ese color del papel de estraza y oscurecía aún más al caer sobre los muebles. Bebió otro sorbo y por primera vez en estos tres años se preguntó cómo habría sido su vida de haberse quedado en Cuba. ¿Sería un fotógrafo ahora? Pero desechó la respuesta por inútil y esperó que Olga terminara de escribir. Guardó la nota sin apenas leerla, se despidió y cruzó hacia la puerta. Ella lo siguió. Ahora nos vemos, dijo, y entró al baño. Él se puso el abrigo, se guardó la cerveza en el bolsillo y estaba por marcharse cuando pensó que nunca estaba de más salir con un cuchillo. Así que regresó a la cocina, cogió uno mediano que encontró casualmente encima de la meseta y se lo guardó en la cintura. La punta le rozaba el muslo.

Echó a andar calle abajo. En todo el día no había dejado de caer esa llovizna de nada, que al final se convertía en demasiada agua. Su paso tenía algo de espectro. Las luces relumbraban en el pavimento. Él dejó de atenderlas y fijó la vista en la hilera de troncos húmedos que acompañaban el camino. Podía parecer un disparate, pero este asunto lo asustaba en serio. Dejó la acera y salió a la calle. Y no es que fuera miedo a Malabia, no, no era eso; era miedo a todo lo que podía venir después. No sabía por qué lo imaginaba así, pero suponía que detrás de Malabia irían llegando todos los demás: Alberto, Ángeles, Enrique, Mirta y hasta Olga: como un pequeño ejército. Y todos le echarían en cara, que a la hora de la verdad, él, un tipo que ni siquiera podía alquilarse una casa por sí mismo, le había cerrado las puertas de una casa que no era suya a una vieja y a una niña. Había que ser muy poco hombre para llegar tan lejos, a ver si lo entendía.

Bebió hasta terminar la cerveza y dejó la lata sobre el techo de un coche. Si con algo podía ir contando ya, era con el desprecio. Y que no se te olvide —se dijo—, Olga va a ser la primera que te lo recuerde. Porque ni siquiera ella es capaz de entender por qué lo has hecho. ¿De qué sirvió que le dijeras, lo hago por nosotros, por nuestra privacidad, por estar a solas contigo? De nada. Las mujeres siempre ven las cosas de una manera diferente. Ella en un primer momento —y estaba seguro de que algo tramaba— dijo estar de parte de la abuela y la niña, pero después iban a venir los problemas. Los veía a lo lejos, en cuanto empezara la convivencia —se singara o no a Malabia— y ellos tuvieran que hacerse a la presencia de los otros, a sus costumbres, a sus desórdenes. ¿Entonces, por qué no cortar por lo sano? ¿Pero a ver cómo cojones explicas esto sin parecer —como dirían llegado el caso— un grandísimo hijo de puta? ¿Cómo?

Y estas eran las mismas razones por las que Malabia saldría —o ya había salido— a buscarlo. Porque a su madre y a su hija ningún mierdita las dejaba en la calle. Mucho menos por un putón, por una tipa que había visto más pingas en su vida, que chispas un afilador de cuchillos; no jodas, Orestes. Pero en el fondo —imaginó que le decía Malabia—, tú lo que eres es un pobre infeliz. Y no, no dudaba de que terminarían encontrándose, el mundo entre ellos —por desgracia— era demasiado pequeño.

Entró al supermercado. Estaba lleno y también allí hacía frío. Cogió un carro y siguió uno de los laterales hacia el final, donde las neveras con las cervezas. Cogió una lata de Heineken, la abrió y sacó la lista de la compra. Entonces comenzó a pasearse entre los anaqueles, como alguien que se deja llevar. Y así era.

Harold y Aníbal se fueron apenas pasada la una. Olga y Orestes los acompañaron hasta el taxi que esperaba en la puerta de la calle, después regresaron al salón. Esto es lo que necesitamos, dijo ella, ¡vida!, ¡gente! Los dos habían bebido lo suficiente para sentirse alegres. ¡Esto!, y no estar aquí encerrados; el gueto lo único que da es atraso. Él sonreía. Es lo mismo que con Malabia, te descuidas y la gentuza te funde, no perdona. Pero ese es otro tema, créeme —ella ahora tenía una mirada diferente—, ahí afuera hay una vieja y una niña que vete tú a saber lo que están pasando y ya no es lo mismo. Él encendió un cigarro de un paquete que dejó Harold. Eran unos cigarros muy finos y blancos. Entonces fue a la cocina y regresó con una cerveza. En el reproductor volvía a sonar Aretha Franklin y, si dependía de Olga, estaría sonando toda la noche. Esa era su cantante o una de ellas, pero las otras también eran negras y norteamericanas. A él también comenzaba a gustarle.

Brindemos. ¿Y por qué? ¡Por la tienda! Ella recogió su vaso de ron con Coca Cola y lo acercó a la cerveza. Por nosotros. Por ti, por tu suerte y por la tienda. Yo te quiero, ¿sabes? Ya somos dos. Olga tenía una mirada torpe, que se iba de un sitio a otro, como si buscara algo que no podía encontrar; le quedaban minutos para quedarse dormida allí mismo en el sofá. Se hundió un poco más entre los cojines y lo miró desde esa distancia enorme del sueño. Me gustan estos tíos. Parecen decentes. Él bebió despacio, a estas horas la cerveza se resistía a seguir entrando.

Ya no recuerdo cómo era, dijo ella, pero hace años leí un libro que decía que los dos grupos que más progresaban últimamente, ¿sabes cuáles eran?, los maricones y los resignados. Pues va a ser que sí —él procuraba sonreír—, ahora lo que yo no sabía es que tú leyeras. Ella dejó escapar un soplido y se acomodó contra el reposabrazos. ¿Sabes cuál es tu problema, tío? No. Que no sabes de mí una puta mierda. Puede ser, sí y perdona, no fue lo que quise decir. Que te den, eres lamentable. Él guardó silencio y se entretuvo en beber. No era una pelea, sino una ola y solo había que aguantarla. Ella lo miró un instante con los ojos desvanecidos y con lentitud volvió a hundirse en el sofá. El día acababa de morir. Él esperó un poco más y luego hizo por recogerle el vaso que aún tenía en la mano, pero ella apartó el brazo. No me toques, ¿quieres?

Él se dejó hacer contra el respaldo del asiento. En serio que lo siento. Ella volvió a mirarlo, sus ojos habían recuperado algo de ese azul que no estaba hacía un momento. Ya te quiero ver, cuando le digas eso mismo a Malabia: lo siento, mi bróder, pero no era mi intención joderte, a ver si tienes cojones. Vamos a dejarlo, ¿quieres? ¿Dejar qué? La conversación, mejor nos vamos a la cama. Termina tu cerveza primero. No quiero más. Ella bebió un trago largo y se secó la boca con la manga de la blusa. Aparte de que no me conoces, tienes otro gran problema, tío, que eres un mierdita y te lo puedo repetir con todas sus letras: un-mier-di-ta. Él bebió hasta terminar la cerveza, luego le dio una última calada al cigarro y lo aplastó con el cenicero. La noche acababa de joderse. No, dijo ella, me equivoco, no eres un mierdita, eres una mierdaza, una plastaza, eso eres. Ella cabeceaba y parecía que fuera a vomitar.

Por favor, te lo pido, déjalo ya. Ella reía. Está bien, pero necesito hacerte una pregunta, ¿puedo? Yo me voy a la cama, dijo él, aquí te dejo. Un momento, porfa, solo un momento. A ver. Él apoyó los brazos en los muslos y esperó. ¿Qué tú prefieres y piensa bien en lo que me vas a responder, yo o una trans que además de buenas tetas, te entoye rico? Él también estaba borracho y sus ojos debían de tener aquella mirada de nadie, que adivinaba ahora en los de ella. Hizo un gesto con la boca y respiró varias veces. ¿Por qué lo dices? Ella volvió a reír. Pues yo sí elegí y me acosté con una, ¿sabes por qué? Ni me importa. Una noche, huyendo de un hijo de puta como tú. Él sintió el golpe de un gran susto en el estómago. ¿Ah sí? Creo que Murillo todavía se tiene que estar arrepintiendo. Él hizo que sonreía. ¿Y qué paso?, dijo muy despacio. La noche, tío, que nos hace mejores —su lengua parecía trasegar un pedazo de engrudo—, mucho mejores y más completos; pero déjalo que no es algo que te importe.

Él intentaba mantener la calma, la indiferencia, pero sentía que las rodillas no lo iban a sostener si se levantaba. ¿Quién era aquella mujer, por Dios?, ¿a quién tenía delante? ¿Entonces te acostaste con un travesti? Y él sintió que no hablaba, sino que silbaba las palabras de una en una, como si pudieran romperse. Yo no he dicho eso. Acabas de decirlo. Te lo estás inventando, tío —parecía que hubiese recuperado una serenidad que no tenía hacía un momento—, ¿de qué hablas?, ¿o estás intentando liarme?

¿No lo has dicho? No. ¿Qué fue lo que oíste entonces? No podía ser y él lo sabía, la había escuchado, pero en el fondo se alegraba de la equivocación. No se sentía con fuerzas para emprender una conversación de ese tipo. Con un travesti, también con un travesti, se dijo y miró a Olga y le pareció una mujer desconocida, de la que tendría que irse deshaciendo cuanto antes, pero ya.

Olga acababa de entrecerrar los ojos y él se preguntó si abría o no otra cerveza. El aburrimiento comenzaba a asustarlo. Sentía asco de sí mismo, como si no amara; asco de Olga y de aquel piso donde ahora mismo todo le parecía sucio y mediocre y decepcionante, lo mismo que ellos. Y admitió que sí, que definitivamente necesitaba otra cerveza y se levantó, fue a la nevera y cuando regresó, se encontró a Olga sentada en el sofá, bebiendo a sorbos su ron con Coca Cola. Tenía la cara más despejada y la mirada seria, como si atendiese a una película. Tenemos que hacer algo, dijo. ¿Con qué? Con Malabia. ¿Y eso a qué viene ahora? Joder, ¿no te das cuenta? Él se dejó caer en el sofá. No sé de qué cojones me estás hablando y qué me cuentas ahora de Malabia. No es Malabia, son ellas, tío, ¿no te das cuenta?, hay una beba en la calle. ¿Y tú qué sabes? Hace frío. Estás loca, ya estarán en otra parte. El aburrimiento era como el gas de la cerveza, podía matarte. Yo no sé si tú lo entiendes o no, pero Malabia para acá no viene. Hago lo que me pidas, pero ayúdalas. ¿Lo que te pida? Él sonrió. Me estás poniendo a güevo el trío. ¿Contigo?, ¡ni muerta, hijo de puta! Y él no lo vio cruzar. Solo sintió el golpe en la frente acompañando el grito y luego un ruido de vidrios que se rompían.

Se llevó la mano a la cabeza pero no encontró sangre y miró a Olga. La ira le cruzaba la cara. ¡Qué pinga te pasa! —él se incorporó ayudándose del reposabrazos y fue hacia ella—, ¿estás loca?; anda, vámonos ya. Olga señaló hacia la mesa. Quiero una copa. No jodas, dijo él y se dio cuenta de que la tristeza era aún más poderosa incluso que el alcohol e hizo por alejarse hacia la puerta. ¿Qué pasa, tío, no me escuchas?, quiero una copa. No hay más. Y él la miró con un odio difícil de manejar. La boca de Olga se convirtió en un círculo y le lanzó un escupitajo. ¡Mierdaza! Él vio la saliva pegada en el cristal de la puerta, la vio a ella levantarse del sofá, tropezar con la mesa de centro, la vio ir hacia él, pero en el último minuto no vio esa mano que ahora le golpeaba en la cara. Solo sintió la sacudida y la cabeza que se le iba a un lado y, luego, otro golpe. Olga arremetía contra él y Orestes lanzó un par de golpes con los puños cerrados que no supo dónde dieron, pero uno al menos la alcanzó en el pecho y la detuvo. Ella le mostró unos ojos enormes y llenos de miedo. Él le atrapó las muñecas y la golpeó con sus propias manos. Suéltame, hijo de puta, gritó ella y entonces comenzó a chillar. Le brotaba sangre de la nariz, de los labios. ¡Maricón!, esta te la cobra Malabia.

Un hilo frío, como un paso de corriente de bajo voltaje, se movió a lo largo de su espalda. Dolía y lo obligaba a sonreír. A mí Malabia la pinga, para que lo sepas. ¿La pinga?, allá afuera hay una vieja y una niña y tú, que eres una puta, no las has dejado entrar y encima mira lo que me has hecho; ahora podría ir a la policía, porque yo soy española, ¿recuerdas?, mientras tú eres un mierda, ilegal, y denunciarte por agresiones y adiós a tus papeles, pero no, no lo voy a hacer, te voy a dejar completico para Malabia, quiero ver cómo te cagas en los pantalones, so maricón, porque esta tú la pagas, que no se te olvide, como que me llamo Olga María Reyes Pelayo. ¡Hijo de puta y mierdaza!

El salón era ahora un sitio en el que él nunca había estado. Los muebles le parecían tan desconocidos e irreales como la propia Olga. ¿Por qué esta mujer había terminado en su vida, por qué? Como hables te despingo, so puta, grábatelo. La ira podía ser ese latido sobre el ojo derecho. Ella recogió la botella de ron de la mesa de centro. Si te acercas te mato, dijo y echó a correr hacia la habitación. Él escuchó el ruido de la puerta al cerrarse y después el golpe del pestillo. Ya está. Fue hacia el reproductor y quitó el disco de Aretha Franklin, pero no encontró ningún otro que sirviera para un momento así.

Durmió en el sofá con las luces encendidas y con el temor de estar atravesando de veras un mal momento. Durante la noche se despertó a ratos. Se imaginaba que ella salía de la habitación y se quedaba en la puerta, mirándolo. Tenía ese miedo. Entonces se palpaba la cara y la sentía hirviendo, como si tuviera la presión alta. Ya despierto, el sopor se interrumpía en la misma frase: «qué hija de puta». Luego, le costaba todavía unos minutos darse cuenta de que soñaba y que allí, en aquel salón no había nadie y que la casa todavía era un sitio tranquilo y en silencio. En algún momento antes del amanecer se levantó y fue a la cocina por una cerveza. Eran más de las seis, hacía frío y sentía la boca amarga.

Nadie le había contado —ni a él se le había ocurrido preguntarlo— quién cuidó de la niña al morir la madre. Solo sabía que la mujer de Malabia había muerto en el parto. Una negligencia médica, un golpe al mentón que lo derribó. Entonces vivían en Cádiz y Malabia apenas venía por Madrid, pero cuando lo hacía, solía pasarse a ver a Enrique. Aparecía con un par de botellas de whisky, casi siempre con cocaína y pasaba la noche con ellos. Por lo normal dormía en aquel mismo sofá donde él estaba sentado ahora.

Luego, vino la desgracia y la muerte de su mujer lo dejó indefenso y con una niña recién nacida. Tal vez esas primeras semanas la mantuvieron en el hospital o tal vez Malabia buscó a alguien que pudiera cuidársela mientras conseguía traer a la abuela desde Cuba. Pero un viaje así lleva trámites y es difícil conseguirlo de un día para otro, ni siquiera por razones humanitarias. Durante unos meses no lo vieron. Orestes sabía —como lo sabían los demás— que seguía en Cádiz y que la niña estaba bien, muy bien, por suerte. Enrique era el que más hablaba con él; decía que estaba destrozado.

En algún momento, Orestes llegó a pensar en si no sería la vida, con esas ironías tan suyas, con esas tablas de por sí complicadas para la justicia, quien se estaba cobrando con aquel dolor, todos los dolores que Malabia llevaba a sus espaldas. Incluso alguna vez se lo comentó a Alberto, como de pasada, pero este no quiso ni escucharlo, como si le diera miedo algo, tal vez Malabia o tal vez esa especie de justicia inevitable que Orestes pretendía cernir sobre ellos. Cambió la conversación y nunca más volvieron a tocar el tema, pero de alguna forma se quedó ahí, como un secreto y también como una divisa desafortunada y temible: todo el mal que hagas hoy, ya lo pagarás mañana. Y ahí estaba Malabia para convencerla.

A ciencia cierta, Orestes no supo cuándo llegó la abuela. Alguien le contó —o él se hizo esa idea— que un mes más tarde ya estaba en España. Pero no venía a quedarse, sino a buscar a la niña. Lo mejor era criarla en Cuba, con el resto de la familia y no aquí. A los setenta años no se tienen fuerzas para hacerse con este país; ya no te acostumbras ni al frío ni a la vida. Por eso venían a Madrid, a hacer las gestiones para el regreso. O eso se decía. Perfectamente nada de esto tenía por qué ser cierto. Solo eran trozos de una historia construida con llamadas telefónicas, suposiciones o los deseos personales de cada quien. Además, Malabia vivía obsesionado con la idea de mentir para protegerse. Así que no le extrañaba que venir a Madrid o no, que llevarse la niña a Cuba, que regresar a Cádiz o mudarse a Alicante, formara parte de sus mejores intenciones por alejarlas de sí mismo. Una tarde, en el centro, Malabia le mencionó una conversación de *El Padrino III*, que a Orestes no se le olvidaba: «cuando vienen, vienen por lo que más quieres».

Ya amanecía cuando abrió una nueva cerveza, buscó dos aspirinas y vio a Olga salir de la habitación. Quizás ella tampoco había dormido. Tenía el labio roto y un hilo de sangre seca le caía de la nariz. Se quedó junto a la puerta del salón y dijo, no me creo que sigas bebiendo. Él asintió. Estoy desayunando, ¿por qué? Te vas a matar, pero allá tú. Y siguió hacia el baño. Él no dijo nada, se llevó la lata a los labios y bebió despacio, como si intentara garantizarse algún alivio. Luego escuchó la ducha y pensó en que él también debería darse una y luego dormir un poco más. No creía que fuera a hacer nada en la tienda esa mañana. Seguramente Olga tampoco. Y volvió a beber. Al hacerlo, se sentía como alguien que intenta racionar el agua poco antes de quedarse para siempre sin ella.

La hemos jodido, dijo Olga al volver. Su voz sonaba frágil. Y él pensó en que ahora vendría ese momento de las culpas, de la reconciliación o quién podía saberlo, del adiós. Eres un cabrón, tío, y ahora entiendo por qué estás tan solo. ¿De dónde sacas eso? Él procuró no mirarla. Su reflejo en la pantalla del televisor lo hacía sentirse como alguien que se defiende ante un tribunal, pero sabe que no bastan sus mejores palabras. Y me alegro, sí; te mereces esa soledad de mierda. Él se alisó el pelo y dio otro pequeño sorbo a la cerveza. Entonces la miró. Había envejecido en unas horas, era otra. Mejor lo dejamos, tío, esto se nos ha ido de las manos. ¿Ves?, eso mismo decía yo anoche, que lo dejáramos, pero no había quién cojones te sacara de tu cantaleta, ¿y si me llegas a dar en el ojo? Pero no lo hice —ella se echó a llorar—, y mira esta paliza, eres un animal.

Le dolía la cabeza y la cerveza solo era ese sabor ácido y amargo de la levadura. Debería beber vodka con zumo de naranja, así por lo menos —decían— al día siguiente se ahorraba la resaca. ¿Y qué me contabas anoche de un transexual? ¿De quién? Ella abrió los ojos con miedo. Ayer me dijiste que te habías acostado con un travesti, eso no lo sabía. ¿Yo?, ¿de dónde sacas eso, tío? Joder, me lo dijiste tú. Estaría borracha, pero en mi vida me he acostado con un travesti, ni loca. Él terminó la cerveza. Pues lo siento —él sentía que su voz era tan frágil, como la de ese chico tímido que han llamado a la pizarra—, pero estabas muy orgullosa de haberte metido la pinga de tu transexual, ¿a ver si lo has vivido y no te acuerdas? Ella intentó sonreír, pero apenas dibujó una mueca fría, que bien pudo ser de tristeza. ¿Me haces un favor? Él se encogió de hombros. El que quieras. No me he follado a nadie, ¿pero te importaría ocuparte solo de ti?

Está bien y lo siento. ¿Sabes una cosa, Orestes? ¿Qué? Deberíamos dejar el alcohol. El plural sonaba reconfortante. Pues sí, podríamos intentarlo y ahora pensar en comer, eso es lo único que nos va a ayudar. Ella pareció que se enfurecía, pero no gritó; solo volvió a ese llanto muy suave y que le ocupaba todo el cuerpo. ¿Quieres que coma así? —ella se tiró del labio—, me rompiste la boca. He dicho lo siento y te lo repito, siento mucho lo que ha pasado y te pido perdón, pero sí, tenemos que desayunar y desayunar bien, porque es la única manera de quitarnos esta mierda de encima. Eres alcohólico, ¿lo sabes, no? No, dijo él, solo llevo unos meses muy duros, mi vida nunca ha sido así. Ojalá que la mejores, tío, porque me daría mucha pena.

El suelo se veía sucio y con marcas de bebida y suelas de zapatos. Orestes intentó pensar en qué podía comer que le limpiase el estómago, pero no sintió hambre, sino acidez. Sabía que el arroz era muy bueno. Y respiró hondo como si pudiera contenerla, pero no lo consiguió. La arcada le vino como una bola de nieve. Se descolgó sobre el reposabrazos y el vómito golpeó contra el cristal de la terraza.

Iban a ser las cinco, cuando se despertó escuchando voces. Abrió la puerta y le llegó el vaho de un cigarro encendido en algún lugar de la casa. Olga y Elena conversaban en el salón. Cruzó el pasillo y encontró a Alberto en la cocina, con un vaso de ron. Era él quien fumaba. Lo saludó apenas y siguió hacia el baño. En el espejo del lavamanos vio al hombre que esperaba encontrar. Uno con la cara hinchada y un golpe en la frente que amenazaba con bajar verde hacia el ojo. El mismo ojo.

Dejó que el agua se calentase bien antes de taponar la bañera y se sentó en el borde, todavía vestido. Vaya vidita, dijo y se acarició la cara. Dolía la barba. Se desnudó, echó un chorro de jabón líquido y entró al agua. Ardía, pero se dejó ir a lo largo y cerró los ojos. Entonces escuchó la puerta y se dio cuenta de que había olvidado echar el pestillo. Alberto traía su vaso cargado de ron —como para una conversación muy larga— y una cerveza. Sonreía. ¿Qué tal el combate? Orestes se hundió un poco más. Aquel líquido blanco, además de quemar, parecía el agua de una hervidura y olía a perfume.

Levantó la vista y dijo, ¿cómo va la cosa? No sé, pero Olga está asustada; fue ella quien llamó a Elena. Orestes miró hacia los azulejos. ¿Y para qué? Bróder, tu jeva es una mente y sabe que necesita testigos y Elena es de aquí, ¿eso no te dice nada? ¿Me va a acusar? Alberto se llevó el vaso a los labios y dio un sorbo. Luego bajó la tapa del inodoro y se sentó. La idea no es esa, men, sino tenerte por los güevos y créeme que lo está haciendo bien, yo tú me andaba con ojo. Ya. Mientras veníamos le estuve pasando la mano a Elena y parece que entendió. ¿Qué es lo que tiene que entender, men? Orestes tiró de la anilla de la cerveza como si fuera una granada. Bróder, te noto gil, ¿qué te pasa?; esas dos mujeres te empapelan ahora mismo si quieren, ¿o tú no ves las noticias? Se nos fue la mano, men, ¿qué quieres que haga ahora? Si yo te entiendo, los que no lo van a entender son la policía ni los jueces, y otra cosa, olvídate de la residencia como esta te camine una denuncia, ¿lo llevas claro, no? Orestes dejó la cerveza en el suelo y hundió la cabeza en el agua. El calor le quemó la cara.

Cuando volvió afuera se sentía mareado y con sed. Recogió la lata y le dio el primer sorbo. La cerveza pasó por su garganta como la hoja helada de un cuchillo. Con el alcohol no se puede, dijo y volvió a beber. Por eso te lo digo, men —Alberto cruzó las piernas y apoyó los brazos sobre ellas—, imagínate que se meten algo más serio; ese día ustedes se matan. Lo mío no es la coca, por suerte. ¿Y tu jeva tampoco? Alberto sonreía. Pero a ver, a quién va a denunciar, no ves que por poco me deja tuerto, mira. Y Orestes volteó la cabeza para que el otro pudiera ver el lugar exacto del golpe. ¿Y qué? Si esta mujer te quiere empapelar, ya puedes llegar con el ojo colgando, que tropezaste.

Orestes cerró el grifo con el pie y se le quedó mirando. Alberto parecía uno de esos pájaros negros que viven en el marabú, «judíos», los llaman. Pero a ver, solo una pregunta, ¿qué pintan tú y Elena en esto? Men, yo te creía más inteligente. ¿Por qué? Tu jeva fue quien llamó, ya te lo he dicho, buscando testigos, ¿lo captas? Y da gracias que nosotros estábamos juntos; porque Olga y Elena se empatan solas y vete a saber ahora mismo dónde estuvieran y lo mejor, dónde estuvieras tú. La cerveza le caía dura en el estómago. Y sin meterme, loco, tú tendrás más fuerza, pero tu jeva tiene una calle y sabe todo lo que hay que saber para desgraciarte la vida y cuando eso pase, créeme, lo único que se te va a ocurrir es matarla, y ya ves tú.

Al otro lado de la ventana la tarde era una mancha sobre el cristal. Orestes volvió a hundirse en al agua. ¿Por qué no me dejas terminar? Alberto sonrió e hizo por levantarse, pero solo bebió y volvió a apoyar las manos sobre las rodillas. Una última cosa, ¿sabes algo de Malabia? Orestes sintió un escalofrío. Hablamos el domingo o el sábado, no recuerdo bien, ¿por qué? Porque está molesto, dice que tú y Enrique le fallaron; bueno… más bien tú. ¿Yo? Eso dice Malabia. Mira, cuando hablamos yo estaba en Málaga y qué quería que hiciera, ¿que viniera corriendo? Si yo no te digo nada. Luego le dije que me llamara ayer martes y no lo hizo; y hoy, por lo que parece y acabo de revisar mi teléfono, tampoco y mira ya la hora que es, ¿entonces? Yo te digo lo que me dijo Malabia, pero tú sabrás. Yo estoy aquí, dijo Orestes, puede venir cuando quiera. Ya no. Alberto volvió a beber. ¿Por qué no? ¿Tú no lo conoces? Puedo llamarlo, si esa es la solución. Alberto se incorporó y se quedó de espaldas al espejo. No muevas esa agua, men, a veces las cosas se arreglan por sí solas. O no, dijo Orestes. Alberto abrió la puerta. Nos vemos fuera, ¿ok?

Orestes hundió una vez más la cabeza bajo el agua. Todavía estaba muy caliente, pero el olor del jabón era apenas un vaho flotando sobre ella.

CUATRO

Dormían cuando llamaron. Al principio Orestes creyó que el timbre rebotaba tras alguna puerta al otro lado de las escaleras, pero después el chirrido se acercó tanto, que parecía sonar dentro de la propia habitación. Olga no se movió. Son ellos, tendrás que abrir. Él miró la hora. Todavía no eran las seis y media.

Se vistió sin prisas, con un pantalón y un pulóver de mangas largas, y fue hacia el telefonillo. Nosotros, dijo Malabia.

Alberto venía delante y sonreía. Qué noche, men. Malabia traía un abrigo negro, largo, con las mangas vueltas hacia arriba. ¿Qué se cuenta? Poco, dijo Orestes y los vio seguir hacia el salón.

Malabia se echó en el sofá. ¿Vas a ir al aeropuerto? No, dijo Orestes, tengo que trabajar. Alberto rió. Pero si tú no trabajas. Ya sí. ¿Y dónde? De repartidor, en una empresa de publicidad. Dilo claro —Malabia también rió—: buzoneando, ¿no? Alberto encendió un cigarro. ¿Y Olga? En el cuarto. ¿Pero viva? La mirada de Malabia se escondía en las vueltas del humo. ¿Por qué no haces café? Lo hacemos, dijo Orestes, solo es poner la cafetera. ¿Y qué esperas?, dijo Malabia.

Joder, ustedes no dejan dormir a nadie. La voz de Olga parecía salida de una bocina de cartón. Tenía las marcas de la almohada en la cara y llevaba un pijama rosa y de lana. Coño, mi gente —Malabia sonreía—, lo siento. ¿Este todavía no ha hecho café? Tu marido es un punto. ¿Un punto?, dijo Alberto, un puntazo. Orestes se alejó hacia la puerta, en silencio. Yo me ocupo, dijo Olga. El pelo le caía revuelto sobre la cara y sus ojos, además de azules, se notaban cansados. Y tú, vístete, le dijo a Orestes, que a este paso vas a llegar tarde al ministerio. Los otros rieron con ella. Él la miró. Es broma, ¿sí? Ten cuidado. Voy al baño, dijo ella, y ahora hacemos café.

Malabia cruzó las manos sobre el pecho e hizo que dormía. Alberto vino hacia Orestes. ¿Hay cerveza? Olía a alcohol, a tabaco. Algo habrá, mira a ver. Y un ron para mí, dijo Malabia. Whisky. Pues igual.

Cruzaron hacia la cocina. La tensión seguía ahí, tan oculta como un hilo de agua, pero no, hoy no iba a encontrar la superficie. Hoy llegaba Enrique de Cuba y hoy tocaba fiesta, los cuentos del viaje y que Malabia lo pusiera al día sobre lo que había pasado. Y ya hablarían ellos. Así que si algo malo tenía que pasar, siempre iba a ser a partir de mañana. De todas formas, confiaba en que Enrique le avisara antes. Él lo habría hecho. Alberto miró en la nevera. Quedan cinco. Saca dos entonces, dijo Orestes. ¿Tú quieres una? A ver si me despierto. Ponle un whisky al bróder, anda. Alberto no dejaba de sonreír. ¿Te pasa algo? Cansado, men.

Orestes sirvió un vaso hasta la mitad de Johnnie Walker y se lo llevó a Malabia. El desayuno. El otro miró el vaso, lo miró a él y dijo, ¿me quieres emborrachar? No. Malabia se tumbó hacia un lado y bebió. Luego, dejó el vaso apoyado en el pecho y cerró los ojos. Es todo, balbuceó. Orestes lo miró tendido, al alcance de un simple golpe, pero no encontró ni una gota de furia capaz de llevarlo tan lejos. Entonces regresó a la cocina. Alberto observaba la calle desde la ventana y bebía. Un cigarro se gastaba en el borde de la meseta. A través de la pared se escuchaba el ruido de la ducha al caer. Recogió su cerveza y aprovechó que Olga no podía verlo para llevársela a la habitación. Aún era muy temprano para empezar a discutir por el alcohol.

Se puso unas zapatillas de deportes y un jersey de cuello vuelto. Ya podía irse. Se sentó en el borde de la cama y sin que pudiera evitarlo dijo, nos está tragando la mierda. Y contempló —no sin desidia— aquel desorden de zapatos y ropa por el suelo. Olió las sábanas junto a él solo para confirmar que sí, que olían a sudor y este era un olor dulce. Entonces se levantó y fue hacia el espejo. Se perfumó y terminó la cerveza de pie, sin dejar de mirarse. Tenía mal aspecto o eso le parecía aquel hombre al que incluso le estaban saliendo granos en la cara y en la barriga, como si explotara lentamente. Escondió la lata tras la mesilla de noche y se cubrió la cabeza con un gorro negro.

La casa olía a café, Malabia dormitaba en el salón y Olga y Alberto conversaban en la cocina. Él dijo que se iba y se despidió, pero le bastó verse en la calle, para darse cuenta de que no le alcanzaban las fuerzas para llegar a ninguna parte. Llamó a Anisio —su jefe— y le dijo que lo sentía, de veras, pero a última hora le había surgido un viaje al aeropuerto a recoger unos familiares. De todas formas mañana estaría en la oficina bien temprano y como todos los días, desde hacía apenas siete. A Anisio no pareció importarle su llamada. Parecía harto del mundo. Además, lo sabían los dos, aquel no era un trabajo serio, sino una manera peor que otras de ganarse la vida. ¿Entonces a santo de qué tanto cuento? No iba y punto. ¿O de verdad cualquiera estaba dispuesto a llegar a la calle a las ocho en punto, agarrar una mochila atestada de folletos de publicidad y largarse a caminar sin un descanso hasta las cuatro de la tarde? Llamaba a las puertas de los edificios, se hacía pasar por el cartero que no era y si le abrían, soltaba en los buzones con la publicidad del día: tiendas de muebles, restaurantes, clínicas dentales, supermercados. Al terminar, hacía siglos que no sentía la espalda ni las piernas y las únicas sensaciones apreciables eran la sed y los granos de polvo entre los dientes. Una cerveza a esa hora sentaba como un bálsamo.

En lugar de irse por el camino bajo los árboles, echó a andar en sentido contrario, hacia la salida de la autopista. No sabía muy bien hacia dónde iba, pero tenía claro que no le convenía quedarse en la casa; ni podía. Olga le habría preguntado y ahí mismo empezaría una discusión por los veinticinco euros que había dejado de ganar, justo en el peor momento, cuando la tienda parecía que no iba a remontar nunca. Cruzó frente a un edificio donde una mujer gorda, que le recordó a Lourdes, limpiaba las escaleras. Sus brazos eran como las piernas de una muchacha delgada.

El tráfico se movía lento y los coches hacían cola a ambos lados de la carretera. Avanzó por una acera estrecha junto a la vía de servicio. El aire olía a hollín y el día conservaba aún la inmensidad de lo que está por comenzar. Se levantó el cuello del jersey. En la primera calle que pudo torció a la derecha y se enfrentó a una cuesta, que se abría en dos y dejaba al centro un edificio y un parque. Cogió la calle de la izquierda y, mientras caminaba, cayó en la cuenta de que nunca antes había ido por allí. Ahora, sin embargo, tenía hasta las cinco de la tarde para ir todo lo lejos que quisiera. Además, no tenía por qué ser un mal día. Llevaba quince euros y si se lo tomaba con calma y encontraba un parque y una tienda de chinos de las que aún vendían la cerveza a sesenta céntimos, ese dinero se volvía una fortuna. Solo necesitaba un sitio donde orinar y, la verdad, con un seto un poco crecido le bastaba. Así que no sería difícil.

La calle se alejaba a través de terrenos vacíos. A los lados, una alfombra de yerba gruesa y amarilla parecía anunciar un mundo sin vida y ya perdido. Orestes sintió aún más frío. A lo lejos, en azul, se divisaba el letrero de un centro comercial. Caminó hacia él.

Bordeó las líneas blancas de los últimos aparcamientos, cruzó frente a una gasolinera y la acera lo extravió en un paso bajo una carretera. Al otro lado, la luz recobraba la transparencia y el verde de los jardines se hacía más nítido. Una cafetería ocupaba el centro de una isla de césped. El paisaje parecía el de un pueblo que la ciudad hubiera perdido dentro de ella.

Avanzó hasta dar con un puente de barandillas de hierro que salvaba un hilo de agua. Cruzó en diagonal frente a unos edificios iguales y antiguos, y desembocó en una estación de trenes de cercanía. El nombre no le dijo nada. Después, volvió a verse una gasolinera, una parada de autobuses y una rotonda que parecía colocada solo para regresar. Siguió hacia ella y poco antes del final encontró un camino que cruzaba al otro lado de las vías.

La torre de una iglesia se alzaba contra el horizonte. Si aquello era un pueblo como creía, allí estaría la parte más antigua, los bancos, los parques, los comercios y, cómo no, una tienda de chinos. Solía suceder. Entonces se acordó de Adriana. No supo por qué, pero se le ocurrió que alguna vez, cuando pudiese, tenía que devolverle esos quinientos euros. Era lo justo.

Durante la mañana, se entretuvo mirando las calles de aquel lugar del que ni siquiera se preocupó por saber el nombre. Tampoco, si era un pueblo o apenas una urbanización muy grande y antigua, que la llegada de la ciudad no había permitido concluir. Miró los escaparates, entró a una papelería en la que vendían libros y a una tienda de equipos de fotografía y no encontró nada que no hubiese en otro lugar. En algún momento, intentó averiguar consigo mismo si volvería a hacer fotos. Supuso que sí, pero tal como iban sucediendo las cosas, ahora no le veía ningún sentido.

Aguardó pacientemente, además, que fueran las once de la mañana, solo por demostrarse a sí mismo que aún podía esperar una hora apropiada para beber e incluso, cuando ya pudo, echó a andar sin prisas hacia el parque junto a la iglesia, donde enfrente había visto una charcutería y una tienda de alimentación. Todavía antes de llegar, entró a una mercería y preguntó cuánto costaba sustituir por botones de cuero, los botones plásticos de una americana de pana que había visto anunciada —por treinta y cinco euros— en una cadena inglesa de ropa barata. Pero solo la mano de obra costaba ya la mitad de la chaqueta y miró con desagrado los ojos violáceos de la dependienta, una mujer ya anciana y al parecer incapaz de abandonar su sitio tras la máquina de coser. Para eso lo hago yo, se dijo y volvió a la calle.

Poco antes de alcanzar la iglesia, admitió que no le apetecía beber. Los deseos acababan de extinguirse con la misma fuerza con que él los había mantenido vivos durante la mañana. Pero a pesar del mal cuerpo, insistió y compró dos cervezas de medio litro y doscientos gramos de chope. Durante unos instantes se quedó plantado en la puerta de la tienda, como el que no sabe a dónde ir. Después cruzó hacia el parque y caminó hacia los bancos del fondo. Abrió el papel encerado, cogió una loncha de fiambre y masticó despacio. Esperó que el gusto de la carne le ocupara la boca y entonces bebió.

Miró al centro del parque y le gustó que tuviese una fuente. Solo faltaban las palomas y los perros.

Poco antes de terminar la segunda lata llamó Olga. No quería asustarlo, pero estaba preocupada —su voz llegaba nerviosa desde el otro lado del teléfono—: esta mañana, cuando salí para acá, Alberto y Malabia se quedaron en la casa, ¿sabes? ¿Y? No es por pensar mal, tío, pero tengo miedo. El cielo se ennegrecía hacia el oeste. ¿De qué? ¿Y si les da por entrar a la habitación? Que entren, total, no tenemos nada. ¡No!, no tendrás tú, no te jode, pero ahí están todas mis joyas. No creo y menos hoy, estos andan entretenidos con la llegada de Enrique; además no creo que Malabia o Alberto te roben, ¿no son tus amigos? No sé, las cosas suceden a veces tan sin ningún sentido, que una se asusta y le da por hacerse ideas. De todas formas, ya te lo digo yo, hoy no es el día. Para mí sí, insistió ella, están de fiesta y a lo mejor necesitan dinero. ¿Y qué?

Una brisa fría le golpeó el cuerpo. Se subió el cuello del jersey todo lo que pudo y se cubrió las orejas con el gorro. El calor volvió a reconfortarlo. A la izquierda, la cruz de una farmacia dejaba un resplandor verde en el anuncio de tormenta. Esas cuatro mierdas son lo único que tengo en la vida y, joder, no quisiera perderlas. ¿Pero las guardaste? Un poco, sí. ¿Entonces? Yo no quiero pensar mal, ni que suceda nada extraño, porque el problema sería grande, créeme. Orestes bebió hasta terminar la cerveza, se levantó y volvió a cruzar hacia la tienda. Pero no entró. Ya conocía la historia de las joyas de Olga, así que decidió esperar, no debía de quedarle mucho. Y lo siento, tío, si me pongo nerviosa, pero ahí están mis ocho años con Chema Arzuaga. Eso y la casa, no me quedó nada más.

¿El osito también? Él procuró no reírse. ¿Para qué me sales con esa, tío?, si sabes bien que ese osito de Tous me lo regaló Murillo por un aniversario. Entiendo. ¿No estarás celoso, no? Para nada. Entonces no te burles. Y no lo hago. Él se dio cuenta de que necesitaba beber. Cada vez me cuesta más hablar contigo, dijo ella, ¿pero sabes qué pienso? Ni idea. También tenía deseos de orinar. Que en el fondo no eres más que otro acomplejado, como el propio Murillo, como cualquiera de esos amigos tuyos y, bueno, como la mayoría de los hombres, esa es la verdad. La calle era un paisaje de gente que comenzaba a marcharse hacia cualquier sitio bajo techo. ¿Por qué lo dices? Porque no tienes el dinero ni para vivir como quieres ni para regalarle a una mujer algo más que esta vida de mierda que llevamos, por eso. Él sonrió. Ya veremos. Pues es mejor que sea pronto, porque una se aburre, ¿sabes? ¿Me estás amenazando? No, solo te advierto. De acuerdo. Y él esperó que Olga colgara, sin besos, sin adioses. El vacío era como el gris de algunos cielos. Entró a la tienda y compró otras dos cervezas.

Cruzaba nuevamente la calle, cuando vio un perro salido de ninguna parte ir hacia el banco y tirar de la bolsa con el chope. Pudo ser un rottweiler, pero si lo era, estaba cruzado. En cualquier caso era un perro grande y ancho, que imponía. Él sonrió y se escurrió entre unos arbustos y orinó contra la pared de la iglesia. Conocía muy pocas sensaciones de alivio comparable a una larga meada. Al salir, el perro ya no estaba. Y dio por hecho que podía quedarse en aquel banco un rato más, a pesar del frío, y luego buscar un restaurante con menú del día. Le apetecía tomar algo caliente, aunque aún no sabía qué. Tal vez unas judías. En la tarjeta del banco le debían quedar unos doce euros, no podía sacarlos, pero sí podía pagar con ella. Le apetecía también un filete con papas, pimientos y ensalada.

La última vez que estuvo en un restaurante y pidió a la carta aún vivía con Itziar. Él cumplía años al día siguiente y ella lo invitó a una parrilla uruguaya. Estaban por separarse y si bien en aquel momento le agradeció el gesto, la verdad es que no llegó a entenderlo como lo hacía ahora. No había sido una buena persona con ella. No sabía exactamente por qué —o sí— y lo notaba en ese modo de recordarla como si se reprochara algo, como si estuviese en deuda, como si aún le debiera mucho más de lo que ella pudo reclamarle, que fue nada.

Bebió y se sentó a caballo en el banco a esperar la lluvia. En el cielo, la tormenta fundía en un único tono plomizo los trazos de añil y los escasos claros que dejaban las nubes.

Pero no llovió, no mientras estuvo en el parque. Cuando empezaron a caer las primeras gotas y se levantó el olor a polvo mojado, él ya estaba sentado en una mesa para dos y miraba a una calle cualquiera a través del cristal de un bar. Lo atendía una mujer de unos cincuenta años y fue ella quien le recomendó las alubias pintas, de primero; y los callos a la madrileña, de segundo. Para beber pidió vino y gaseosa. Un hombre con los nudillos peludos dejó una cesta de pan frente a él.

La mujer aún tardó en llevar las alubias. Al final lo hizo y al verlas se arrepintió de haber entrado allí. Los frijoles nadaban en un caldo transparente y venían acompañados de un trozo de chorizo y otro de grasa. No estaban duros pero tampoco abiertos. El caldo en cambio tenía buen sabor. Así que se hizo a la idea de que tomaba una sopa y fue apartando los granos. Al final, acompañó la grasa y el chorizo con pan.

Usó los callos para terminar más de media botella de vino y tuvo la idea de que no los cocinaban allí como le había dicho la mujer. Adriana hacía lo mismo. Los suyos venían en unas tarrinas como de helado, ella los cortaba en raciones y los calentaba en el microondas. Pero a todo el que le preguntaba le decía que sí, que los hacía ella misma y en el bar. Estos sabían bien y la verdad que el vino con la gaseosa entraba fácil, como un refresco, y lo hacía sentirse a gusto y feliz.

Tomó natillas de postre y pidió la cuenta. Ocho con cincuenta, dijo la mujer. Orestes sacó la tarjeta y la dejó sobre la mesa. Lo siento, dijo ella, pero aquí no tenemos ese chisme para cobrar. El hombre de las manos velludas los miraba desde la barra. También lo hicieron los únicos tres clientes del bar. Ninguno comía. Entonces él procuró ser amable y dijo, ¿y dónde hay un cajero? La mujer le dio una dirección cualquiera, una en la que debía ir hasta la esquina, subir tres calles y luego doblar a la derecha. No es difícil. No, dijo Orestes y se levantó con timidez, como si le costara regresar a la intemperie. Los otros se quedaron viéndolo salir.

Caminó sin prisas hasta la esquina del bar y echó a andar en la dirección que le habían dicho. Poco después apareció el chico. Vino de atrás y se pegó a él, pero no habló. Orestes se detuvo. Tendría unos quince años. La lluvia parecía salir desde el aspersor de un jardín. ¿Qué quieres? El chico lo miró con los ojos caídos. ¿Sabes dónde es? Allá arriba, dijo Orestes y señaló hacia lo alto de la calle. Yo puedo decirte. No hace falta, ya me las apaño. Siguió subiendo, pero el chico no se volvió, solo retrasó el paso.

Los clientes —y él lo sabía bien— solían regresar a pagar. Nadie se preocupaba de vigilarlos ni estaban pendientes de a qué cajero habían decidido ir finalmente. Por tanto, que le hubieran mandado a ese chico detrás no era una buena señal, era como si los dueños —seguro sus padres— dieran por hecho que no volvería. Tal vez, por el aspecto que tenía con aquel gorro o por su acento o acaso porque no lo habían visto nunca antes por allí. Existía una relación inevitable y difícil de salvar entre lo «desconocido» y la «desconfianza». Pero a lo que iba y le importaba, en cualquier caso, se la estaban jugando bien. A él no se le ocurría qué hacer para quedarse solo. Tampoco podía ahuyentar al chico; o aquel pueblo —sin otra salida que él conociera, que la carretera por la que había venido— podía convertirse en algo parecido a un coto de caza. Había visto una película donde las presas eran hombres que corrían por un bosque y el día de ellos tenía esta misma luz húmeda y gris que el suyo ahora.

Llegó hasta el cajero, introdujo la tarjeta y solicitó su saldo. El chico lo observaba desde la esquina. Le quedaban nueve euros con quince céntimos en la cuenta y en el bolsillo tenía lo justo para pagar la comida. Y eso haría. Salió a la calle, miró al otro y se encaminó hacia el bar. El chico lo imitó, pero esta vez era él quien llevaba prisa, como si quisiera anunciar cuanto antes que ya volvían. Orestes esperó a que voltease la esquina y él hizo lo mismo en la anterior, pero en dirección contraria, y echó a correr. Tras la estampida, apenas si tuvo tiempo de preguntarse si valía la pena algo así. Pero solo sentía la respiración brotándole en el pecho como un fuelle y supo que ya no se podía regresar. Subió por la calle paralela al banco —aún a riesgo de terminar encerrado en una jaula de edificios y salidas cortadas— y antes de torcer en la siguiente esquina, se volvió, pero no alcanzó a ver a nadie. Entonces corrió aún más deprisa. Frente a él, se abría el mismo paisaje de yerbas amarillas que lo había acompañado mientras venía, unas naves industriales y después una carretera. Un poco más adelante alcanzó a distinguir un terraplén, un pequeño puente sobre un río —tal vez el mismo río que encontró al llegar— y al otro lado un camino de tierra que se perdía hacia ninguna parte.

Se deslizó ladera abajo encajando en el barro los talones de las zapatillas y se apuró en cruzar el puente. A la derecha, la maleza formaba un nudo tupido entre árboles de la orilla. Los bordeó y se ocultó dentro. Desde allí conseguía ver el largo de la calle y la falda del terraplén. Y esperó. Tenía la cabeza y los pies mojados, pero aún no sentía frío.

Enrique lo saludó sin afecto. Su mano se movió en el aire como la cola de un animal muerto. Malabia y Alberto bebían ron y los tres compartían los sofás. Mirta cruzó varias veces hacia la cocina, pero no se acercó a saludarlo. Orestes tampoco fue hacia ella. La voz de Ángeles llegaba desde algún lugar de la casa, más allá de la música.

¿Sabes quiénes son?, le dijo Alberto. No, ni idea. Estás fuera, men, eso es Eddy K, reguetón hecho en Cuba, lo último. Orestes fingió que se interesaba. Ese era justo el tipo de música que nunca le había gustado. Yo quisiera que vieras a las muchachitas bailando eso, dijo Enrique, te funden. Orestes hizo que sonreía. Me lo imagino. Junto al reproductor se apilaban varios discos nuevos, todos copias y todos en sus fundas de plástico y con las portadas hechas con impresoras domésticas. Luego les echaría un vistazo. Fue a la cocina y se sirvió un poco de Johnnie Walker con hielo. Abrió la persiana y miró a la calle. Su día se le hacía la experiencia de otro, como si nunca hubiese ido a aquel pueblo —o lo que fuera realmente— ni bebido un par de litros de cerveza, ni salido corriendo de un restaurante por ocho euros con cincuenta. ¿A dónde estabas llegando, Orestes?

Entonces escuchó la voz de Mirta a su espalda. Lo saludaba. Después, le preguntó por Olga. Ahí va, con el negocio. ¿Qué tal? Y se dio cuenta de que Alberto y Malabia, claro, ya les habían contado de la tienda —y seguramente de ellos y también de la pelea que habían tenido— porque de otra manera, cómo Mirta se iba a tomar con tanta tranquilidad que Olga hubiera abierto un negocio. No por nada en especial. Solo que abrir una tienda no era algo que sucedía todos los días. Al menos habría querido saber qué vendía. Duro, dijo él, como todos los comienzos. Me lo imagino.

A ella no se le notaba tanto el cansancio como a Enrique; sin embargo, tenía en la cara esa expresión de aburrimiento de los bóxers, como si estuviera haciendo un esfuerzo por reengancharse a la vida que había dejado aquí antes del viaje y no encontrara un buen momento por el que decidirse.

Sus movimientos, además, tenían algo de imprecisos. ¿Estás bien? Ella fingió sonreír. Sí, aunque todavía un poco mareada, a mí los aviones me dan pánico y he venido empastillada desde La Habana. Un viaje largo. Nueve horas, ya lo sabes. Mirta debía sentirse ahora mismo como él, un poco con los pies en el aire y sin un punto fijo a dónde mirar. Sonrió para sí mismo y volvió a beber. El whisky acababa de alcanzar su punto.

En el edificio de enfrente un hombre salió al balcón y recogió una toalla del tendedero. ¿Y qué tal por allá? En mi casa bien, aunque bueno ya mis padres están mayores y tienen la presión alta, mi madre anda con el azúcar disparada y mi padre con su colesterol, pero es la vida, ¿no? Pues sí. Y él dejó que el alcohol se levantara como una pared ante sus recuerdos. ¿Cómo sería estar ahora en Los Pinos? Mirta abrió un par de cajones de la meseta, los revolvió un poco, como si buscara algo que debía encontrar muy pronto y estaba por revisar en los armarios sobre el fregadero, cuando se interrumpió y miró a Orestes. Una cosita, ¿sabes a qué hora viene tu mujer? Él sacudió la cabeza y dio un pequeño sorbo a aquel whisky que le estaba sentando tan bien. Sobre las nueve, ¿por? No, por nada.

Él dejó la cocina y fue hacia su cuarto. No hacía falta que nadie le dijera nada. La hostilidad era algo más en el aire. Se acostó de través en la cama y apoyó el vaso en el pecho. Cerró los ojos y su respiración se volvió un ruido grave, lo mismo que si corriese a lo largo de un tubo

Lo despertaron las voces de Mirta, más bien sus gritos. Olga hablaba por detrás, daba razones, pero no parecían ponerse de acuerdo. No supo cuánto había dormido. Sentía la lengua pastosa y muy poca fuerza. Entonces pensó en la tarde y en lo que habría sucedido si los otros hubiesen llegado a dar con él. Pero no, al parecer no se movieron de aquel bar. También pensó en el chico. A lo mejor era él quien había cargado con toda la culpa; lo habían mandado a vigilarlo y sin embargo, nada, se le largó en la primera esquina que pudo. A ese tipo se le veía en la cara que no era de fiar, habrán dicho.

Orestes se quedó inmóvil escuchando a Mirta reclamar su espacio en las estanterías del baño. Estaban vacías, dijo Olga. ¿Y qué?, yo no sé si las voy a usar mañana. El vaso seguía allí, dentro de su mano, sobre el pecho.

Encontró a Olga en el baño, sentada ante las puertas abiertas del armario bajo el lavamanos. A su alrededor se acumulaba un cementerio de posibles champús, y lociones para el pelo, la piel o los años. ¿Problemas? Esta con sus mariconadas, dijo Olga sin levantar la cabeza y mientras lo iba metiendo todo en una bolsa de plástico. Él se paró ante el inodoro y por un segundo recordó la pared de la iglesia. Joder, cómo huele, dijo ella. Él miro el líquido ámbar, espumoso que se acumulaba delante de sus piernas. Así es. Y dejó correr el agua.

¿Cuándo nos vamos a ir? ¿A dónde? De aquí. Él se miró en el espejo. En cuanto podamos. ¿Pero lo antes posible, no? Sí, a ver si nos toca la lotería. Orestes procuró sonreír, pero verse hinchado le recordó como siempre esa foto de Elvis Presley, ya tan gordo al final de sus días, y la cara se le envolvió en una mueca extraña. Ella se incorporó, se alisó el jersey sobre la falda y cargó con la bolsa de plástico. ¿Ves?, más mierda para la habitación.

Él se apoyó en el lavamanos y se quedó escuchando el ruido de los zapatos de Olga al alejarse por el pasillo. Se mojó la cara, luego sacó un par de aspirinas del cajón de los medicamentos y se las tomó allí mismo, con el agua del grifo y sin dejar de mirarse en el espejo. Cargó el cepillo con pasta de dientes, apenas si lo movió un poco dentro de la boca y se enjuagó. Mientras salía del baño, pensó en las horas que le costaría esa noche encontrar el sueño. Muchas, seguramente. Mirta cruzó hacia la cocina. Entonces, al verla, cayó en la cuenta de que la casa aún no olía a comida.

Revisó en la nevera, pero ni rastros de una cerveza. Tampoco quedaba Johnny Walker. Se lo habían bebido todo y ahora despachaban un par de litros de ron Varadero que parecían presidir la meseta. Cargó un vaso con hielo, se sirvió un poco e hizo por beber. El olor a melaza lo golpeó en la nariz. Pero no había otro remedio y cubrió el ron con Coca Cola.

En el salón, Olga conversaba con Ángeles y Malabia. Enrique y Alberto seguían uno junto al otro, pero solo Alberto bebía. En la mesa de centro había restos de aceitunas, pepinillos y un par de platos vacíos. También, una botella de refresco. Él se quedó de pie junto al reproductor y se entretuvo en mirar las portadas de los discos nuevos: *Chapeando*, Van Van; *De aquí pal cielo*, Norma y su Timba, *Sin mirar atrás*, Azúcar Negra; *Ño qué bueno está*, Bamboleo; *La Cuqui quiere fiesta*, Charanga Forever; *Qué le pasa a mi negra*, Chispa y sus cómplices; *La mecaniquita*, Habana Mambo; *Un poquito de to*, Paulo FG; *Cintura pa ti*, Coqui y Los Suyos; y *Arriba las manos*, Elio Revé y su Charangón. ¿Has visto, men?, dijo Alberto, lo último. Él asintió con la cabeza. Hay varios que ni conozco. Normal, men, uno se desconecta, pero la vida sigue allá, es lo que tiene. Ya lo sé. Y sintió deseos de fumar. ¿Tienes un cigarro? Alberto le enseñó una caja encima de la mesa. Encendió uno.

Orestes, porfa, dijo Olga, pon a Coqui. Él la miró. Su mano caía accidentalmente sobre la pierna de Malabia. Al otro lado, Ángeles completaba la escena de un trío. Aunque lo más seguro es que allí no pasara nada. Sin embargo, el único que podía complicarlo todo era él mismo si confundía los límites y el alcohol se le iba de una vez a la cabeza. Malabia no dejaba de seguir sus movimientos, de apuntarlos. ¿A quién, dices? Niño, a Coqui, que hace años que no sé de él. ¿De quién?, dijo Alberto y miró a Enrique. Los dos sonrieron. Orestes también procuraba seguir la velocidad de sus ojos, cualquier seña. Ellos eran tres contra uno, pero él había dormido toda la tarde y creía tener esa ventaja. De Coqui, insistió Olga. Ah, dijo Alberto, ¿pero tú lo conoces? Si fuimos novios, niño. ¿Ves?, ya eso es mentira. Todos rieron, incluso Orestes. ¿Novios?, no te creo. Si quieres yo te hago el cuento, dijo Olga, pero tienes que decirle a este que ponga el disco de una vez. Punto, dijo Malabia, pon el disco.

Orestes bebió despacio. En algún momento de su vida tenía que deshacerse de ese tipo. Entonces lo miró en silencio, apenas un instante, pero creyó que lo suficiente para recordarle que esa que estaba a su lado era su mujer y que no admitía chistes ni con ella ni delante de ella, ¿le quedaba claro? Después se volvió, puso el disco de Coqui y hasta pudo parecer que no le importaba que Olga contara cómo se hicieron novios. Total, ¿qué más daba otro hombre en su vida? ¿A cuántos se habría singado la muy puta?

Se conocieron en una discoteca, en un viaje que Olga hizo a La Habana a ver a sus padres; y el romance duró pues eso, las dos semanas que estuvo de visita. Después, Coqui vino de gira a Canarias e hizo por encontrarla, pero ella no lo llamó al hotel. Desde entonces no se veían. Niña, dijo Enrique, ¿y tu marido? ¡En Tenerife! —Olga sonreía—, si por eso mismo no quise darle alas, Chema Arzuaga no se merecía ese disgusto. Lo que pasó entre Coqui y yo pasó, pero pasó en La Habana y en La Habana se tenía que quedar, ¿no? Te entiendo, dijo Ángeles, porque es verdad, a veces una se ilusiona, pero eso no quiere decir nada, la vida después se ocupa de organizar las cosas. Orestes intentaba aparentar calma, no sabía muy bien por qué ni qué intentaba decirle, pero tenía la sensación de que Ángeles estaba hablando para él. Pues no fueron novios, dijo Mirta, te acostaste con él, que es otra cosa. Olga se defendió. ¿Qué no?; mira, yo he estado en su casa, conozco a su familia, me llevó a ver a su hermanito hidrocefálico y hasta su madre, que me tiró las cartas, me lo dijo, yo tenía que seguir con mi vida y su hijo con la suya, pero ella también lo vio: Coqui estaba enamorado. Alberto soltó una carcajada. No te creo, necesito pruebas. Niño, qué pruebas de qué, yo no tengo nada de él. Pues por esa ley, yo ahora te puedo decir que me acosté con Naomi Campbell y me lo tienes que creer. Mira que eres pesado, dijo Mirta. Y yo te creo, dijo Olga, ¿pero qué ganas si es mentira, impresionarme? Pero el bróder tiene razón, dijo Malabia, vista hace fe, mi hermana, y las cosas hay que demostrarlas. Enrique solo sonreía. La estaba pasando en grande.

Olga se levantó del sofá y fue hacia Orestes. Tenía las mejillas enrojecidas, sudaba. Le quitó el vaso y bebió. No les hagas caso, quieren ver si sacan algo. Ya lo sé —ella se acercó despacio y lo besó en la mejilla—, y muchas gracias. ¿Por? Por estar aquí. ¿Pero tú tienes algo guardado? ¿De Coqui, dices? Ella sonrió. ¿Lo dices en serio? Sí. No, no tengo nada y si lo tuviese tampoco tendría ningún sentido, ¿no crees? Por mí no te preocupes, ya eso pasó. Lo sé, dijo ella, pero no, no tengo nada. Bueno. Él recuperó su vaso y se ocupó de beber. Enrique ahora los miraba a ellos, todavía en silencio y todavía igual de sonriente; aunque los miraba con lástima, como si le apenara ver a Orestes aguantando la historia de cómo su mujer llegó a acostarse con otro durante unas vacaciones de fiesta en La Habana. Y no hacía falta decir más, si una mujer engaña una vez, engaña otra.

¿Entonces no hay nada?, dijo Malabia, ¿o el punto no te da permiso para sacar el álbum? Ella volvió a beber de su vaso. No, no me da permiso. Malabia rió con otra carcajada. Eres una fiera. Te podría hacer unos cuentos, dijo ella, pero me los voy a guardar. ¿Cuáles?, dijo Alberto. Ninguno, bróder, dijo Malabia, este es un asunto entre la hermana y yo. ¿Te vale así? Caimana. Malabia aún sonreía. Voy al baño, dijo Olga. Y durante un momento Orestes estuvo seguro de que el otro se levantaría e iría detrás de ella. Lo vio pasar como la imagen de una película. Pero no, no lo hizo; en su lugar se volteó hacia Ángeles y se perdió en una conversación que él no alcanzaba a entender.

Con toda la carrera de hoy, ahora le dolían las rodillas y estar de pie no le hacía ningún bien. Tampoco le apetecía sentarse en un sofá y esperar a que el cansancio, el alcohol o ambos hicieran lo suyo y tumbaran. La noche se veía venir extraña, difícil y cualquiera sabía cómo podría terminar. De momento —y como precaución—, lo mejor que podía hacer era deshacerse de esa mierda de ron con Coca Cola, quedarse tranquilo y hablar poco. De alguna manera el final siempre llegaba. Se pasó la mano por la cabeza, respiró hondo y fue hacia la cocina. Tiró al fregadero lo que quedaba en el vaso y después de dudarlo, se sirvió ron solo. La calle era azul desde la ventana y, sin quererlo, se vio esa tarde hundido entre la maleza; al otro lado estaba el puente, la falda del terraplén y sobre el mundo aquel silencio que dolía más que el frío y que la propia lluvia. Ya no eran los mil que le debía a Nicolás o los quinientos de Adriana, sino o-cho-con-cin-cuen-ta, que se decía pronto. ¿Qué iba a ser mañana?

Entonces regresó al salón. Olga se había sentado junto a Ángeles, muy cerca de Mirta, y ahora conversaban entre ellas. No lo aseguraba, nadie le iba a hacer creer que el asunto de las estanterías del baño estaba olvidado, como mucho era solo un animal dormido. Se acomodó otra vez junto al equipo de música y se quedó escuchando a Coqui. Lo recordaba de Cuba. Un tipo bajito, mulato, que usaba un candado muy fino.

El ron solo entraba mucho mejor y se agradecía. Entonces, intentó pensar en el día que le esperaba mañana, por no regresar a la tarde que había dejado atrás. Otra vez la mochila, la carga de folletos, el mapa, el lápiz en la oreja y andando, a buzonear. Nunca pudo imaginarse haciendo un trabajo así, nunca. Pero en la construcción, que era donde Olga le habría gustado que trabajase, no aparecía nada —tal vez él no había buscado bien— y volver a los bares sería de suicida. ¿Quién aguantaba a Olga sola doce horas todos los días —menos uno— incluidos los fines de semana? Su vida terminaría convertida en tal amasijo de disgustos, tarros y peleas, que era mejor ni imaginárselo. No, no valía la pena tanta mierda encima por trescientos euros más.

A ratos, Malabia dejaba caer la mirada sobre él. La sentía posarse y era como si llevara plomo. ¿Qué tipo de enemigo se estaría construyendo? Ni una sola vez en todo el día, Orestes le había escuchado mencionar ni a su madre ni a su hija. Y ese silencio era lo peor. No porque anticipara la tormenta, sino porque formaba parte de ella.

Después —no supo en qué momento—, Alberto volvió a poner el disco de Eddy K. Se notaba que el reguetón lo hacía extremadamente feliz. Bróder, tienes que pirarte a La Habana, si no pregúntale a este —y señaló a Enrique—, esa gente tiene el país patas arribas. El otro alzó las cejas y asintió. Su mirada era tan pesada como la de Malabia. Tendré que ir, sí. Orestes miró su reloj. Aunque le costara creerlo solo iban a ser las diez y media de la noche. La madrugada era un lugar remoto y prácticamente inaccesible. Entonces Olga vino hacia él. ¿Te pasa algo? No, ¿por? Estás tan a tu bola. Él sonrió. Nada, estaba escuchando la música. Eres raro, tío. Ella también sonrió. ¿Me das un beso? Claro. Y él la besó; a pesar de la molestia lo hizo. Ella lo abrazó. Te quiero, ¿lo sabes? Él asintió. Yo también. Orestes bebió un poco más de ron. Entraba complejo, peligroso. Olga señaló tres bolsas grandes y amarillas sobre la mesa del comedor. ¿Me haces un favor? —él ni siquiera se había fijado en ellas y si lo hizo lo había olvidado—, ¿me las llevas a la tienda? ¿Cuándo? Por la mañana, cuando te vayas. ¿Y por qué están aquí? Venía entrando por el edificio, cuando el proveedor me llamó que estaba de camino, ¿qué querías que hiciera?, darle esta dirección. Normal. Si no fuera por el dolor en el cuello yo lo haría, por eso te pido el favor. Ya me ocupo, no te preocupes. Eres un cielo. Vistos desde lejos, debían de parecer una pareja feliz; muy feliz, incluso.

Enrique lo miró a través de la penumbra que el final de la tarde dejaba en el salón. Veía la televisión y comía galletas mojadas en refresco de naranja. Orestes se sentó en el sofá que aún estaba libre. ¿Qué tal tu familia? Enrique descansó una mano sobre la barriga. El país está hecho una mierda, ya sabes, pero a los míos por suerte les va bien. Me alegro. Ahora quiero regresar en julio y llevármelos a todos a la playa, pero todavía no sé. Eso es dinero, men. Vamos a ver, estoy contando con Mirta y entre los dos creo que sí, que llegamos. Bueno, ya eso es algo. También iría su familia, claro, pero frijoles arriba, frijoles abajo da igual y son solo dos, sus padres. Dos ni se notan. Y lo voy a hacer, coño, para que disfruten del verano, porque bastante jodidos están ya los pobres y si podemos. No, está bien. Los mocasines de Enrique eran del color de la madera barnizada y terminaban en una punta estrecha que se levantaba. Mirta se los compró en una zapatería de chinos y él decía que eran blandos y cómodos como un guante. Ahora los apoyaba en la mesa de centro y los balanceaba no sin cierto orgullo. Entonces sonó su teléfono.

Orestes aprovechó la llamada para encender las luces del salón y buscó algo de comer, tenía hambre. Cortó un trozo de jamón de pavo y otro de queso y los mordió a la vez. No había cerveza, así que se sirvió un vaso de agua, cogió una tostada y se quedó recostado a la meseta, incapaz de encontrar otro plan que no fuera meter los pies en agua caliente. Le dolían de todo el día detrás de Anisio, ¿cuántos kilómetros? ¿Veinte, treinta? Enrique vino poco después, pero se quedó en la puerta. Yo no sé lo que pasó, pero acabo de hablar con Malabia y tiene un cráneo contigo que no se le quita. El estómago a veces podía ser solo un temblor. ¿Conmigo? ¿Y con quién más? ¿Qué me cuentas, bróder? Yo no estaría tan tranquilo. ¿Me estás amenazando? La cara de Enrique era en sí misma una mala noticia. Yo no amenazo a nadie, Orestes, te digo que entre los muchos líos que tiene Malabia en la cabeza, acabas de entrar tú. ¿Qué va a hacer, me va a dar una paliza? No se trata de eso, bróder, los tiros no van por ahí.

160

¿Entonces? No sé, cada cual se hace su idea de cómo tienen que ser las cosas y ya sabes cómo es Malabia. ¿Y? Nada, supongo que a la larga todo terminará pasando. ¿Y a la corta?

Escucharon abrirse la puerta del piso y detrás la voz de Mirta. No sé cómo lo hacemos, pero esta casa huele horrible. Enrique hizo una mueca y procuró sonreír. Orestes lo vio volverse hacia su mujer y besarla en los labios. ¿De verdad que no lo sienten? ¿Sentir qué?, dijo Enrique. Es insoportable, este piso huele a sudor y a sucio que da asco. ¿Si ventilamos?, dijo Orestes. Limpiar, limpiar es lo que tenemos que hacer. También, dijo Enrique, pero mientras —y habló con Orestes— abre esa ventana, que yo me ocupo de las del salón. Mirta siguió tras él. Sus tacones repicaban como clavos entrando en la madera. Se detuvo un instante todavía en el pasillo y luego se perdió hacia el comedor. Iba con unos vaqueros bordados con flores rojas encima de las nalgas.

Orestes revolvió la mirada por la cocina al tiempo que sacudía la cabeza. No podía ser, pero era. ¿Y ahora? Pensó en guardarse ese cuchillo en la cintura, pero no encontró las fuerzas suficientes. En el fondo le parecía hasta ridículo. ¿Qué podía hacer? ¿Ir a la policía? ¿Matar a Malabia? A pesar del invierno, esa tarde el sol aún duraba. Entonces él también cruzó hacia el salón. Lo que pasa, dijo, es que somos muchos acá adentro. Pues sí, dijo Mirta y todos tendríamos que limpiar más y no una vez a la semana o cada diez días, ¿no te parece? Enrique le prestaba toda su atención. Parecía estar esperando un ataque. Bueno, eso lo veremos después, dijo, ¿Olga a qué hora regresa? A las nueve o por ahí. Porque esta casa tendremos que organizarla, ¿no? Estoy de acuerdo, dijo Orestes y sintió que acababa de caer por el segundo trampolín de una jaula, todo hacia el fondo. En la televisión pasaban un concurso de tantos. Lo miró un momento y luego cogió su abrigo de encima del sofá. Voy a dar una vuelta, pero ya vengo. No te pierdas —Enrique hacía por sonreír— a ver si podemos sentarnos antes de la cena, ¿te parece? Estaré en el barrio, no te preocupes.

Una vez en la calle, se dio cuenta de que no sabía a dónde ir y tampoco quería meterse en la tienda a esperar por Olga. No estaba ni vestido ni con ánimos para algo así. Entonces, por hacer, echó a andar hacia la cervecería; hacía ya meses que no iba. De la chimenea de una casa salía un humo que se disolvía gris contra el cielo del este. Contó el dinero. Le quedaban cinco euros de ayer y Anisio le había pagado la semana —menos un día, claro— y en total sumaban apenas ciento cinco euros. Una miseria, sin embargo, había que seguir viviendo. Separó diez euros, los guardó en un tercer bolsillo y tomó el camino más largo, hacia el lado de la autopista.

Cruzó frente al bar del francés. Detrás había un parque y enseguida venía un recodo y otra vez el camino bajo los árboles. En la acera de enfrente, una tienda de alimentación anunciaba una oferta de conservas de Galicia. El interior del negocio parecía un pasillo a oscuras. Entró y estuvo paseando entre los anaqueles, pero no compró nada. Volvió a la calle y caminó hacia el metro. Se miró en el reflejo de un escaparate. Su barriga tal vez cedía con las caminatas. Anisio mismo era un güin y su hermano y todos los que llevaban algún tiempo trabajando con ellos.

Y sí, llevaba la idea de entrar a la cervecería, pero a última hora se le ocurrió que podía comprar tres latas de cerveza donde los chinos y buscar un banco en cualquier parte. Detrás del francés, por ejemplo. En aquel parque —se había fijado— ya a esa hora no había nadie y además se podía orinar con tranquilidad. Las sombras eran tan pesadas como las de un barrio a oscuras. Guardó las latas en una bolsa, cruzó frente al club de alterne y procuró mirar dentro, pero las cortinas cubrían la entrada. Sobre la acera, el neón dejaba un resplandor morado. Pasó ante la cervecería y ya doblaba hacia los árboles, cuando lo llamó Zoila. Le pareció una de esas casualidades de la vida que lo llamara ahora, ya tenía con quién beber.

Vaya milagro que me coges el teléfono. El trabajo. Él sonreía. No hace falta que me engañes, sé que es morena y que estás feliz. ¿Cómo lo sabes? Está en las cartas. ¿Me has estado espiando? Zoila rió. Te juro que no y en serio, ni me preocupa. ¿Y eso? Lo siento, tío, pero dicen las cartas que no vais a ninguna parte. Ahora rió él. ¿Y para eso me llamas? Alcanzó uno de los bancos detrás del bar y abrió una cerveza. Te llamo por negocios. ¿Qué hay? Tengo una amiga, una búlgara, y me preguntaba si querías hacerle unas fotos, son para un *book*. Mi problema son las luces, tú lo sabes, que no tengo y para ese trabajo sí las necesito. Lo decía por ayudarte. Ya lo sé y te lo agradezco, pero lo mejor es que vaya a un estudio. ¿No tienes a nadie que te preste una lámpara? No —él bebió largo—, ahora mismo, no. Ese primer trago siempre sabía a gloria. Luego, como en la vida, todo se iba estropeando.

Esperó a que el silencio terminara de abrirse entre ellos. ¿Pasa algo? Tenemos que vernos, tío. ¿Y eso? Nada importante, pero tenemos que vernos y hablar. ¿De qué? De mi embarazo. Una mujer tiraba de un carrito de la compra. ¿Estás embarazada? Él volvió a beber. Sí. ¿Y? Nada, solo quería decírtelo. ¿Estás segura? ¿No te son suficientes dos tests? Enhorabuena entonces, ¿no? Y tú no eres el padre, ¿de acuerdo? ¿Y si lo fuera? Daría igual, solo quería que lo supieras y que supieras que yo estoy contenta, ¿te vale con eso? Podría preocuparme. No, no tienes por qué; además, no te estoy pidiendo nada. Pero me gustaría verte. Él terminó de beber y apretó la lata hasta hacerla un taco. ¿Cuándo? ¿El lunes? A lo mejor es tarde. ¿A lo mejor es tarde? Joder, tío, ¿sabes cuántas cosas pueden pasar en un fin de semana?, ¿y en una noche? ¿Te viene bien mañana? A las once, en Sol, ¿te parece? Por mí perfecto. Pues besos, querido, dijo ella.

Orestes lanzó la lata hacia la papelera y esta vez cayó dentro. Abrió otra. ¡Un hijo! ¿Quién te lo iba a decir? Y se dio cuenta de que no sentía una emoción especial. Entonces, solo por probar, intentó imaginarse en la casa de Zoila, viviendo con la madre de Zoila, la hermana de Zoila, mientras Zoila sostenía un niño que lloraba. No, no, dijo mientras sacudía la cabeza y se sorprendió de haber dicho algo así, en voz alta y contra el aire sin olores de esa noche ya. Metió la cabeza entre las manos. Quizás en otro momento, ¿pero por qué ahora y por qué con Zoila?

Alguna vez ella le había contado que Nelson no podía tener hijos y Orestes sabía de casos en que hombres así, se habían alegrado con la noticia de que sus mujeres esperaban un hijo de otro y lo hacían de ellos sin que hiciera falta discutir o un escándalo y mucho menos hablar de separarse. Eran hombres que entendían que la vida está repleta de ese tipo de accidentes e incluso hasta podían sentirse afortunados. Un hijo, volvió a decirse, pero ahora pensó en él. En el bolsillo tenía cien euros y ese era el salario de una semana como repartidor de publicidad, llevaba tres años sin papeles en un país que no era el suyo y donde nadie lo conocía, tenía cerca de cuarenta años y bordeaba el alcoholismo, ¿y ahora iba a ser padre? Se echó a reír. ¿Qué podía hacer? ¿Echaba la guerra y decía ese hijo es mío y lo asumo con todas sus consecuencias? Igual era eso lo que Zoila estaba esperando, ¿si no para qué acababa de llamarlo?

Sin embargo, de alguna manera, los dos sabían que él no iba a llegar tan lejos. No. Ni ella tampoco se lo permitiría. ¿Cómo iban a sobrevivir los tres? Nelson era un ingeniero en telecomunicaciones, alguien con una familia detrás, con ahorros, con un pasado y lo más importante, con futuro. Y esas eran las únicas cartas que ella pensaba jugar. Si no, al tiempo. Orestes bajó de un golpe la mitad de la cerveza y le costó respirar. El gas o la furia se le anudaban en la garganta. No, no y no. Y volvió a beber de seguido y sintió algo parecido al miedo, cuando sonó el teléfono y vio que era Malabia quien lo llamaba. Hola. Orestes procuró mantener la voz firme. ¿Vas a estar luego en la casa? Sí, ¿por? Porque igual voy a verte. ¿Para qué? Para nada en especial, para tomarnos algo, ¿qué cerveza tú bebes?

¿Yo? Bueno, cualquiera, ¿no? Sí, da igual. Lo sé, lo sé. Y Malabia colgó. El silencio convertía el parque en una habitación acolchada. Orestes se quedó mirando hacia el bar del francés. A su alrededor la noche caía más de prisa que en el resto de la ciudad.

Olga pasaba la verja del escaparate cuando Orestes llegó a la tienda. Llevaba una falda negra, medias y botas hasta la rodilla. Ella lo vio entrar a los portales y lo esperó con los cierres aún en la mano. ¿Lo haces tú? Tenía el mentón lastimado, como si en lugar de depilarse se hubiera mordido con la pinza de cejas. Claro. Y él la besó. Tío, ¿has comido? Sí, ¿por? Tienes mal aliento, pero fuerte, eh. Lo siento. Solo te aviso. Ella miró hacia la calle. Ahora costaba colocar las cerraduras entre las lamas. Terminó y se apuró en comprar en los chinos un paquete de chicles. Se llevó dos pastillas a la boca y tras morderlas se sintió mejor. Olga aún lo esperaba de espaldas y miraba hacia El Umbral. ¿Cruzamos? Ella asintió y se agarró de su brazo.

El bar estaba lleno, los clientes se arracimaban frente a la barra y contra las baldas a lo largo del pasillo. Al centro quedaba apenas un pasillo estrecho. Siguieron hacia el salón. Olga hizo por saludar a Nurio, pero él no alcanzó a verla. Una chica vino tras ellos. Todavía sin sentarse, Olga pidió dos jarras de cerveza y aperitivos. Dile a Nurio que son para Olga. La chica sonrió. Yo me ocupo.

¿Qué tal tu día? Él volvió a mirarle la barbilla y supuso que habría estado horas con la pinza. Bien, pero un poco nerviosa. La puerta de la cocina se abrió de golpe y apareció una mujer con un gorro blanco y sucio sacudiendo el cesto de una freidora. ¿Y eso? No sé, tío. ¿Pero algo te pasará, no? Igual por la resaca, anoche bebimos demasiado. Puede ser, sí. Y a mí el alcohol me deja unas tristezas horribles. Él se hizo a un lado para que la chica entrara con las cervezas. Junto con las jarras dejó un plato de carne en salsa. Ay, magro, dijo Olga y pareció alegrarse. ¿Estás vendiendo bien? Ella se quitó el abrigo y lo dejó sobre la mesa. Él hizo lo mismo. Los días son muy normalitos y eso me preocupa. Estás empezando. Ya, pero la semana pasada fue mejor, ¿misterios? La novedad, amor. Sí, pero las cuentas no suben y la ropa sigue en los percheros. Tranquila. ¿Sabes también qué pasa?, que los demás están de rebaja. Hazlo tú. Sí, pero ellos tienen ropa de invierno y la mía ya es de primavera. Él rió. Pues imposible que vendas ahora lo que la gente va a necesitar de aquí a un par de meses, ¿no crees?

Ella alzó los hombros. Lo sé, pero me desespero, joder. Ya lo veo, te has descojonado la barbilla. Es que ahora me estoy dando cuenta de la cagada

—ella lo miró con tristeza— y lo peor es que no tiene remedio, tengo que seguir o ese viejo hijo de puta se queda con la fianza. Paciencia. Pero en las cuentas cada vez queda menos, tío, y no se me ocurre ya qué más hacer, ¿tú cómo vas? Tengo el dinero de esta semana y para de contar. Ella se entretuvo con la cerveza. ¿No has guardado nada? Ni un céntimo. Nunca te he preguntado, ¿pero tú no decías que aguantabas unos meses? No —él se sintió incómodo y molesto—, se fueron. Joder, tío, lo que tragas. Perdón, lo que tragamos.

Desde lejos parecían un par de tipos negociando y en el fondo así era. Lo que no entiendo es por qué, si las cosas te van mal, estamos aquí hoy. Ella hizo por sonreír. Porque hoy es viernes y yo no estoy dispuesta a encerrarme otro viernes en esa casa, así de sencillo. Bueno, cada uno sabe lo suyo. Pues sí, aunque te puedo decir más, el dinero llamará al dinero, pero la miseria llama a la miseria, ¿lo sabías?, y si no me crees mira a tus amiguitos, son como prisioneros. No jodas, Enrique y Mirta acaban de llegar de Cuba y ese viaje ya cuesta una pasta. ¿Y ahora qué? Olga pinchó un trozo de carne y levantó la mirada hacia la barra. Quiero pan. Pero del otro lado no encontró a nadie. ¿Por qué no te maquillas? ¿Ahora? Quiero verte alegre. Gracias, pero no, ahora mismo lo único que me vendría bien y no quiero, es un pase. Él escuchó la palabra y procuró no prestarle atención. No jodas. ¿Por qué no? Pero si tú quieres. Lo malo es que aquí no conozco a nadie y tampoco quiero andarle preguntando a Nurio. Entonces tendrás que maquillarte, ¿no? Ella sonrió. Me gustas. Tú a mí también. Y él se entretuvo viéndola sacar el bolso con los cosméticos y cubrirse la cara con esa pasta blanca que parecía harina, como su propia piel. Luego, se pintó los labios con ese rojo que él conocía como carmesí. ¿Ya luzco mejor? Estás preciosa —él alzó su jarra—, por ti. Los dos bebieron. Él se acercó y la besó en la cabeza y sintió el olor del maquillaje y también el olor a sudor de su pelo.

¿Sabes qué?, voy a terminar las fotos de Madrid. ¿Cuáles? Las de los edificios. Joder, tío, tienes cosas de adolescente. Había pensado en que podríamos encontrarnos después. No es eso —ella evitó mirarlo—, estás empeñado en algo que no tiene mucho sentido, ¿quién te va a comprar esas fotos, tío? ¡Y quién las quiere vender! ¿Entonces para qué las haces? No sé, hay otras vías. Ya sé, ¡una exposición!, ¿no? Por ejemplo. ¿Quieres un consejo en serio? Ella lo miró ahora desde atrás de su jarra. Dedícate al porno. ¿Estás de broma? Yo tengo un amigo, el Pollo, que vive de una web donde la gente entra a hacerse pajas, ¿conoces un negocio más tonto? ¿Y es fotógrafo? ¿Y eso qué más da? Pregunto. Supón que sí, que hace fotos, pero con eso come y paga sus facturas; es todo. Lo pensaré. Bebió. La cerveza, ya lo sabía, siempre ayudaba. De todas formas, intentaré ir mañana por la mañana al centro. Me jodes, tío. ¿Por qué? Quiero ir al gimnasio, pero para eso tendrías que quedarte en la tienda. El lunes yo trabajo. Joder, los edificios no se van a ir. Pero sí la luz. Por favor, Orestes. ¿Qué? Todo el paisaje ante él era ella y una pared tan grande como un muro, pintada de naranja.

De madrugada creyó sentirla llorar, pero a través del sueño imaginó que estaba equivocado, que ella se masturbaba y se excitó; sin embargo no consiguió despertarse. Por la mañana no supo qué había sucedido. Le dolía la cabeza —como siempre que se acostaba borracho— y tenía ese regusto a plata en la boca. Hizo un esfuerzo, se escurrió de la cama y salió al pasillo. Dentro del piso flotaba una claridad sucia y olía a encierro. Fue al baño por unas aspirinas, luego volvió a la cocina. Levantó la persiana y el frío se pegó al cristal. Se sirvió un vaso con Coca Cola, se tomó las pastillas y enseguida sintió deseos de vomitar. Miró hacia los coches aparcados en la calle, estaban recubiertos de una capa blanca que parecía sal.

Regresó a la habitación y mientras se vestía escuchó la puerta del baño. Aquel no era un buen momento para encontrarse con Enrique. Lo que tuvieran que hablar, ya lo harían, pero no con aquel malestar. Recogió el abrigo del suelo y miró a Olga, aún dormía con esa placidez de la anestesia. Cruzó el pasillo a zancadas grandes y silentes. Una vez en el rellano, se dejó ir escalones abajo no sin cierta alegría. Los sábados solían ser días diferentes incluso en invierno. Se notaba en la luz. Los domingos, también; solo que la luz de los domingos era ya una luz madura, como para cerrar una función.

En un estuche, bajo la caja registradora, encontró cepillo y pasta de dientes. Dejó la puerta de la tienda cerrada, fue al baño y se lavó. También se mojó el pelo, se lo alisó con los dedos y le sonrió a la imagen de un hombre con los párpados hinchados y la piel violácea. Salió afuera. En El Umbral un camarero atendía la cafetera y dio por hecho que Nurio no iba a aparecer hasta muy tarde. Después de todo el vino blanco que había bebido, tendría la cabeza mucho peor que la suya.

Entonces llamó a Zoila, pero no estaba disponible. En su lugar, respondió una voz electrónica, el teléfono está apagado o fuera de cobertura. Y estuvo por dejarle un mensaje con cualquier excusa, pero colgó sin esperar siquiera el pitido tras el que debía hablar. Ya a esas horas la calle comenzaba a animarse. Cruzó a la cafetería y pidió un montado de lomo y una cerveza. ¿Mala noche?, dijo el camarero. Aquí, ¿y Nurio? Salió, seguro que a la compra —el camarero le mostró una copa alta—, ¿te va bien así? Perfecto.

Después de la segunda cerveza la cabeza ya no le dolía, solo le quedaba un pequeño mareo que hacía hundirse el suelo como si caminara sobre un colchón. Regresó a la tienda y se quedó todavía en el portal. Las mañanas aquí podían ser interminables, aunque viendo pasar gente tampoco es que se fueran más deprisa. Por lo demás, nadie parecía interesado en la ropa de Olga. Durante unos minutos se entretuvo imaginándose a sí mismo, años después, custodiando un bazar en una ciudad en sombras. Entonces ya usaba bigote y una perilla para esconder la papada y también lucía una barriga razonable. Llevaba un pantalón gris y una camisa a cuadros, de manga corta. Los zapatos eran unas sandalias negras, cerradas en la punta.

Entró donde los chinos y compró dos cervezas. Le habría gustado tomárselas allí mismo en el portal, recostado a la puerta, pero sabía que era imposible. ¿Qué iba a decir Olga si se enteraba? Encima de que el negocio iba mal, a él se le ocurría echarle más mierda. Así que optó por esconderlas tras el mostrador y terminarlas a sorbos, como un bebedor furtivo. Y estaba por entrar a la tienda, cuando miró un instante hacia el parque y a lo lejos vio a Enrique y a Malabia viniendo hacia él. Entró y se apuró en encontrar un destornillador, se lo guardó en la espalda y echó en falta el cuchillo que ahora mismo debía de haber llevado a la cintura. No sentía miedo, sino un latido en la sien que acababa de devolverle todo el dolor de cabeza. Lo más importante ahora era mantener la calma. Revisó el teléfono. No tenía mensajes ni llamadas de Olga. Se recostó a la pared del fondo y procuró calmarse. Y no, no lo pretendía, pero pensó en Dios.

No supo el tiempo que estuvo esperándolos, pero según sus cálculos, ya tenían que haber llegado. Entonces avanzó sin prisas hacia la puerta. Revisó nuevamente el largo de la calle, pero no dio con ellos. Solo se le ocurrían dos opciones. Y caminó hasta la esquina más cercana al parque. Desde allí, a la derecha, se iba al metro. Luego, avanzando un poco más y a la izquierda, terminabas en el supermercado. No quedaban otros caminos. Y por pensar, dio por hecho que, o estaban de compras —aunque era Mirta quien solía hacerlas— o habían entrado al locutorio de los colombianos o ahora mismo desayunaban en alguna cafetería frente a la autopista. Enrique no era de gastar en bares, pero Malabia sí.

Mientras regresaba a la tienda, pensó que lo más conveniente sería acercarse a una ferretería y comprar un cuchillo con su vaina. Sí, era peligroso, pero a lo mejor era la única puerta que le iban dejando. ¿Qué mierda era un destornillador? ¿Y si lo perdía y Malabia se lo hundía a él? Esa punta te revienta, maricón. Su respiración ya iba a menos, pero aún sentía las palpitaciones, la sacudida del miedo. ¿Pero cuánto podía costar un cuchillo como ese que él tenía en la cabeza? ¿Treinta euros? ¿Cuarenta?

Acababa de subir al portal cuando lo llamó Olga. Recién se había despertado y se sentía morir. Fueron esos chupitos de tequila, tío, hay cosas que no se pueden hacer. Pues sí, pero ya están hechas. Él procuraba parecer tranquilo. ¿Y tú qué tal vas? Bien, pero no se vende nada. Es lo que tienen los sábados, la gente solo compra comida. ¿Para qué abres? Joder, nunca se sabe. Bueno, como estar de guardia. Sí, esa es la idea. Orestes entró a la tienda, abrió una cerveza y dejó que Olga le contase que no pensaba ir al gimnasio. Tampoco tenía fuerzas para levantarse. A lo mejor incluso dormía un poco más. ¿No te importa, no? Para nada. Él bebió. Pues no sabes cuánto te lo agradezco, dijo Olga y su voz se mezcló con un bostezo largo y ruidoso. Luego, colgaron.

Él encendió la radio. Estaba sintonizada en una emisora latina y pasaban un tema de Roberto Carlos, que ya iba a terminar. Casi enseguida vino otro de Emmanuel. Llevaba años sin escucharlo, pero todavía podía cantarlo completo. Se animó y abrió la segunda cerveza.

Al rato, entró una señora y desmontó un par de camisetas de los percheros. Las quería para regalos, cada una por separado. Orestes se las guardó en unos sobres de colores, las selló con unas pegatinas y le cobró. Se notaba contento a pesar de la tensión. Consultó su reloj. Ni siquiera era la una, pero él iba a cerrar. Olga tendría que entenderlo. Un hombre no podía vivir con tantos miedos, ni con un tipo detrás como una puta sombra. Y claro que podía perder, faltaba más, eso era lo seguro.

Regresó a la esquina donde creía que les había perdido el rastro. El mediodía lucía diáfano a pesar de las nubes. Ahora llevaba el destornillador en un bolsillo del abrigo. Cruzó el parque y caminó hacia los bancos del fondo. Las ramas bajas de un árbol hacían de cortina y desde la calle no era fácil imaginar que había alguien ahí detrás. Aquel era el sitio preferido de cuatro o cinco borrachos que venían a echar las tardes, pero aún no habían llegado. De todas formas, había excrementos, bolsas y latas por todas partes. Se sentó sobre el espaldar del banco y afincó los brazos contra los muslos. El aire a su alrededor era una pestilencia fría, que costaba respirar. Se levantó el cuello del abrigo y volvió a asegurarse de que el destornillador seguía en su sitio. Suerte que era invierno, si no las moscas ahora mismo lo estarían volviendo loco.

En la escena de cualquier película, alguien que llevara esperando lo que había esperado él, estaría fumando y echó de menos un cigarro. Le dolían las nalgas y por la acera solo seguía pasando la misma gente que iba a o volvía del mercado. Enrique y Malabia no regresaban todavía de ese lugar al que habían ido o a la mejor ya estaban en la casa y eran ellos quienes lo estaban esperando a él, ¿no lo habías pensado? Una opción era llamar a Olga y preguntarle, pero mejor si seguía durmiendo mientras lo hacía en la tienda; mejor si los otros no la escuchaban hablar y mejor si no se enteraban de que esta cacería ya había comenzado.

Dejó el banco y estiró un poco las piernas. Poniéndose en el lugar de ellos, ¿crees que Malabia y Enrique iban a estar de compras hoy sábado o metidos en un locutorio? Estos, o se habían ido lejos, que para eso se habrían llevado un coche, o lo que él había pensado, estaban en alguna cafetería. ¿Dónde si no? Salió de aquel hueco arrastrándose bajo las ramas y una vez fuera volvió a respirar hasta llenarse los pulmones de aire limpio. Entonces echó a andar hacia el metro. La mano ahora sujetaba el cabo del destornillador. No tenía tiempo, pero si hubiese podido, le habría afilado la punta.

Entró a la tienda de los chinos y mientras compraba un paquete de chicles, admitió que igual el miedo —o lo que fuera que llevaba en el estómago— lo estaba haciendo pensar de más. Enrique y Malabia no habían ido más lejos que hasta allí mismo, a por el pan caliente del desayuno y a esas horas estarían frente a la televisión viendo cualquier programa del sábado por la mañana, por lo general dibujos. No va a haber combate, Orestes, sino alguna encerrona de la que a ver cómo sales ileso. Recuerda que al principio la piel se resiste, bien que lo sabes de los cerdos, pero después la punta se va adentro como si el cuchillo estuviera untado de aceite. No podía haber mucha diferencia. Quien ha soportado el berrido de una lechona puede matar a un hombre. Esperaba, por el bien de todos, que las cosas no fueran tan lejos, pero no iba a ser él quien esta vez no se atreviera.

Echó a andar hacia la cervecería. La entrada del metro estaba revestida con unas losas grises que la hacían parecer aún más sucia. Pidió un doble de cerveza y se quedó recostado a la barra. Le ardía la cara, como si tuviese la presión alta. La camarera le acercó una copa. ¿Te pongo algo de comer? Él sacudió la cabeza. No. Y rió por lo bajo. Lo que era la vida, un par de meses atrás todavía le gustaban las mujeres y todavía se preocupaba por gustarles a ellas, pero ahora mismo —no es que le gustaran los hombres, no era eso— ese ejercicio de conquista había perdido todo su sentido. Pero él sabía por qué, como lo sabía ese tipo con los labios fruncidos que lo miraba desde el espejo al fondo de la barra. Se había quedado sin encantos para ofrecer y cuando eso sucede, estás muerto. Entonces lo sobresaltó el teléfono. Era Zoila. Dudó en contestar, pero al final lo hizo y, para su sorpresa, fue lo mejor. Ella estaba allí mismo, en la parada de los taxis y tenía intenciones de acercase al piso. Lo llamaba solo para avisarle. Él sabía que necesitaba verlo.

Tienes suerte, yo estoy aquí. Y quiso parecer el hombre despreocupado que ahora mismo no era. Zoila venía a complicar aún más las cosas. ¿Qué necesidad tenía de que Olga —porque la vida eran estas casualidades— los encontrara juntos? ¿Qué ganaba con eso? ¿Otra guerra? ¿Pero dónde? En la cervecería, ¿sabes dónde está? Sal y así no termino en el puticlub, ¿quieres? Él la obedeció. Zoila estaba justo en la esquina y, como siempre, llevaba el pelo sobre los ojos. Le hizo una seña con la mano y supo que lo había visto, cuando ella echó a andar y por unos segundos dejó ver su cara. Entonces él apagó el teléfono.

¿Tú qué haces aquí? ¿No habíamos quedado a las once y ¡en Sol!? ¿No has visto mi llamada? Sí y por eso he venido. ¿Tan urgente es? Bueno, tú sabrás. Pasa. Él le abrió la puerta y mientras, miró hacia el mundo que dejaba a sus espaldas. Ni rastros de Malabia o de Olga, por suerte. Y esa seguridad lo tranquilizó. No le habría gustado un espectáculo y muchísimo menos una pelea delante de Zoila. No sabía por qué, pero suponía que había personas a las que no les hacía falta vivirlo todo. Ella señaló una mesa lejos de las ventanas de la fachada. ¿Te parece bien allí? ¿No quieres que te vean? Más bien te cuido. Y ella sonrió.

Él terminó su cerveza junto a la barra. ¿Otra?, dijo la camarera. Y un refresco de limón, dijo Zoila.

¿No te quitas el abrigo?, dijo él. No, no tengo mucho tiempo. ¿Y eso que viniste? Ya te lo he dicho, necesitaba verte y si necesito verte, te busco; creo que me he ganado ese derecho, ¿no crees? Orestes se encogió de hombros. Visto así… ¿Hay otra manera? Tú sabrás, ¿no? Él intentó sonreír, mostrarse afable, pero la tensión eran esas pequeñas agujas en la cara. De todas formas daba igual lo que hablaran ahora. La verdadera conversación estaba sucediendo en silencio, como una película muda. Hasta ahora nunca lo había sabido, pero sí, él era otro de esos que podían fecundar a una mujer y Zoila parecía alegrarse de que le tocara a ella. No era ninguna gloria, lo sabían los dos; pero que ese hijo fuera suyo y no de otro, los obligaba a mirarse con ojos diferentes.

La camarera se acercó con las bebidas y las dejó en la mesa. Después, él dijo, ¿las noticias son malas, no? Ella sacudió la cabeza como si le costara hablar y perdió la mirada quizás contra el resplandor de las ventanas. ¿Sabes qué es lo que más me está costando? Ni idea. No fumar, tío. Ella sonrió. ¿Y cómo lo llevas? Una pesadilla, pero no me queda otra. Supongo. Zoila se llevó el vaso a los labios, pero apenas bebió. Es lo que toca, ¿no? Él no recordaba una conversación tan triste. Entiendo, dijo. No. ¿Y si yo quiero? Ella bajó la cabeza y su pelo cayó sobre la mesa. Cuando volvió a levantarla se mordía los labios. Pues además de hacerme una putada, tendríamos que hablarlo todo desde el principio, ¿no te parece? Detrás de ella, un cartel anunciaba una corrida de toros en un pueblo que Orestes no conocía. Quiero preguntarte algo. Él esperó. Dime. ¿Te sientes capaz de tanto, tío? Él se recostó a la silla y cruzó los brazos sobre el pecho. ¿La verdad? Sí, claro.

Bebieron y nuevamente quedaron en silencio. ¿Qué podía decirle: sí, divórciate y vamos a esperar ese hijo juntos? ¿Y si no era suyo? ¿Y si aquella no era más que otra de sus tantas historias? ¿Y si de verdad de quien estaba embarazada era de ese primo que ella decía que era su amante? ¿O del argentino? ¿O del propio Nelson? Pero sobre todo, dado el caso de que sí, que fuera suyo, con qué los iba a mantener y encima ahora, justo ahora, que la estaba pasando peor que nunca. Eso sí, un hijo le vendría a resolver todos los problemas legales de este mundo y una familia no hacía falta ni decirlo. Pero no, él no era un tipo de esos. Ese niño —daba igual de quién fuera hijo— era de Nelson. Él se lo merecía. Aunque Orestes no supo explicarse por qué y más bien le pareció que era bueno creer algo así. Ayudaba. Entonces se levantó. Me tengo que ir, dijo. Zoila asintió. Te entiendo. Cuídate mucho y ya pago yo. No hace falta —ella intentó sonreír— la casa invita. Como quieras. Orestes cruzó el salón y tuvo intenciones, pero no, no se atrevió a mirarla antes de salir.

Hacia el oeste, todavía muy lejos, las nubes parecían de lluvia.

La casa olía a cebolla frita y el sonido del televisor ocupaba el pasillo. Lo demás era silencio. Orestes cruzó hacia su habitación. Enrique y Malabia ocupaban un mismo sofá y —no se había equivocado— miraban en la televisión cualquier programa de los sábados por la mañana, seguramente dibujos. No parecían demasiado interesados, más bien solo lo estaban esperando. Hola, dijo al pasar, pero los otros no contestaron. Olga no estaba en el cuarto. Orestes miró hacia el baño y vio la puerta cerrada. Se sentó en la cama. Le dolía la cabeza. Respiró todo lo hondo que supo y procuró contenerlo; sin embargo, el llanto llegó de todas formas, despacio, con dolor.

¡Arriba! Orestes se sorprendió al verlo. Malabia estaba entre la puerta y el armario, y cortaba la salida de la habitación. Lo obedeció e intentó secarse la cara. Llevo días contigo aquí —Malabia se tocó la garganta— y ya no puedo más, así que vamos. ¿A dónde? Que vamos, sal de aquí. No voy a ir a ninguna parte. Puta, vámonos. ¿Pero adónde quieres ir? A la calle, tú y yo solos. No, no. Orestes volvió a sentir el llanto en alguna parte ahí dentro de él. No podía hacerlo, no ahora, y se supo sin fuerzas y sin ese valor de hacía un rato. Después sintió el manotazo en el pecho y se vio ir de espaldas contra la ventana. En el camino tropezó con la silla y cayó a un lado. Te voy a despingar —Malabia lo sujetó por el abrigo—, levántate, hijo de puta. Ahora el ardor le cubría la cara y su cabeza era solo ese ruido contra la puerta del armario. Un hombre no puede llorar nunca, nunca. Malabia volvió a tirar de él y le encajó un golpe en toda la boca. La sangre era un sabor caliente y salado.

Entonces entró Olga. Los miró a los dos, soltó un chillido de pánico y comenzó a llamar a Enrique. Sus gritos llenaban el cuarto. Malabia todavía le lanzó otro golpe que le abrasó la oreja. Olga procuró sujetarle el brazo, pero el otro la lanzó hacia la cama. Que no te metas, cojones. Los ojos de Olga eran dos platos, sin ira y sin miedo. Orestes sacó el destornillador. Ven, dijo. Por favor —Olga volvía a sujetarlo—, déjalo ya, te lo suplico. Malabia avanzó hacia la puerta. Orestes parecía anclado al suelo. La vida no terminaba de repetirse nunca. Otro hombre que le daba la espalda, mientras él empuñaba un destornillador. Pero tampoco esta vez conseguía mover las piernas.

Enrique apareció en la puerta. Venga, bróder, déjalo ya. Malabia caminó hacia él. Parecía tranquilo. Antes de salir, buscó a Orestes con la mirada. Ese —y señaló el destornillador— te lo voy a meter, ¿sabes dónde?, en el culo: por puta; y otra cosa, el lunes ya no te quiero aquí, así que ve pensando que entre hoy y mañana se largan, ¿lo copias?

Esperaron sin levantarse a que Enrique y Mirta se marcharan. El ruido de la puerta al cerrarse envolvió la casa en una quietud semejante al abandono. Todavía llevaban la ropa del día anterior y la habitación olía peor que otras veces. Él se sentó en la cama y la miró. Olga parecía estar vigilando esa calma que los rodeaba.

Se dio prisa en el baño y salió sin desayunar. Una vez en la calle, el frío lo aturdió. Echó a andar bajo los árboles y luego se desvió hacia los edificios al fondo del supermercado. Allí el barrio se estrechaba. Las calles y las aceras perdían tamaño y los portales se encimaban unos sobre otros. Cruzó la última calle con sol y comenzó a subir una cuesta donde aún no parecía que hubiese amanecido. El aire olió de pronto a pan horneado.

La furgoneta estaba aparcada frente a una casa baja, de paredes encaladas y sucias, con las rejas pintadas de verde. Orestes llamó al timbre y esperó. Pero no respondió nadie. Entonces volvió a llamar. Un hombre asomó la cabeza por una ventana. ¿Carlos? Sí. Una pasta blanca le manchaba la comisura de los labios. Soy Orestes, hablamos anoche, Nurio te llamó. Ah ya, espera.

La mañana caía con la gravedad de un acontecimiento importante; sin embargo, las fachadas descoloridas de los edificios, las puertas en óxido rojo de una nave, los cristales rotos de una frutería, convertían esa notoriedad en un nerviosismo que se confundía con el miedo. Después de hoy, no solo Malabia, sino también Enrique quedaba definitivamente al otro lado; tal vez del mismo donde había estado siempre. Orestes cruzó la calle y se sentó en el contén. La sombra hacía que el frío fuese aún más difícil de sobrellevar.

Carlos salió poco después. Venía con un jersey y sin peinarse. ¿Te vas a mudar? Orestes se incorporó. Eso es. Carlos intentaba no mirarle a la cara. Su boca era como una fruta aplastada contra el suelo. ¿Y vives lejos? No, aquí mismo, en la calle Pernas, ¿sabes dónde es?, por el supermercado. El otro asintió. ¿Y para dónde vamos? Para ahí —Orestes señaló con la cabeza hacia el final de la calle—, para frente a la autopista. ¿Te viene bien a las doce y media? Por mí, bien. Entonces copia mi teléfono y dame el tuyo; ponme también el número del edificio y el del piso, a ver si luego no te voy a encontrar. Orestes sonrió. Tienes razón. Toma, escríbelo aquí. Carlos le entregó un trozo de papel y un lápiz. No hemos hablado, dijo Orestes, pero cuánto es. El otro levantó la cabeza y miró hacia una parada de autobuses. Ochenta. Vale —Orestes le tendió el papel—, aquí nos vemos.

Entró al parking del supermercado y fue hacia la estiba del cartón. Necesitaban cajas. Una empleada lo vio y lo dejó hacer. Quizás lo tomaba por algún vagabundo dispuesto a ganarse el día. Un viejo Seat rojo se pudría al fondo. Fue dejando las que le interesaban contra la pared y cuando tuvo veinte o más, las ató con un trozo de cuerda que llevaba en el bolsillo. Se trepó el bulto a la cabeza y comenzó a andar a pasitos cortos, como si tuviera todo el día para llegar al piso.

Malabia sabía golpear y lo había golpeado bien, sobre todo en la cara, pero también le dolía el cuerpo, quizás de las caídas y lo peor, le había roto algo dentro que él hasta ahora creía conservar intacto. Se detuvo para cruzar una calle y mientras revisaba que no venía ningún coche, vio aparcada una furgoneta parecida a la de Anisio. Solo entonces se dio cuenta de que no lo había llamado. Sí, era lunes y lo sabía, pero este no era un lunes como otro, sino uno en el que le tocaba huir. ¡Qué mierda! Olga, en cambio, parecía tranquila. Se había tomado la paliza, la mudanza y todos los inconvenientes como algo frente a lo que ya no se podía hacer nada. La vida era esta, no otra; y si él era un cobarde, pues qué le íbamos a hacer, ¿no? Lo peor era lo que pudiera pasar después. ¿Adónde iba un hombre al que su mujer ha visto llorar delante de otro? ¿Adónde?

Dejó el grueso de las cajas en el salón y llevó unas pocas al cuarto. Olga ya no estaba. Y se ocupó en sacar al pasillo las que aún seguían sin abrir desde que vinieron de Málaga. Luego colocó un par sobre la cama y comenzó a echar ropa adentro. La mañana pronto se hizo interminable.

Ella lo llamó pasadas las once. Acababa de ir a ver otra vez la habitación y sí, le gustaba. Había ido por comprobar el ruido desde la autopista, pero no, la chica no le había mentido, no se escuchaba nada. ¿Y las vistas? Amor, al otro lado solo tenemos edificios, ¿recuerdas? Pero no, él apenas recordaba el Burger King y una clínica dental. De todas formas, dijo ella, después, con calma, ya podemos buscar otro lugar. Claro. ¿Y tú qué? Él intentó animarse. Aquí está casi todo recogido, quedan cuatro cosas. ¿Vas rápido entonces? Orestes sentía los brazos acalambrados y tenía el jersey igual de sucio que si hubiese limpiado un mueble cubierto de polvo. Sí, si no es tanto. Además de esta chica, la etíope, dijo Olga, en el piso viven dos chicos, uno de Senegal y el otro de Mauricio, de la isla, ¿no te importa eso, no? No, ¿por? No sé, como tenemos que compartir baño y mis tanguitas estarán por ahí, igual te sienta mal que haya chicos en el piso. ¿Por qué ella intentaría siempre arrinconarlo? ¿Me estás queriendo decir algo? Ella rió. No seas retorcido, tío, es un ejemplo. Ya veo, dijo él y no supo qué más decir. Hoy conocí a uno. ¿Ah, sí? Al que duerme en la habitación de la entrada, la nuestra está frente a la suya; ahora mismo hay un amigo quedándose con él, también de Senegal, aunque este vive en Holanda. ¿Cuántos vamos a ser entonces? Seis, tío, seis nada más. ¿Y el otro? Ese viene por la tarde; me ha dicho Mimi que es musulmán.

Bueno, ya se verá. El mundo sucedía realmente lejos. Alégrate, tío. Si alegre estoy, ¿no ves? Si quieres que te diga algo, yo me lo tomaría como algo bueno, quizás de lo mejorcito que nos ha podido pasar. ¿Ah sí? Estoy segura que las cosas nos irán mucho mejor a partir de ahora. ¿Tú crees? Sí, confía en mí.

Las cajas ocupaban todo el salón y parte del pasillo; después venían las maletas, dos mochilas, las bolsas de supermercado. Orestes revisó la casa varias veces. Olga también lo hacía por su cuenta. Al parecer no se dejaban nada. Carlos miró la estiba desde la puerta. ¿Os lleváis la casa? Más o menos, dijo Olga, pero adelante. El otro se escurrió hasta ellos, miró las cervezas en la mesa de centro y dijo, ¿cuándo empezamos? ¿Nos ayudas?, dijo ella y señaló hacia las latas aún sin abrir. Una, dijo Carlos, para arreglar el día. Eso mismo vamos a hacer nosotros, dijo Orestes.

Carlos alzó su cerveza. Por que les vaya bien en la casa nueva. Gracias, dijo Olga, pero solo nos cambiamos de habitación. Da igual, siempre hay que desearse suerte. ¿Tú lo hiciste al venir para acá?, preguntó ella. No, dijo Orestes. Pues va a ser verdad. Carlos sonreía.

Ella los ayudó con el primer viaje. Luego se quedó en el portal del otro edificio vigilando los bultos. Orestes se ocupó de los restantes, cuatro en total. En el último ya le temblaban las piernas y sentía el vacío de la fatiga en el estómago. Tengo que comer, le dijo a Carlos. El otro sonrió. ¿Ahora? Bueno, cuando termine. Ah, porque todavía te queda subir todo esto, ¿no? Pues sí. Y no es poco, pero yo me tomaría una Coca Cola antes, ¿sabes?, siempre ayuda. La furgoneta aparcó frente al edificio, en segunda fila, y

Orestes procuró darse prisa. Por suerte cada vez quedaban menos cajas, aunque las últimas iban a ser las más pesadas o tal vez eran sus brazos, que estaban a punto de abandonar. Tampoco es que él estuviera en forma ni mucho menos y varias veces ya se había preguntado cómo sería desmayarse. ¿Así, como un plomazo?

Le pagó a Carlos y caminó hasta la tienda de los chinos, junto a la cervecería. El barrio se veía diferente. De hecho, resultaba extraño llegar a la parada de taxis por el final de la cola o acercarse a la autopista en la misma dirección en que viajaban los coches; pero en el fondo era el mismo barrio y Malabia todavía podía aparecer por cualquier esquina. Él sonrió. Una cosa es que se marchara del piso de Enrique, de acuerdo; pero otra muy diferente era irse también de los alrededores. No, ese gusto no se los iba a dar. Entró a la tienda y compró uno de esos refrescos para deportistas.

Mimi los esperaba en el rellano, frente a la puerta. Era alta, delgada y tenía los ojos ámbar como los gatos. Olga y ella entraron primero, él las siguió. El piso olía a curry. La habitación estaba pintada de un amarillo que se desvanecía y no tenía armario, solo una cama y una mesa de noche. Orestes dejó la caja en una esquina y volvió a salir. Después, perdió la cuenta de las veces que bajó y subió hasta ese tercer piso. El ir y venir se convirtió en algo mecánico, absurdo. Intentaba no pensar en ello, pero sí, estaban huyendo sin más; como una rata, se escuchaba decir. Sin embargo, habría sido estúpido quedarse en el lugar equivocado y tampoco es que pudieran. Enrique los estaba echando, ¿por qué no llamar las cosas por su nombre?

Ya terminaba, cuando tropezó en la escalera y se golpeó en la rodilla. Un dolor seco le acalambró la pierna y lo hizo caer. La caja rodó como un cubo de madera y se detuvo contra la puerta del piso de abajo. Nadie salió. Se sentó en el escalón y esperó que el dolor cediera por sí mismo. No demoró demasiado. Entonces, volvió a hacerse con la caja y subió. Quedaba solo una maleta, una de zapatos y cuando regresó al rellano y miró desde arriba hacia el portal, le pareció contemplar el abismo de un pozo.

Las mujeres conversaban en el salón. Él se acercó. Lo siento tanto, vida —Olga se volvió hacia Mimi—, pero yo no puedo cargar nada, se me pinzan unos músculos, hija, en la cervical y el dolor es horrible. De locos, dijo Orestes. ¿Vemos el piso?, dijo Mimi. Por mí sí. Él se fijó en el cuerpo de la muchacha. Un cuerpo delgado y del color rojizo de la arcilla. Le recordaba una vara, una vara dura pero flexible y hermosa.

Mientras recorrían la casa, Mimi les explicó —sobre todo a Olga— qué baldas del baño, de la nevera y de los armarios de la cocina podían usar. Les mostró la terraza, el tendedero y también una hoja, pegada con chinches al mueble del salón, donde estaban marcados los días en que cada uno podía usar la plancha, la lavadora o le tocaba la limpieza de la casa. Los nombres de ellos ya estaban escritos. Esto parece un internado, dijo Olga y procuró sonreír.

CINCO

Ese sábado comenzaron a beber temprano. Cuando Olga llegó pasadas las dos y media, Orestes iba por la tercera cerveza y vigilaba en el fuego un pollo a las finas hierbas. En el reproductor sonaba un disco de Connie Evingson, una cantante norteamericana que él no había oído mentar, hasta que Eric le habló de sus versiones de las canciones de los Beatles y le regaló una copia del disco. A Orestes todavía no le gustaba mucho Connie Evingson, pero allí al fondo tampoco es que estuviera mal.

Olga llegó con dolor de pies y no bien entró se quitó los zapatos, unos de tacones muy altos. Dios, qué alivio. Cruzó hacia la cocina, dejó el bolso sobre la mesa y sacó un paquete de papel encerado. Esto es carne y es para guardar, pero ya no puedo más, ¿tienes aspirinas? ¿Quieres? Una, por favor. El escote de la blusa le separaba los senos y descubría entre ellos una piel muy blanca salpicada de pecas. Él dejó las aspirinas sobre la mesa. ¿Una cerveza? No, dijo ella, ¿tienes ron? Casi una botella, la trajo Alberto y ahí sigue. ¿Me preparas uno con refresco? Tengo Mangaroca, ¿te viene mejor? Ella se encogió de hombros. Me da igual. Tú dime. Pues eso mismo, ¿tienes zumo de piña?

Iba muy maquillada y quizás se había planchado el pelo. ¿Qué tal tu madre? Bien, ya está en casita, por suerte. ¿Al final cuánto estuvo por aquí? Tres meses, tío, el tiempo pasa volando. Pues sí. Él sacó hielo de una bolsa y echó algunos cubos en un vaso ancho, uno de esos de sidra; sirvió el ron, la Mangaroca y el zumo de piña. Últimamente se había aficionado a un par de cócteles, ninguno era gran cosa, pero sobre todo los gintonics se le hacían a veces mejor que la cerveza, más precisos y más finos. Además servían para fumar.

Aquí tienes, dijo al tiempo que dejaba el vaso frente a ella, a ver qué tal. Ella acercó los labios, tan rojos como siempre. Ummm, muy bueno. Y sonrió. La cazuela con el pollo dejaba escapar una nube de humo. ¿Te puedo pedir algo?, dijo ella. Lo que quieras. ¿Puedes cambiar la música?

¿No te gusta? No, para nada. ¿Y qué pongo? No sé, tú eres el que vives aquí. ¿Aretha Franklin? Por ejemplo. Olga volvió a sonreír. ¿Sabes de qué tengo deseos? Él la miró mientras cambiaba el cedé. De comer entrecot, los he comprado hace nada y es mejor no congelarlos. ¿Y el pollo? Qué sé yo, lo comemos mañana, ¿me sigues? ¿Pero lo quieres ahora? Cuando vayamos a comer, Orestes, que al final nunca sabes cuándo será, ¿o en una semana esto ha cambiado? No tanto. Por cierto, dijo ella, igual me tienen que operar. ¿Y eso? Él aprovechó para terminar la cerveza. De la columna. Y abrió otra. ¿Ya es seguro? Me lo confirman el jueves.

Olga llevaba un pantalón de lino que le acentuaba las caderas. ¿Y quién te va a cuidar? Las enfermeras, ¿quién si no? De tu familia, digo. Yo puedo hacerlo sola, que no estamos en Cuba, ¿no te parece? Por supuesto, por poder... Ella subió los pies sobre una silla. ¿Me das un masaje después? Ella lo miró como si implorase el favor. ¿Por qué no metes los pies en agua caliente?, yo te la preparo. ¿En serio? Sí. A veces te comportas como un imbécil, pero luego tienes estos momentos que te salvan, joder; cuídalos. Si tú lo dices...

Orestes sacó una palangana de uno de los armarios bajo el fregadero y la puso a llenar en el propio grifo de la cocina. ¿Le echo sal? Mejor champú —Olga hizo sonar los hielos en el vaso—, me gusta la espuma. El ruido del agua cayendo en la palangana se unía a las palabras. Venir aquí, dijo ella, es como venir a un hotel, ¿me preparas otro? ¡Tenías sed! Esa piña colada es un peligro, tío, entra sola. Él apagó el fuego y tapó la cazuela. Hoy he invitado a Eric y a Marisa, ¿no te importa, no? Para nada, esta es tu casa. Pero tú estarás aquí y lo menos que puedo hacer es preguntarte. Tranquilo, tú puedes traer a quien quieras, de verdad. ¿Mujeres también? Me da igual, ya no es asunto mío y recuerda lo que hablamos la última vez: nosotros nos estamos despidiendo, eso es todo.

L'Oreal para el cabello liso, dijo él y dejó caer un chorro de champú en el agua caliente. Cargó la palangana y la dejó frente a ella. Olga se subió los pantalones y hundió los pies. Quema, eh. Eso es lo bueno. Él fue al baño y volvió con una toalla. Aquí tienes. Se recostó a la meseta y se quedó escuchando a Aretha Franklin, como si en ese instante en el mundo no sucediera nada más. Gracias, dijo ella. No hay por qué. Ya lo sé. Ella sonrió y él la supo triste. ¿Y eso que los invitaste? ¿Por qué no? Claro, pero por qué; tú no eras de traer gente, ¿o ahora sí? Eric va a abrir otro negocio y quiere hablar, eso es todo. Ella abrió los ojos como si algo le diese miedo. ¿Y vas a dejar el almacén? Por eso tenemos que hablar. Yo en tu lugar no lo haría. ¿Pero qué me dices?, me da las mismas condiciones y me largo, pero sin pensarlo, ¿eh? ¿Y para qué? ¿No te das cuenta? No. Es un estudio de fotografía, no solo una tienda. No, ahí te equivocas, en este país, aunque todavía no lo sepas, las cosas funcionan siempre de otra manera. ¿Sí? Es una tienda y si acaso se hará algo de fotografía y ahí te veo: atendiendo a viejas y haciendo fotos de DNI, ¿y a cambio de qué? De hacer fotos, justamente. ¿Te van a contratar para algún cumpleaños? No empieces, ¿quieres? Lo que tienes que hacer es olvidarte de esa mierda, ni tienes la edad ni el tiempo para llegar a ser ya un gran fotógrafo; y los sueños, tío, cuando se convierten en pesadillas es mejor olvidarlos.

Él sonreía. Los pies de ella eran pequeños y los dedos brotaban redondos y macizos, como tacos, como esos tacos de veneno para ratas, iguales. ¿Te alivias? No quieres que hablemos, ¿es eso? No mucho, la verdad. Pues me dices y comemos. Ahora mismo no tengo hambre, ¿tú sí? Puedo esperar. Pues somos dos, como siempre. Él se acercó y la besó en la cabeza. ¿Todo está bien? Sí, dijo ella. Entonces él regresó a su sitio contra la meseta, bebió hasta terminar la cerveza y abrió otra. Recargó el vaso de Olga con más hielo, más ron, más Mangaroca y dejó sobre la mesa el cartón de zumo de piña. A tu gusto, ¿quieres? ¿Te puedo preguntar algo? Dime. Ella sonrió. ¿Intentas emborracharme o que me calle de una vez? Ya no, ya no me hace falta ni una cosa ni la otra. Pero hazme caso, tío, piénsalo por lo menos. Lo haré, te lo prometo.

Él se sentó frente a ella y se colocó la toalla sobre los muslos. Ven. Olga subió los pies y él se los envolvió y los apretó con las manos; luego le masajeó las plantas. Ella, mientras, dejaba escapar frases sueltas, gemidos de alivio, de placer. Te lo juro, a veces puedes ser un encanto. Siempre lo soy. Con ese cuento a otra, ¿vale? ¿Qué te parece un pescado para la noche? Lo malo es que no hay horno y no lo irás a freír, ¿no? ¿Y al pilpil? ¿Ves?, eso ya es otra cosa. Eso o lacón. No, mejor pescado, ¿tienes vino blanco? Tengo que comprar de todo, menos eso. ¿También el bacalao? Lo venden sin sal. Ya lo sé —ella le sonreía todavía con tristeza y lo miraba—, antes no te gustaba el vino, ¿recuerdas? Sí, uno cambia. Por cierto, hablé con Maite hace una semana, están bien. Me alegro, ¿quieres unos mejillones? No sé, tal vez luego, ahora prefiero ducharme.

El piso era apenas esa habitación, el cuarto y el baño, nada más; y cuando uno se sentaba allí, frente a la nevera, tenía la impresión de estar en el corazón de la casa. Todo quedaba tan a mano que se volvía agobiante. Para una persona estaba bien, pero cuando ellos vivían juntos, los dos terminaron padeciendo de asfixia. Se gritaban y las peleas solían durar varias horas. No eran buenos recuerdos. El televisor colgaba de un brazo metálico frente a la cocina, pero allí lo había colocado él, antes estaba en la habitación y las tardes de los domingos se les iban metidos en la cama viendo películas y comiendo; a veces hacían el amor.

Ella se levantó. Después comemos, ¿vale? Él asintió. Por mí, cuando quieras. Él recogió la palangana y la echó en el fregadero. El agua dibujó un remolino en el centro. Al otro lado de la ventana, en el patio del edificio, el aire batía unas sábanas celestes que le recordaron a Ángeles. Él ahí tenía unas iguales, las había comprado ella para su primera noche juntos. Olga cruzó hacia la habitación. Él buscó una cerveza y regresó junto a la ventana. La pobre Ángeles. Nunca le llegó a gustar lo suficiente, algo se rompía entre ellos. Sin embargo, ahora se arrepentía, tenía que habérsela singado como todos los demás. Y sí, pudo haber sido muy honesto o muy sincero o muy hijo de puta, también; pero a cambio estaba seguro de no haber conseguido ni un milímetro de gratitud de su parte, ni uno. Por el contrario, a saber qué recuerdos suyos guardaba esa mujer. Lo último que supo de ella, se lo contó Alberto no hacía aún una semana. Entonces, trajo esa botella de ron que ahora se estaba bebiendo Olga, pero apenas si la probó. Al segundo vaso, él también se sirvió whisky y entre los dos compartieron hasta el final un Johnnie Walker. Tuvieron tiempo y Alberto le contó que Ángeles estaba embarazada de Malabia, que pensaba abortar y que más o menos todos vivían ahora en el piso de Enrique. Bueno, menos Mirta, ¿lo sabes, no? Orestes sacudió la cabeza. Hizo lo mismo que Nayla —Alberto aplastó el cigarro contra el cenicero—: recogió lo suyo y lo que no. ¿Enrique qué dijo? Alberto sonrió. Poco. Esa es su cruz. Según he oído, dicen que ella anda por Barcelona. ¿Y? Nada.

Volvieron a servirse y Orestes hizo por regresar a la banda sonora de *Calle 54*, que escuchaba cuando llegó Alberto. No le interesaba la vida de Enrique o de Malabia o de Mirta o que Ángeles tenía pensado abortar. Era más, que Ángeles abortara un hijo de Malabia le parecía una decisión acertada. Sin embargo, a Alberto esa noche le daba igual toda la música. Quería hablar con él, quería contarle, necesitaba que él supiera. Pero Orestes no podía imaginarse qué. Llevaba meses sin saber de ellos, sin encontrárselos en un supermercado, sin una llamada o una amenaza. Vivían a unas pocas calles de distancia, pero perfectamente podían decir que los aislaba una frontera insalvable. Y el hecho mismo de que Alberto hubiera aparecido luego de tanto tiempo sin noticias el uno del otro, hablaba a favor de esa lejanía que Orestes se había impuesto —como el mínimo de los orgullos—, después que Malabia y Enrique lo echaran del piso.

Si el domingo pasado, diez minutos antes de que Alberto apareciera por esa puerta —y sus ojos cayeron contra el rojo granate de la meseta—, le hubieran preguntado si sentía miedo, habría tenido el valor de contestar que no, que llevaba meses bastante tranquilo. Llamaron al timbre del rellano, él fue a abrir y cuando se llevó la sorpresa y lo vio parado en la puerta, no pensó en ningún motivo en concreto. Solo había un hombre conocido delante de él, un hombre por el que en algún momento sintió afecto y que le sonreía al tiempo que le alargaba una botella envuelta en una bolsa verde de las que usan los chinos. Por lo que pensó que acababa de comprar aquel ron. Y claro que Orestes se alegró de verlo. Llevaba desde las seis de la tarde encerrado en el piso, entretenido con las cervezas y la música de Eric. Y no, no sabía por qué Alberto estaba allí, pero reconforta que te saquen de pronto de la soledad.

Así que lo invitó a pasar y mientras iban del ron al whisky y de este a las vidas que sucedían al otro lado de la frontera, Orestes procuró no adivinar en qué momento la visita de Alberto daría un giro y desembocaría de a lleno en las razones que lo habían traído. ¿Para qué intentarlo? No le veía demasiado sentido a estropear el Johnnie Walker, uno rojo, pero un Johnnie Walker al fin y al cabo. Por otro lado, quizás Alberto solo intentaba enterarse de cómo vivía, dónde trabajaba, qué tal era esa casa que había estado compartiendo con Olga hasta que ella lo dejó. ¿La estaría pasando mal? ¿Necesitaba un compañero de piso? ¿Tendría una cama disponible donde meterse algunas tardes con la Helena de turno? ¿Era eso?

Por lo que, de no esperarlo, Orestes no se dio cuenta cuándo llegó el momento. Llegó sin más.

Para ese instante, Orestes guardaba la sensación de que, entre ellos, ya solo quedaba acompañar el whisky hasta el final y si podían, contentarse con algo de música, aunque la noche no se prestaba para fiestas. Pero cuando pudo explicárselo, entendió que se había equivocado. Desde el primer momento Alberto quiso hablar, ¿ajá?, y decirle: ¿sabes qué?, la otra tarde estaba con Malabia en una de las terrazas frente al parque y mientras celebrábamos el A4 que acababa de comprarse con el dinero del último golpe, salió tu nombre. Sí, el tuyo. Y aparentemente lo dejamos ir, pero todavía no íbamos por otra cerveza, cuando Malabia se levantó y dijo, voy a buscarlo, ¿vienes? Y estuvimos aquí. Sí, en esa puerta de allá abajo. El martes por la tarde, como a las siete. ¿A qué?, se atrevió a decir Orestes. Alberto rió y al mismo tiempo se encogió de hombros. ¿Cómo que a qué? A buscarte. Malabia dijo que te invitaba a unas cervezas y a eso vinimos, ¿entiendes? Orestes movió la cabeza despacio. Pero lo que son las cosas, dijo Alberto, aquí no había nadie. Estaría en el trabajo. Eso dijo Malabia, así que volvimos como a las ocho y media, y lo mismo. El martes no había quién se empatara contigo, ¿no?

El Johnnie Walker perdió cualquier regusto a madera y se convirtió en puro alcohol. Orestes tuvo cuidado de servirlo despacio, como si creyera que la botella pudiera írsele y golpear contra los vasos. Y bebió, también con disimulo, pero sin dudas en un trago largo, de esos que limpiaban y del que se guardó el grito adentro. No me acuerdo qué hice el martes, dijo y él también sonrió. Pero no con ganas de burlarse, sino por saludar al vacío que la noche iba dejando entre ellos y a esa ironía que a veces se apodera de ciertos momentos y ¡zas! te los convierte en suerte.

El martes por la tarde cuando salió de trabajar, vino hasta aquí, se cambió de ropa, recogió la nevera plástica, compró unas cervezas donde el chino y se fue a la piscina municipal. Eso hizo y lo hizo con la sensación de haberse convertido en un hombre repentinamente viejo. Y como ellos, se fue a la piscina municipal a contemplar desde una distancia razonable, a todas esas mujeres negadas, ya no digamos a entregarse, sino incluso a sobrepasar sus límites. Imaginaba a Malabia y Alberto en la entrada del edificio y a la vez se veía a sí mismo bajo un olmo —y no es que él supiera de botánica, el nombre estaba escrito en una tablilla a los pies del tronco—, bebiendo una Mahou tras otra, como el ser más solitario y jodido de este mundo. Sin embargo, no estaba jodido, sino a salvo. Casi rió. ¿A que era difícil de creer? Miró a Alberto y volvió a beber. Será otro día entonces, ¿no? Lo más probable. Y Orestes, de pronto, pensó en esa calle nevada, donde vivía Paquito D' Rivera en la película de Fernando Trueba.

Después, cuando pudo pensarlo todo con más calma, se alegró de no haber preguntado nada más. Para qué, los dos sabían todas las respuestas. De hecho, las tenían tan claras como el propio Malabia y lo que pudiera suceder, sabían los tres, había que dejárselo al tiempo, a la paciencia y a la memoria; porque de algo así iba el olvido, ¿no?

La vida. Y miró al piso al otro lado del patio. La puerta estaba cerrada, pero tras los cristales se movía una persona. Halina, pensó.

Olga pasó desnuda hacia el baño. Se veía más delgada. Luego, ella cerró la puerta y él volvió a mirar hacia afuera. Llevaban meses sin sexo. Ahora dormían juntos los fines de semana, pero no se tocaban. No podían. Al menos, él no. El ruido de la ducha se mezcló con una de las canciones que menos le gustaban de Aretha Franklin —tal vez porque la había escuchado demasiado—, pero sabía que era una de las favoritas de Olga y alzó el volumen.

Las sábanas resistían bien el aire, pero al levantarse parecía que no fueran a caer de nuevo. Hubo un tiempo en que lo fotografiaba todo, pero ya ni las rachas de viento, ni las formas en la tela, ni los colores le decían nada. Por eso veía bien ese negocio con Eric. Si volvía a fotografiar —no importaba a quién ni por qué— tal vez todo regresaba de nuevo. ¿Por qué no iba a suceder? De alguna manera tenía que conseguir dar marcha atrás y volver a aquel punto cada vez más lejano, de los veinticinco años. Entonces no aspiraba a nada, ni estaba dispuesto a acostarse con cualquier mujer solo por tener con quien conversar un rato, ni su vida le parecía posible sin pensar en una foto. El Orestes de veinticinco años tampoco habría perdido un hijo. Eso jamás. ¿Pero qué cambió? ¿En qué momento comenzó a tirar en sentido contrario? ¿Cuándo fue eso exactamente? ¿El día que se acostó con Lourdes? Después, todo se había vuelto más de lo mismo y ahora estaba aquí, acostumbrándose a la calma, al silencio de este piso, a esas músicas tranquilas y a beber solo.

Costaba llegar tan lejos. Sí, porque no era una operación sencilla —digamos un viernes en la tarde, como ayer— comprar varios litros de cerveza, poner un disco y sentarse en esta mesa a ver pasar el tiempo. Entonces, porque el alcohol tiene esas mierdas, abrir la agenda de teléfonos y luego de cuatro o cinco vueltas sobre los mismos nombres, darse cuenta de que no había a quién llamar, de que todos los contactos tenían su vida —con lo que eso significara— y que esta, con su música, su cerveza y su silencio era la suya y era con esta con la que le tocaba cargar. Los fines de semana, de momento, todavía eran otra cosa. Olga venía y, como los viejos, se acompañaban. Al principio de la separación, la madre de Olga todavía estaba acá, en Madrid, y venían las dos. Comían, bebían juntos y algunas noches ellas salían. A veces volvían, pero otras ya seguían para la habitación de Olga o para donde fuese. Eso tal vez dependía de la hora, pero tampoco es que estuviera seguro.

Terminar la relación, a pesar del cansancio y de lo difícil que estaba siendo deshacerla del todo, era una de las mejores cosas que le había pasado últimamente. Además, era algo que tarde o temprano tenía que suceder. Y no solo porque él lo deseara, que también, sino porque al final Olga ya no encontraba de dónde sacar fuerzas para seguir juntos ni un día más. Fue ella quien lo llevó al bar del francés, lo sentó en una mesa y le pidió que lo dejaran. Le pidió que la entendiera, no es que quisiera irse de su lado, no era eso, se lo suplicaba si hacía falta, pero ella necesitaba urgente aquel alivio. Oxígeno, dijo. Aunque, bueno, también podía tener otros nombres.

Él consiguió enterarse de ese final un poco antes, una tarde en que los dos iban hacia la tienda. Afuera, esperándola, había un tipo más alto que él y mucho más musculoso. Tenía cara de policía y andaba en ropa de deportes. Ella lo presentó como un amigo del gimnasio y el otro sonrió. Él vio el brillo, ese candor en los ojos de Olga y dio por hecho que si no se habían acostado ya, lo harían dentro de muy poco. También supo que no había nada más que hacer. Sucedería y eso sería todo. Entonces dio cualquier excusa que ya no recordaba y los dejó solos, como si estuviera buscando llegar de una vez a ese final inevitable.

Una semana más tarde vino su madre. Entre las dos encontraron una habitación en los altos de la tienda y alguna tarde Olga lo invitó a unas cervezas y le soltó la noticia de que se marchaba. Él no le preguntó por qué, dio por válidas sus razones y hasta le pareció bien este acuerdo de acompañarse los fines de semana, dijo ella que como los novios que no habían sido. A lo mejor así la relación conseguía remontar.

Cogió un trozo de pan y lo hundió en el aceite del pollo. El patio del edificio se cubrió con una luz gris. Procuró mirar hacia el cielo pero no lo consiguió. La pared ocupaba en amarillo todo el alto que podían abarcar sus ojos. Unas pequeñas gotas mancharon las sábanas y olió a polvo húmedo y también pareció que de pronto hiciera más calor. Pero la lluvia apenas consiguió durar. Él cogió una panetela de Montecristo, de una caja junto al reproductor y la encendió. La hoja se retorció con el fuego. En la punta asomó una pequeña cabeza roja. Para esta noche, además de bacalao, haría esa ensalada —Olga la llamaba *La fête de Popeye*— con espinacas crudas, con beicon, dados de pan y huevos. Y cocería patatas. Al final, pondría unos quesos y un sorbete de limón al cava. ¿Qué más?

Ella pasó a sus espaldas, ahora en albornoz. Llevaba una toalla en la cabeza. ¿Estás fumando? Él solo la miró. Los tatuajes se le notaban en la cara como las marcas de pintura en el asfalto recién extendido. Ella hizo una mueca. ¿Cuándo lo irás a dejar? Y siguió hacia el cuarto.

Se vistió con un chándal, unas alpargatas y se quedó de pie, junto a la puerta. ¿Luzco bien? Preciosa, en serio. ¿Me preparas otro? ¿Igual? Sí.

Orestes repitió los trámites del hielo, el ron, la Mangaroca y ella misma se sirvió el zumo de piña. Él buscó su cerveza y también bebió. El humo del cigarro flotaba sobre la cocina. ¿Puedes creer que durante la semana consigo que se me olvide el olor de tus puritos?, pero, joder, es llegar aquí y enseguida me lo recuerdas. ¿Estás molesta? Es que huelen mal, a viejo. Yo soy viejo. No, tú te haces el viejo. Si tú lo dices. Ya me dirás si a los cuarentiún años todavía no se es joven, es más, muy joven, incluso para tener hijos. No creo que eso vaya a pasar nunca. Ella sonrió. Nosotros pudimos tenerlos. Sí —él alzó los hombros—, pero no fue así. Él mojó el cigarro en el grifo y lo echó a la basura. Te propongo algo. Y yo a ti, dijo ella, ¿por qué no pones a Juan Luis Guerra? Vale. ¿Y tú qué decías? Hay dos entrecots —Olga revolvía la bebida con un dedo—, por qué no coges uno y lo vamos comiendo, ¿te parece? Mejor, ¿no? Es que hace mucho calor para sentarse a comer. Lo sé.

¿A qué hora vienen tus amigos? No sé, por la noche. Él cambio el cedé. ¿Dentro de un rato quieres que vayamos a una pastelería? ¿Y si hacemos un sorbete? También, hará el mismo calor que ahora. Él dejó la plancha sobre el fuego, abrió la nevera y sacó la carne y otra cerveza. Después podríamos ir a El Traspiés y jugamos billar, ¿te parece? Por mí bien, ¿pero tú no querías hablar? Ya aparecerá el momento, no te preocupes. Como quieras, pero te lo repito, dijo ella, yo en tu lugar me lo pensaría mejor.

Orestes escupió sobre la plancha y la saliva saltó. Entonces cortó un trozo de grasa de la carne y lo echó a freír. ¿Te acuerdas del crédito?, si no es por tus nóminas, tío, no nos lo dan. Él se apartó de la cocina y se volvió hacia ella. ¿Por qué no me haces un favor? El sábado y lo que quedaba de relación entre ellos desembocó de pronto en un mal momento. El que tú quieras, dijo ella. Olvídate de ese crédito y olvida el aparato de aire acondicionado que también compramos con mis nóminas, olvídalo todo; mejor así. Ella lo contempló en silencio. Tío, parece que he sido una hija de puta, ¿es eso? Orestes movió la cabeza. Se sentía cansado y no le encontró ningún sentido a ir más lejos. Le había perdonado todo a Olga —las amenazas (ese miedo a Malabia que ella creía que él sentía); esta casa patas arriba, mientras las cajas con ropa sucia crecían por las esquinas como los hijos que no habían tenido; sospechas o amagos o infidelidades; tantas peleas—, y ahora que ya se marchaba, para qué revolver la mierda. Él sonrió. No, no es eso. Porque tú también has vivido de la tienda, dijo ella, y lo que no entiendo es por qué no ibas a poner tu parte. Ves, por fin estoy de acuerdo contigo —las palabras de él sonaron falsas, agrietadas—, ya está. Orestes esparció la grasa sobre el metal caliente y apartó el cebo hacia una esquina. ¿Sabes aquí quién es el único inocente?, dijo ella. Me imagino. José María Arzuaga, mi exmarido, ese es el único inocente aquí. Él buscó sus ojos. Ya está, tía, por favor. Ella bebió y se secó la boca con la manga del chándal. La carne crujió al caer sobre la plancha y apagó las voces, la música. Ahí tengo las cuentas y veintiocho mil euros creo que ya son suficientes, ¿tú no? Más seis mil que puse yo, ¿de cuánto hablamos? ¿Y de todo esto cuánto tú has sacado? Él sentía el calor del fuego en la cara. Tienes razón, no te lo discuto; ¿la carne al punto o poco hecha? Mejor pasada, dijo ella, no me gusta la sangre y lo sabes. ¿Y tú cuánto? Estoy segura que mucho más, pero te recuerdo que quien se abrió de piernas a los diecisiete años fui yo, ¿vale? Por favor, déjalo ya, créeme, no tiene sentido. Puede ser, dijo ella, pero es que parece, tío, que te debo algo y no es así, que quede claro: aquí si alguien debe algo, ese eres tú a mí.

Una tarde en el bar de Adriana, un argentino le contó que la carne una vez que se pone al fuego, no se toca; solo hay que esperar que aparezca la sangre sobre el lado crudo. Entonces, bastaba con voltearla, echarle un poco de sal y estaba lista. Ahora con Olga había que demorarla un poco más. ¿Y todo para qué?, dijo ella. Tú sabrás. Sí, para llenarme de deudas y que apenas me alcance para pagarme una habitación en un piso compartido; eso tengo.

Él volteó la carne y en ese momento sonó su teléfono. Un mensaje, dijo ella, ¿quieres que lo lea? No hace falta, ya me ocupo. Olga envolvió las paredes con la vista. ¿Te acuerdas de la ilusión que nos hizo alquilar esto? Fue un alivio. Recuerda, tío, de dónde veníamos. ¿Sabes lo único que no se me olvida?, el olor a curry. Ni a mí, no lo soporto. Él esparció sal gruesa por encima del entrecot y todavía lo dejó cocinar un poco más. Luego lo montó sobre la tabla de picar, lo cortó de través —las tiras dibujaban una hoja sobre la madera—, y lo llevó a la mesa junto con dos tenedores. Entonces revisó el teléfono. Eric se excusaba, decía que a Marisa le habían surgido planes con su familia y que sería una próxima vez. Orestes se sentó frente a Olga. Se cayó lo de esta noche. Bueno, tampoco pasa nada, estamos nosotros. Él bebió. Pues sí.

Juan Luis Guerra sonaba antiguo, no podía negarlo, pero era verdad que hacía los sábados más alegres. Después, durante la semana, ya no lo escuchaba. Aquel disco, por así decirlo, era la música de Olga, como Gloria Gaynor o Louis Armstrong o Aretha Franklin, por ejemplo.

Comieron de seguido, como si intentaran salir de ese trámite cuanto antes. Sobre todo mientras la carne estuvo caliente, pero tampoco comieron demasiado.

Él se recostó a la silla y dijo, llena, ¿eh? Olga aún terminaba de masticar. ¿Qué tal si me hago un tatuaje aquí? ¿Dónde? Aquí —ella se levantó la camiseta— debajo del ombligo. ¿Qué te vas a hacer, una serpiente o una flecha? Olga sonreía. Se me había ocurrido un elefante. No sé, a lo mejor queda bien. ¿Tienes idea de lo que sería llevar un elefante contigo? No jodas, para eso te compras uno de esos de plata, pequeñitos y no tienes que joderte el cuerpo. También, pero no es lo mismo, la entrega es diferente. Él bebió de su cerveza. La última, anunció. Ella sacudió su vaso todavía con restos de piña colada. Yo también. ¿Y vas a querer whisky? No, si sigo, sigo con ron; total, hoy ya no viene nadie. No —él sonreía—, no hay que comportarse.

Es raro, ¿sabes?, que bebes un montón y no consumas nada. Coño, *alcohol*. No, digo hachís, coca. No me llaman, dijo él, pero por lo demás me da igual. Ya lo sé y te lo agradezco. De todos los vicios posibles, por lo menos tengo el más barato. Depende, una cosa es beber encerrado aquí como un topo y otra bien distinta agarrársela en un bar; bueno, en una discoteca ya ni te cuento. Una pasta, dijo él. Pero lo tuyo tampoco es bueno, tío, tienes que salir. Todo no es posible, ¿no crees?

Ella se echó el pelo hacia atrás y miró hacia la pared como si contemplara el horizonte. Siempre he pensado que si el hígado o los pulmones o lo que sea te tiene que reventar, que por lo menos te revienten en un lugar agradable. Sí, estoy de acuerdo, dijo él, solo que yo no tengo dinero para tanto. Entonces tendrías que beber menos, ¿recuerdas la fórmula de Giorgio? ¿Ves?, ya empiezas a hablar de más. Ella hizo un gesto de asco y señaló hacia la tabla con restos de carne. ¿Por qué no te la llevas? Él la miró y pudo dar la impresión de que iba a decir algo, pero no, se limitó a recoger la mesa. Luego, sirvió hielo en dos vasos anchos.

¿Quedan frutos secos? Anacardos. Eso mismo, dijo ella, aunque a mí gustarme me gustan los pistachos, pero da igual. Están ahí, en el armario. ¿Me los alcanzas? Estamos exigentes hoy, ¿no? Será la regla. Y ella sonrió —él creyó que sintiéndose feliz— y dejó sobre la mesa el paquete de anacardos, un bol que encontró en el escurreplatos, lo que quedaba de ron y una botella de whisky todavía por comenzar. Entonces la besó en la frente. Sirve tú, que yo voy a lavarme las manos.

La percusión al comienzo de «Guavaberry» era una de las mejores en ese disco de Juan Luis Guerra. Desde el baño, él la escuchó seguir el ritmo en la mesa y sintió esas ganas de bailar que solo le venían cuando escuchaba merengue. Por lo general, en esos momentos ella estaba a su lado. Y se apresuró en salir. Olga miraba hacia la puerta y parecía estarlo esperando.

Es genial cómo lo hacemos. Me gusta. Pero mira que eres raro, joder. ¿Por qué? Con lo bien que bailas merengue y lo mal que bailas todo lo demás y lo peor, ritmo tienes. Yo tampoco lo entiendo, ¿sabes? ¿Tus hermanas bailan? No tanto. Por eso es que no sabes. A lo mejor. Él seguía la conversación y le costaba dejar de sonreír. Sabía cuál frase iría después. No podían evitarlo, se repetía siempre que bailaban.

La siguiente canción era una bachata, pero ella no se soltó, se quedó pegada a él como si pretendiera demorar el roce entre los vientres, ese calor. Bailaron un poco más y después él se apartó. Tenía la idea de estar bailando algo que ahora sí no entendía. Los dos bebieron de pie, mirándose.

El día está de fiesta, ¿a que sí?, dijo Olga y fue hacia el reproductor, alzó el volumen y cantó un poco con Juan Luis Guerra. Tenía la mirada húmeda. ¿Sabes de qué me acuerdo, tío?; del pre y de mis tardes en el Cristino,

¡cuántos años, ¿no?! Pues unos cuantos, sí. Y él se sentó y se quedó viéndola cantar, moverse. Después, ella también vino a la mesa y demoró el vaso en la mano. ¿Por qué las cosas saldrán así? ¿Cómo? De puta pena, tío. Uno las hace. No me jodas, ¿quieres? Piénsalo y verás que tengo razón. Déjalo, ¿sí? Ella bebió largo, de ese modo en que él no conseguía hacerlo, porque vomitaba antes. ¿Por qué no pones otra vez a Aretha Franklin?, no puedo con esto ahora. Tenía la cara enrojecida, tal vez por la emoción. Da igual, dijo él y fue y cambió el disco. Entonces regresó y se sirvió más whisky. Tómalo con calma, ¿sí? Eso hago y lo sabes.

Ella recogió su bolso, se lo dejó encima de las piernas y rebuscó dentro hasta dar con el monedero. El paquete parecía un caramelo. Lo abrió y él vio la piedra, pequeña y del color de la tiza húmeda. Ella comenzó a triturarla con una tarjeta del BBVA. Movía rápido las manos, como si manejase una de esas cuchillas de cortar tabaco. A pesar de la música, uno podía escuchar el ruido de los granos al romperse. Ella separó una parte del polvo y lo estiró sobre la mesa, hasta dibujar una línea muy fina. Sacó un billete de diez euros y lo enrolló. Acercó un extremo a la nariz y con el otro persiguió la línea hasta el final. Limpió la mesa con un dedo y se frotó los dientes con él. Después bebió.

Ya está. Ella guardó el resto en el monedero, hizo lo mismo con la tarjeta y el dinero, y sonrió. ¿No te importa, verdad? Mientras lo disfrutes. Ella levantó su vaso. Por ti. Y él también sonrió. Tú lo mereces más. ¿No empieces, quieres? Y brindaron. Y se quedaron en silencio, bebiendo, mientras escuchaban cantar a Aretha Franklin.

Made in the USA
Middletown, DE
27 April 2022